刺客信条：底层世界

(英) 奥利弗·波登 著

飞天寒鸦 译

新星出版社 NEW STAR PRESS

第一部　鬼城

1

刺客伊森·弗莱隐藏在考文特花园市场的阴影里,他倚靠着一只货箱,几乎完全被商户们的运货马车遮住了。他把双臂抱在胸前,一只手撑着下巴,长袍柔软、宽松的兜帽盖住了他的脑袋。随着午后渐渐化作黑夜,他始终站在那里,沉默不语,一动不动。他在观察。在等待。

很少会有刺客像这样把下巴搁在前臂上。尤其是当他还戴着袖剑的时候,就像伊森现在这样,袖剑的剑尖距离他咽喉裸露的血肉还不到一英寸。在靠近他手肘的位置,装配着一具轻便但非常有力的弹簧机构,用于牵动袖剑锋利的钢刃,只要手腕用正确的方式轻轻一弹,袖剑就会发动。可以非常确切地说,此刻伊森正是把自己架在了刀尖上。

可他为什么要这样做?毕竟,即便是刺客,也没法避免发生意外,或者是装备失灵。出于安全考虑,兄弟会的男男女女往往不会让他们戴着袖剑的手靠近脸部。这样总比冒着出丑,或者是丢掉性命的风险要好。

然而，伊森却与众不同。这不仅仅是因为他精通反情报的技巧——把下巴搁在最强的手臂上是一种欺骗性的举动，用来愚弄他潜在的敌人——而且还是因为他有些阴暗地喜欢自找麻烦。

所以他坐了下来，一只手托着下巴，一边观察，一边等待。

啊，他想道，这是什么？他直起身子，活动了一番筋骨，同时从货箱之间凝视出去，望向市场。商户们正在打点行囊。可市场里也出了些其他的状况。游戏已经开始了。

2

在距离伊森不远处的一条小巷里，鬼鬼祟祟地躲着一个名叫布特的男人。他穿着一件破破烂烂的狩猎夹克，戴着一顶破帽子，这会儿，他正在端详一块不久前刚从一位绅士身上偷来的怀表。

然而布特并不知道的是，出于某些原因，不久之后这将给他自己、伊森·弗莱、一个自称幽灵的年轻人，以及许多其他卷入圣殿骑士团与刺客兄弟会之间永恒斗争的人，给他们的人生带来极其深远影响，他这块"战利品"原本的主人，这一天正打算把怀表送到修表匠那里去。布特所不知道的是，这块怀表差不多正好慢了一个小时。

对此毫不知情的布特合上了怀表，觉得自己时髦极了。接着他小心翼翼地走出巷子，左右张望了一阵，然后走进了日光弥留的市场。他耸起肩膀，一路前行，双手插在口袋里，他回头望了一眼，确认没人在跟踪自己，随后便满意地继续前进，他把考文特花园抛在身后，走进了圣贾尔斯的贫民窟："鸦巢"。

空气差不多是立刻就变了。在此之前,他的靴子后跟一直在鹅卵石路上嗒嗒作响,现在却陷进了街道上的污垢里,扬起一阵腐败的蔬菜与人类排泄物的臭味。路面上满是污垢,臭气熏天。布特拉起围巾遮住口鼻,免得空气里最糟糕的部分钻进他的鼻孔。

有只样子像狼的狗一溜小跑,跟在他鞋跟后面几步远的地方,干瘪的肚皮上肋骨清晰可见。狗儿眼圈泛红,用饥肠辘辘的眼神向他乞求,但他把狗一脚踢开,那只狗迅速躲到一边,畏缩着逃走了。不远处,有个衣衫褴褛的女人坐在门口,她胸口抱着一个婴儿,女人用呆滞无神、死气沉沉的眼神——鸦巢的眼神——看着他。她也许是某个妓女的母亲,正等着她的女儿带着收入回家,要是女孩空手而回,还要惩戒她一番;又或许她控制着一伙扒手或是乞丐,很快他们就会带着白天的营收现身;又或者,她靠提供夜间住宿为生。在鸦巢这个地方,曾经富丽堂皇的宅子都被改造成了公寓,到了晚上,就会为需要庇护的人遮风避雨:逃犯、逃犯的家人、妓女、商人还有工人——任何付得起租钱的人都能在地板上分到一块位置,要是运气好还有点钱的话,还能搞到一张床,但是很有可能得应付装着稻草或是木屑的床垫。不过反正他们也没多少希望能睡个好觉:毕竟地板上的每一寸空间都被占满了,而且夜里婴儿的哭声撕心裂肺。

与此同时,有许多这样的人并不适合,或者是并不愿意去工作,但更多的人都有各自的职业。他们是驯狗人和鸟贩子。他们出售西洋菜、洋葱、黍鲱鱼或是鲱鱼。他们是水果小贩、清道夫、咖啡商、到处贴小广告的人和招贴工。他们把自己的商品一起带进了宿舍,让本就人满为患的屋子变得更加拥挤,气味更加难闻。夜里宅子都会关门,破碎的窗户都用破布或是报纸塞上封好,防止晚上有毒的气体飘进屋里,因为那时候城里会把呛人的烟雾排放到空气中。众所周知,夜里的空气曾让不少人全家窒息而死。或者至少流言里是这么传的。而在贫民窟，唯一比疾病传播得更快的就是各种流言飞语。所以，只要贫民窟的居民们依旧心怀疑虑，那么弗洛伦斯·南丁格尔可以爱怎么宣传就怎么宣传。但他们还是要把窗户封好了睡觉。

你没法责怪他们这么做，布特心想。要是你住在贫民窟里，那么你死掉的可能性就非常大。疾病和暴力在这里是家常便饭。成年人睡觉的时候翻个身，儿童就会有窒息的危险。死因：覆闷致死。这种事在周末更为多见，等到最后一杯杜松子酒喝完，酒吧里空无一人的时候，母亲和父亲便在浓稠的雾气里摸索着回家，他们踏上光滑的石头台阶，进门，走入温暖并且臭气熏人的房间，至少，在这里他们可以躺下休息了……

等到了早晨，太阳升起而烟雾并未散尽的时候，鸦巢里就会响起痛失亲人的悲鸣。

布特往贫民窟深处走去，高耸的建筑挤占了天空，即便是微弱的月光也照不下来，雾气缭绕下，灯火在黑暗中放出满怀恶意的光芒。他能听见前面几条街外的一间酒吧里传来刺耳的歌声。随着酒吧大门轰然打开，把酒鬼扔到大街上，歌声也不时变得更为响亮。

不过这条街上并没有酒吧。只有被报纸塞好的门和窗户，头顶上方的绳索挂着洗后晾晒的衣物，晾衣绳上的床单仿佛船上的风帆，除了远处的歌声，只有滴水的声音和他自己的呼吸声。只有他……独自一人。

或者至少他觉得是这样。

现在甚至连远处的歌声也止息了。唯一的声音只有水滴的滴答声。

一阵疾走的声音吓了他一跳。"谁在那儿？"他质问道，但随即便意识到那是一只老鼠，这真是棒极了，正当你胆战心惊的时候，你被一只老鼠的声音吓了一跳。这真是太棒了。

但随后那声音再次响起。他猛一转身,浓密的空气舞动起来,在他身周带起一阵涡流,如同分开的帷幔一般,一时间,他觉得自己看到了什么东西。某种东西的迹象。迷雾里的一个人影。

紧接着他觉得自己听见了呼吸声。他自己的呼吸声短促、浅薄,几乎等同于喘息,而这个呼吸声响亮、稳定,来自——什么地方?前一秒它似乎是在他前方,下一秒又到了他身后。疾走的声音又响起来了。一声巨响吓了他一跳,但这声音来自上方的某间公寓。一对夫妻开始吵架——他又一次喝醉了回家。不,是她又一次喝醉了回家。布特任由自己露出一丝微笑,他发觉自己的精神放松了一些。他已经被虚无缥缈的幽灵吓了好几跳,被几只老鼠和一对吵架的老夫老妻搞得胆战心惊。接下来又会怎样?

他转身要走。与此同时,在他前方的雾气翻滚起来,一个身着长袍的人影大步流星地从雾中现身,他还没来得及做出反应,那人已经一把抓住了他,来人拳头一收,架势像是要揍他,可拳头并没有打在他身上,相反,袭击者手腕一弹,随着一道轻柔的咔嗒声,一把利刃从他袖子里弹了出来。

布特闭上了眼睛。等他睁开双眼,眼前所见的便是那个穿着长袍的男人,而男人前方的那把利刃,正稳稳地架在距离他眼球一英寸的位置。

布特尿裤子了。

3

伊森·弗莱为手中袖剑的精准度自我陶醉了一小会儿,随后他对着布特的下盘一扫，让他猛地一下摔在了肮脏的鹅卵石路面上。刺客蹲下身子，用膝盖压住布特，同时把袖剑抵在他咽喉上。

"现在，我的朋友，"他咧嘴笑道，"不妨，我们就从你告诉我你的名字开始怎么样？"

"我叫布特，先生。"布特扭动着身体，刀尖正狠狠扎进他的肉里。

"好伙计，"伊森说道，"好态度，这是实话。现在，你跟我得好好谈一谈，怎么样？"

压在他膝盖下的男人打了个哆嗦。伊森把这当做是表示同意。"你本来是要去取一块摄影底版的，我说的对吗，布特先生？"布特又打了个哆嗦。伊森把这当做是另一次同意。到目前为止还不错。他的情报很准确：这个布特是伦敦某些酒吧里销售的色情照片来源渠道的一个中间环节。"你是为杰克·西蒙斯来取底版的，我说的对吗？"

布特点点头。

"那么，你原本要去见的那个人叫什么名字？"

"我……我不知道，先生……"

伊森微微一笑，他倾身朝布特靠得更近了。"我亲爱的孩子，你撒谎的本事比做信差还要糟。"他在袖剑上稍加了一点力道。"你能感觉到这把刀现在在什么地方吗？"

布特眨眼表示确认。

"这是动脉。你的颈动脉。要是我在这上面开个口子，整个城区都会被你的血喷成红色，我的朋友。好吧，至少是把这条街给喷成红色。可我们俩都不希望我这么做。为什么要毁了这么美好的夜晚呢？所以，不如你告诉我你本来打算见什么人怎么样？"

布特又眨了眨眼睛。"如果我说了，他会杀了我。"

"就算是这样，可是如果你不说，我就会杀了你，而现在只有一个人在这儿用剑抵着你的喉咙,这个人并不是他,不是吗?"伊森又加大了力道。"你得做出选择,我的朋友。是现在死,还是以后再死。"

就在这时,伊森听见左边有动静。半秒钟后,他已经把柯尔特手枪抓在了手里,而在他拔枪对准新目标的同时,袖剑依旧抵在布特咽喉上。

那是个小女孩,从井边取完水后正要回家。她站在那里,目瞪口呆,一只手里拎着只盛满了脏水的桶。

"我很抱歉,小姐,我并不是存心要吓唬你。"伊森笑道。他把左轮手枪收回袍子里,重新露出空手向女孩保证他没有恶意。"我只会伤害像这边这个人一样的恶棍和小偷。或许你应该回到你的公寓里去。"他朝女孩打着手势,可她哪儿也没去,只是瞪着他们俩,脏兮兮的小脸上双眼发白,她已经吓得迈不开步子了。

伊森内心咒骂起来。他最不想要的就是观众。尤其是让一个小女孩看着他用袖剑抵着别人的喉咙。

"那么,布特先生,"他说道,声音比之前轻了不少,"情况有变,所以我只好坚持让你告诉我你究竟打算跟谁碰面了……"

布特张开了嘴。也许他是要把伊森要求的情报交给他。或许他是准备告诉伊森,他的威胁要放在哪儿才会有用。或者更有可能的是,他只是哀求说他并不知道。

伊森永远不会知道答案,因为就在布特准备回答的时候,他的脸突然炸成了碎片。

转眼之后,伊森才听见了枪声,他滚身从尸体旁躲开,在第二声枪响的同时拔出了他的左轮手枪,等他想起那个女孩的时候已经太迟了,他回过头来,刚好看见她转着身子倒下,血花在她胸口绽开,同时溅到她的桶里——没等她倒在鹅卵石路面上就已经死了,那颗子弹其实是冲着他来的。

伊森没敢开火还击,唯恐会打中雾气中另一位看不见的无辜人士。他蹲着身子,准备迎接下一枪,迎接黑暗中的第三次攻击。

可枪并没有响。相反,他听见了奔跑的脚步声,于是伊森伸手抹掉溅在脸上的骨头碎片和脑浆,把柯尔特放回枪套里,他手腕一弹,把袖剑收回护臂,然后跳上了一堵墙。靴子在潮湿的砖块上刚好更容易着力,他顺着排水管爬上一栋公寓楼屋顶,趁着夜空的微光,他可以跟踪枪手逃窜时奔跑的脚步声。伊森就是这样进入鸦巢的,看来他也要这样离开了,他从一座屋顶跳到不远处的另一座屋顶上,悄无声息并且冷酷无情地跟着他的猎物穿过贫民窟,那个小女孩的样子烙印在他脑海里,他鼻孔里还能闻到布特脑浆的金属味。

眼下要紧事只有一件了。凶手将在今夜结束前品尝到他的利刃。

他能听见下方枪手的靴子在鹅卵石路面上的践踏声,伊森静悄悄地跟着他,他看不见那个人,但心里清楚他得超到枪手前面去。他跑到一座建筑边缘,感觉自己领先的距离已经足够了,于是他翻过屋沿,利用窗台快速下降,一直下到街道上,然后他紧贴着墙壁,等待着。

几秒钟后,他听见了靴子奔跑的声音。又过了一会儿,薄雾似乎滚动翻腾起来,仿佛要宣告某种新的事物即将出现,接着,一个男人飞奔着闯入伊森眼帘,他穿着西装,留着浓密的八字胡和厚络腮胡子。

他拿着一支手枪。枪口并没有冒烟。但也可能之前有过。

尽管后来伊森告诉乔治·韦斯豪斯,他是出于自卫才下的手,但这并不完全是事实。伊森有出其不意的优势:他可以——也应该——缴这个男人的械,先审问他,然后再杀死他。但相反,他弹出袖剑,伴随着一道复仇的闷哼，他猛地把利刃刺进了凶手的心脏，然后不无满足地看着生命的光彩在那个男人眼中熄灭。

这么一来，刺客伊森·弗莱就犯下了一个错误。他太大意了。

*

"我原本是打算强迫布特吐露我需要的信息，然后冒充他，"第二天伊森告诉刺客乔治·韦斯豪斯，他的故事已经讲完了，"可我没有意识到布特约会迟到了。他偷来的那块怀表是慢的。"

他们坐在乔治位于克罗伊登家中的客厅里。"我明白了，"乔治说，"你是什么时候意识到的？"

"嗯，让我想想。那时候已经太迟了。"

乔治点点头。"他用的是什么武器？"

"一支蓓尔美尔柯尔特左轮，和我自己的那把类似。"

"然后你杀了他？"

炉火在接下来的一阵沉默中噼啪作响，火星四溅。因为想起了他的孩子雅各布和伊薇，伊森陷入了沉思。"是的，乔治，他罪有应得。"

乔治拉长了脸。"他是不是罪有应得跟这个毫无关系。你很清楚。"

"哦，可是那个小女孩，乔治。你真该看看她。她就是个小不点。只有伊薇年纪的一半大。"

"就算这样……"

"我别无选择。他已经把枪拔出来了。"

乔治又是忧虑，又是关切地看着他的老朋友。"那到底是因为哪个原因，伊森？你杀他是因为他罪有应得，还是因为你别无选择？"

伊森已经洗过脸、擤过鼻子不下十几次,但他仍然觉得自己仿佛能闻到布特脑子的味道。"这两者就一定不能共存吗?我已经三十七岁,我见过太多的杀戮,我很清楚那些关于正义、公平、报应的想法远远不如手上的本领管用,而本领又要让位给运气。当幸运女神转过脸来看你的时候。当杀手的子弹没有打中你的时候,当他放松警惕的时候,你就得抓紧时机,不然女神又会把脸转向别处。"

韦斯豪斯不知道他的朋友究竟是想要糊弄谁,但他还是决定换个话题。"真是遗憾,你不得不杀了他。想必你得了解更多关于他的信息?"

伊森微笑着,嘲弄似的擦了擦额头。"我还是有点运气的。他身上带的那块摄影底版上刻着一段铭文,指明了摄影师的身份,所以我可以确定,那个死掉的家伙和摄影师是同一个人,一个名叫罗伯特·沃的家伙。他和圣殿骑士有些来往。他的色情照片一方面提供给他们,另一方面,又通过布特,供应到贫民窟和酒馆。"

乔治轻轻吹了个口哨。"沃先生玩的是多么危险的游戏啊……"

"既对也不对……"

乔治斜着身子拨旺炉火。"你这话是什么意思?"

"我的意思是,从很多方面来讲,他赌这两个世界会保持彼此分离是成功的。我今天又去看了贫民窟,乔治。这让我想起穷人都是怎么过日子的。贫民窟是个与圣殿骑士的社会截然不同的世界,几乎很难让人相信两者都处于同一个国家,更何况是同一座城市。要是你问我的话,我得说,我们的朋友沃先生相信他迥然相异的两条商业路线可能永远都不会有交集,这简直就是天经地义的事情。他所经营的这两个世界大相径庭。圣殿骑士对贫民窟根本一无所知。他们住在上游,住在逆风的地方,污染穷人饮水的工厂污水影响不到他们,污染穷人空气的烟雾也吹不到他们脸上。"

"我们也一样,伊森,"乔治遗憾地说,"不管我们自己喜不喜欢,我们的世界是绅士俱乐部和会客厅的世界,是寺庙和委员会大厅的世界。"

伊森凝视着炉火。"并不是我们所有人都一样。"

乔治笑着点了点头。"你是在想你的手下,那个'幽灵'?难道你不觉得你应该告诉我幽灵究竟是谁,或者他在做什么吗?"

"这些只有我自己能知道。"

"那么他知道吗?"

"啊哈,好吧,我制定了一个计划,这里面牵扯到幽灵和最近刚刚完蛋的沃先生。如果一切顺利,幽灵也能做好他的工作,那么我们甚至有机会把圣殿骑士寻找的那件遗物拿到手,那块伊甸碎片。"

4

约翰·福勒疲惫不堪。感觉还有些冷。而且,从云团聚集的样子来看,很快他身上就要变潮了。

果不其然,他感觉到第一阵雨滴"答、答"地落在他的帽子上,这位工程师把装图纸的皮革筒在胸前抓得更紧了些,他诅咒这天气,这噪音,这一切。伦敦事务律师查尔斯·皮尔逊站在他身边,查尔斯的妻子玛丽也站在一旁,开始下雨时俩人都有些躲闪,他们三人孤立在烂泥地上,用敬畏与忧愁交杂的目光注视着大地上的一道巨大伤痕,那道痕迹正是全新的大都会线铁路。

在三人前方大约五十码的地方,地面让位给了一座沉井,这座沉井通往一道巨大的路堑——"壕沟"——它有二十八英尺宽,大约两百码长,在路堑或者说壕沟的末端,沟渠变为隧道的位置,砖砌的拱墙垒出了一道入口,通往世界上第一段地下铁路。

不仅如此,这也是世界上第一段可以运行的地下铁路:火车日夜在新铺设的铁道上奔驰,推动装满了砾石、黏土和沙子的车厢,向尚未完成的路段进一步延展下去。火车在轧轧声中来回往复,浓烟和蒸汽让隧道口劳作的筑路工人们几乎无法呼吸,他们把泥土铲进传送机的皮桶里,依次把弃土送到地面上。

这条铁路是查尔斯·皮尔逊的主意。为了修建一条新的铁路来缓解伦敦和近郊日益拥堵的交通,这位伦敦事务律师争取了将近二十年。然而,建设这条铁路靠的是约翰·福勒的构想。他不仅拥有一脸茂密非凡的络腮胡子,还是世界上最有经验的铁路工程师,因此也成了大都会线首席工程师的不二人选。不过,正如他在就任时就告诉查尔斯·皮尔逊的,他的经验也可能毫无意义。毕竟,这是前所未有的创举:一条穿行在地下的铁路。这是一项巨大——不,是浩大无匹——的工程。正是这样,有些人甚至称其为自建造金字塔以来最野心勃勃的建筑计划。当然,这个说法未免有些太夸张了,但有些时候,福勒对他们的看法也有几分赞同。

福勒决定把大都会线的主体部分建成浅埋式地铁,用一种称为"明挖法"的方法随挖随填来施工。这种方法包括在地上挖掘一道壕沟,有二十八英尺宽,十五英尺深。壕沟内部建有三层砖厚的砖砌挡土墙。部分路段在侧墙的顶部架有铁梁。其他路段则用砖砌的拱顶。随后将路堑覆盖回填,把地面恢复原样,一段新的隧道就此诞生。

这意味着修筑过程中需要拆毁道路和房屋,事后还必须加以重建,有时候还要建造临时性的公路。这也意味着他们需要搬运成千上万吨的弃土,为供气和供水总管还有下水道进行磋商。这还意味着他们打造了一个永无止境的噩梦,其间充满了噪音和破坏,简直就像是在伦敦的弗利特谷引爆了一颗炸弹一样。不。应该说就像是过去两年来每天都在弗利特谷引爆了一颗炸弹一样。

只要灯火和火盆还点得着,施工就昼夜不停。筑路工人们按两个主要班次劳作,轮换的信号是晌午和子夜的三声铃响——此外,当工人们需要在不同的差事之间切换,也就是把一种单调乏味、让人筋疲力尽的工作换成另外一种的时候,还会有一些小的轮班次,但他们始终在施工,不停地施工。

大部分噪音来自工程中使用的七台传送机,其中一台就竖立在这里:它是一具固定在沉井中的高大木制脚手架,耸立在他们头顶上方二十五英尺高的地方,传送机是尘土与巨大噪声的代言人,声音就像是在用锤子敲打铁砧一样。它把弃土从远处的开掘现场运送出来,此刻,成群结队的工人正在运转传送机。有些工人在竖井里,有些人在地面上,还有一些像狐猴一样吊在木架上,他们的工作是确保装满泥土的大桶从壕沟里升起时,这些晃晃悠悠的桶能够顺利通过传送机。

而在地面上,拿着铲子的工人正对着堆积如山的开掘土埋头苦干,他们把泥土铲进四轮马车里。这里有四辆马车正在待命,每辆车上空都笼罩着一群鸥鸟,鸟群在空中盘旋,不时下落捡起食物,它们对已经开始飘落的细雨完全无动于衷。

福勒扭头看着查尔斯,他看上去有些不舒服——查尔斯把一块手帕举在嘴边——然而心情却很不错。查尔斯身上有种不屈不挠的精神,福勒心想。但他并不确定那究竟是决心还是愚蠢。在过去二十年的大部分时间里,这个男人一直遭受着旁人的嘲笑,实际上,是从他第一次提议要建造一条地下铁路开始。"下水道里的火车",当时嘲笑者们这样讥讽道。当他公布计划要建设一条大气轨铁路,通过管道里的压缩空气来推动车厢时,他们也在嘲笑他。通过一根管子。这也难怪皮尔逊在十多年的时间里一直是《笨拙》杂志[①]上的常客。有意思的是,上杂志还是他自己掏的钱。

然后,当所有人还在为大气轨铁路哈哈大笑的时候,他又拿出了一份规划,皮尔逊的构想是在帕丁顿与法灵顿之间修建一条地下铁路。弗利特谷的贫民窟将被铲平,其中的居民搬迁到城外的收容站——搬到郊区——然后大家就可以用这条新铁路"往返上下班"了。

大西部铁路、大北方铁路和伦敦市法团突然给这个计划注入了资金,于是皮尔逊的规划成为现实。而他自己,著名的约翰·福勒,也被聘为大都会铁路的首席工程师,开始在位于尤斯顿的第一座竖井上工,这差不多正好是十八个月之前的事。

现在人们还在嘲笑他吗?

是的,他们依然在笑话他。只是笑声变得刺耳、沉闷了许多。因为,要说皮尔逊关于拆除贫民窟的设想进展得不太顺利,就有点太委婉了。在郊区根本就没有什么收容站,在最后也没有谁特别愿意去建几座出来。而人口稀疏的贫民窟这种东西压根儿就不存在。所有这些人总得有个地方可去,于是他们都去了其他的贫民窟。

然后,当然,施工过程本身也制造出不少麻烦:街道无法通行,路面需要开挖,企业关门,商人们要求赔偿。那些住在大都会铁路沿线的人陷入了一场持续不断的混乱之中,泥土、蒸汽引擎、传送机的金铁交鸣、挥舞的铁镐和铲子交杂在一起,筑路工人们互相咆哮,居

[①]全称《笨拙,或伦敦喧声》,英国幽默周刊,创刊于1841年。

民们则终日提心吊胆,害怕他们的地基会垮掉。

到了晚上也不得安宁,夜里工地上点亮灯火,夜班工人们接手上工,白班工人们干起值白班的人下班后都会做的事:喝酒打架,一直闹到早晨。伦敦似乎挤满了筑路工人,他们走到哪里就占领哪里,只有妓女和酒馆老板乐意见到他们。

此外,施工期间也发生过事故。先是一个喝醉的火车司机在国王十字车站脱轨,列车掉进了下方的工地里。好在没人受伤。《笨拙》杂志简直乐开了花。接着,在差不多一年后,尤斯顿路的土方工程发生了垮塌,连带着花园、人行道和电报线一起报销,还破坏了供气和供水总管,在城里留下一个大洞。不可思议的是,这次依然没有人受伤。庞齐先生①对这段插曲同样爱不释手。

"我希望今天能听到好消息,约翰。"皮尔逊大声喊道,他拿起手帕遮在嘴上。这块手帕相当精致,像是一块小餐巾。他今年六十八岁,福勒四十四岁,可皮尔逊看上去老态龙钟,远不止这个年纪,过去二十年的奋斗让他苍老了许多。尽管他嘴边时常带着微笑,可眼角四周却始终挂着疲倦,下颌的皮肤也像融化的蜡烛一样垂了下来。

"您让我怎么说呢,皮尔逊先生?"福勒喊道。"您想听到什么好消息,除了……"他朝面前这块地方做了个手势。

皮尔逊哈哈大笑。"比如'蒸汽引擎的轰鸣很让人振奋',没错。但也许'我们赶上了进度'也很不错。或者'伦敦所有的赔款律师都被雷劈死了'。'女王陛下亲自宣布她对地下铁路很有信心,打算一有机会就来乘地铁'。"

---

① 《笨拙》杂志名义上的编辑,虚拟人物,和杂志名一样,名称很可能来源于木偶戏《庞齐与朱迪》。

福勒注视着他的朋友，再次为他的精神惊讶不已。"那么恐怕，皮尔逊先生，我能给您的只有坏消息。我们的进度依然落后。像这样的天气只会让工程进一步拖延。雨水很有可能会让引擎熄火，然后传送机上的人就可以享受计划外的休息时间了。"

"那么还是有好消息的。"皮尔逊咯咯笑道。

"什么好消息？"福勒大声说。

"我们就要享受——"蒸汽引擎噼啪了几下，熄火了——"安静了。"

一时间，四周确实令人震惊地静了下来，仿佛整个世界都在适应那种噪声的消失。周围只有雨滴拍打泥地的沙沙声。

接着从竖井里传来一声大喊："打滑了！"他们抬头看见起重机的脚手架倾斜了一点，有一个工人突然剧烈摇摆起来，样子甚至比之前还要危险许多。

"它会撑住的，"福勒说，他看出皮尔逊心里正在担忧，"情况没有看上去那么糟。"

迷信的人此刻会交叉手指祈求好运。筑路工人们也不打算冒险，起重机上的工人竞相回到地面，像海盗攀上锁具一样，似乎有上百人蜂拥踏上了木头支架，于是福勒屏住了呼吸，期望这座木制建筑能够撑住突然增加的重量。它应该能撑住。它必须要撑住。它也确实做到了。人们开始大喊大叫，咳嗽连天，他们还带着铁镐和铲子，这些工具对他们来说就像四肢一样珍贵。他们三五成群地聚在一起，不同的群体按照地域区分开来，每个人身上都沾满了泥。

福勒和皮尔逊看着他们不出意料地聚集成各种团体——伦敦人的、爱尔兰人的、苏格兰人的、乡下人的、其他的——他们把双手塞进口袋里，或是裹起来取暖，工人们耸起肩膀，拉紧帽檐遮挡雨水。

就在这时又传来一声大喊，福勒扭头看见壕沟旁一阵骚动。工人们行动一致地挪开位置，去查看发生了什么，现在他们围绕在竖井边缘，正盯着路堑里的什么东西。

"先生！"场地经理马钱特在向他挥手，招呼他过去。他捧起手来，朝福勒大喊道："先生。你得过来看看这个。"

过了一会儿，福勒和皮尔逊穿过了烂泥地，人群主动分开一条路让他们过去，他们站在壕沟顶端，向下望去——越过安静下来的传送机的支架和大桶，他们看见壕沟底部的浑水积成了一汪水潭，积水已经涨起来了。

水里漂浮着一具尸体。

5

雨势减小了，谢天谢地，壕沟里的水位开始下降，但机器依旧寂静无声。马钱特一手扶着帽子，赶去通知他的顶头上司卡瓦纳——大都会铁路的一位主管，同时他们又派了一个人去找警察。最先赶到现场的是一位巡警，这位年轻的警员留着茂密的络腮胡子，他向众人介绍自己是艾博兰[①]警员，然后清了清嗓子，为了方便下去查看尸体，他又摘下了高筒帽。

"有人下去过吗，先生？"他指着壕沟，向皮尔逊问道。

"我们一发现尸体就清空了现场，警员先生。您可想而知，这引起了很大的骚动。"

---

① 弗雷德里克·乔治·艾博兰，后来成为伦敦大都会警察总督察，1888 年开膛手杰克连续谋杀案调查中的重要人物。

"没有人喜欢在喝上午茶之前见到死尸，先生。"

聚集起来的人群看着巡警试探着倾过身子，往壕沟下方望去，然后他向旁边的一个人挥手示意。"介意帮我拿一下吗，伙计？"他说，他把高筒帽交给这个工人，接着解开纽扣，摘下了腰带、警棍和手铐，然后他才爬下梯子，近距离检查尸体。

人群簇拥过来，目不转睛地盯着下方的路堑，他们看着艾博兰绕着尸体来回踱步，他抬起一只手臂，然后又是另外一只。很快，这位巡警蹲下了身子，等他把尸体翻转过来，围观者们都满怀期待地屏住了呼吸。

而在壕沟下方，艾博兰咽了口口水，他不太习惯向别人展示自己，因此心里不禁暗自想道，要是之前他有留下指示让所有人都退后就好了。人群排列在壕沟两侧。他甚至还能看到福勒和皮尔逊夫妇的身影。他们全都注视着十五英尺下方的艾博兰。

好吧。他把注意力转回到尸体上，把所有羞怯尴尬的想法都抛到脑后，开始全神贯注于手头的工作。

这具尸体脸朝下躺在泥地里，一只手扬起，样子像是在挥手招揽马车，死者身上穿着一件粗花呢套装。他的棕色靴子品质上佳，虽然沾满了泥泞，但依然状态良好。这可不是流浪汉穿的东西，艾博兰心想。他蹲下身子，潮湿的泥浆浸透了他的衣服，但他毫不在意，艾博兰深吸了一口气，他伸手搭在死者肩膀上，闷哼一声，用力把他翻了过来。

这在壕沟上方引起了一连串的反应，但艾博兰已经闭上眼睛，他想等等再去看死者的脸。随后他惶恐不安地睁开双眼，目光凝视着尸体了无生气的眼睛。死者约莫三十七八岁，留着茂密斑白的阿尔伯特亲王式八字胡，而且打理得很好，他的厚络腮胡子同样如此。从外貌判断，他既不是有钱人，也不是普通工人。和艾博兰一样，他属于新兴的中产阶级。

不管怎么说，这是个有生活的人，大概是某些人的亲戚朋友，而等亲属们接到他的死讯，肯定会想得到一个解释：他怎么会最后陈尸在伦敦新道的一条壕沟里？

而这，毫无疑问，正是一次现场调查——想到这里，艾博兰不禁感到一阵小小的激动，这也让他觉得略有些羞愧。

他把目光从死者无神的双眼上移开，向下观察他的夹克和衬衫。尽管衣服上满是污泥，但还是能看见衣服中间有个整齐的洞和一摊血迹。如果艾博兰没搞错的话，这应该是穿刺伤。

当然，艾博兰以前见过刺伤的受害者，他很清楚持刀的人戳刺和挥砍的手法跟挥拳是一样的。应该是快速、随意的多次攻击：砰，砰，砰。

可这具尸体上只有一个伤口，而且直接命中心脏。你可以说凶手下刀非常干净利落。

现在艾博兰浑身都兴奋得颤抖起来。等过一会儿他会感到内疚的，他会记起来，这里面毕竟牵扯到一位死者，在这种情况下，除了对他和他的家人致以哀悼以外，你真的不应该有其他任何感觉，尤其是不应该感到兴奋。可就算是这样……

他迅速在尸体身上翻找了一遍，立刻就发现了要找的东西：一把左轮手枪。天哪，他心想，这个配了枪的家伙被一个持刀的人干掉了。他把枪放回夹克口袋里。

"我们得把这具尸体搬出去，"他朝现场工头的大致方向喊道，"先生们，你们能帮我盖住他，搬到马车上，让我送到警察局的停尸房去吗？"

他一边说着，一边开始爬上梯子，与此同时，工地的管事们也下达了命令，一队工人开始爬下其他的梯子，工人们心怀急切和恐惧，程度各自不尽相同。到了壕沟顶部，艾博兰站起身来，在裤子后裆上把脏手擦干。同时，他扫视了一遍聚集成两列的人群，不知道凶手会不会就藏在人群里，正在欣赏自己的大作。他看见的只有一排排沾满污垢的面孔，每一张面孔都目不转睛地盯着他。其他人依旧聚集在路堑的入口，看着尸体被送上来，然后平放在一辆四轮马车的后板上。工人们抖开一块防水布，盖在死者身上，布匹随着他们的动作轻轻摆动，它现在成了一块裹尸布，死者的面目又看不见了。

现在天上真的开始下起雨来了，但就在这时，一个穿着考究的男人引起了艾博兰的注意，他踩着跨越宽阔泥地的木板，正向他们走来。在他身后不远处，一个男仆笨拙地跟在后面，手里捧着一本包着皮边的大开本账簿，男仆跌跌撞撞地想要跟上他的主人，账簿上的系带也随之翩翩起舞。

"福勒先生！皮尔逊先生！"来人喊道，他挥动手杖示意，立即就吸引了所有人的注意。整个现场安静下来，但静得和之前有些不同。许多人显得坐立不安。人们突然开始专心致志地研究起脚上的靴子。

嗯哼？艾博兰想道，这又是怎么回事？

新来的人和福勒与皮尔逊一样穿着整洁的套装，不过他穿得更有格调一些——从某种意义上讲，这表明他惯于吸引路过女士的目光。他没有肚腩，双肩平直笔挺，不像他的两位同事已经被压力和焦虑压弯了腰。艾博兰看得出来，等他脱帽致意的时候，肯定会露出满满一头几乎长可及肩的头发。可尽管他的问候十分亲切，他的微笑却显得非常机械，而且稍纵即逝，在他眼中也没有笑意。在看到那双冰冷锐利的眼睛里射出的目光之后，被他的衣着和举止所俘虏的女士们很可能也会重新考虑一番。

等到这个男人和他的男仆靠近他们，艾博兰首先看了看皮尔逊和福勒，注意到他们眼中流露出不安的神色，而且查尔斯·皮尔逊在介绍这个男人时显得有些迟疑。"这位是我们的同事，卡瓦纳先生，他是大都会公司的一位主管。他负责管理隧道挖掘现场的日常运营工作。"

艾博兰摸了摸脑门，心中暗想，你又有什么故事？

"我听说这里发现了一具尸体。"卡瓦纳说道。他右边脸上有一道巨大的疤痕，像是有人曾经用刀在他眼睛下方划了一道口子。

"没错，先生，正是这样，"皮尔逊叹息道。

"那么请让我们看一下。"卡瓦纳要求道，接下来艾博兰掀开了防水布，卡瓦纳只是摇了摇头，表示他认不出死者。"我不认识这个人，谢天谢地，看他的样子也不是我们这里的人。我猜他是个酒鬼。就像那边那个朝我们唱小夜曲的可怜人一样，喝醉了，肯定是这样。"

他朝栅栏外面挥了挥手，有个颓废潦倒的男人站在那儿看着他们，他不时唱起歌来，手里挥舞着一个又脏又破的瓶子。

卡瓦纳转身背对着马车。"马钱特！让这些人回去工作。我们浪费的时间已经够多了。"

"不。"皮尔逊夫人的声音孤零零地说道。她上前一步，站在她丈夫前方。"这里死了一个人，我们应该暂停早上的挖掘表示哀悼。"

卡瓦纳机械的微笑又出现了，他立即谄媚地从头上摘下高帽子，深深地鞠了一躬。"皮尔逊夫人，请原谅我，我实在是疏忽，竟然忘了还有一位感情细腻的女士也在场。只是，您的丈夫也可以作证，我们的工地上时常发生不幸，恐怕仅仅一具尸体还不足以停止开挖隧道的工作。"

皮尔逊夫人转身问道:"查尔斯?"她的丈夫垂下双眼作为回应。皮尔逊戴着手套的双手在手杖把手上焦躁不安地磨来磨去。

"卡瓦纳先生是正确的,亲爱的。那个可怜的人已经被挪走了,工作还得继续。"

她眼神敏锐地看着她的丈夫,后者移开了他的目光,随后皮尔逊夫人拾起裙角离开了。

艾博兰看着她走远,他注意到卡瓦纳表现出一副狡猾的胜利模样,他开始着手召集马钱特和他的手下,艾博兰也留意到查尔斯·皮尔逊脸上神色悲伤,显然他左右为难,因为他也转身紧跟着他的妻子离开了。

与此同时,艾博兰还得把这具尸体送到百丽岛去。想到这儿他心里一沉。只怕在全世界都找不到比百丽岛的贫民窟更糟糕的地方了。

就在这时,正当场地经理威逼利诱,敦促工人们回去工作的时候,在人群里有一个年轻的印度工人,虽然他的记工单上登记的名字是巴拉特,假如有哪个好奇的工友问起他的名字,他也会告诉他们他叫这个名字,但当他想到自己时,他想的却是另外一个名字。

他称呼自己为幽灵。

从外表上看,幽灵平平无奇。他穿着和其他筑路工人相似的衣服:衬衫、围巾、铁路工人的帽子、背心和工作衫——只是没穿靴子,他赤着脚——他是个认真称职的工人,表现得既不比别人差,也不比别人好,如果你开口和他谈话,他会表现得风度翩翩,完美无缺,他并不是特别多话,决不是那种会主动找人说话的人,但同样他也不会特意回避与人交谈。

但幽灵总是在观察。无时无刻不在观察。他看到了那具尸体,而且他运气很好,在疏散壕沟的命令下达前,他近距离观察过尸体。他也看到了栅栏边上的那个酒鬼,在随后的骚动中,他成功地吸引了他的注意,然后,像是在抓痒一样,他揉了揉自己的胸口,做了个微不足道的小手势,这个动作其他任何人都不可能看到。

接着,在艾博兰抵达时他也在观察。他看着卡瓦纳匆忙赶到现场,当艾博兰掀开防水布的时候,他特别仔细地留心观察,看到卡瓦纳垂眼俯瞰死者的脸,把他认出死者时的表情隐藏了起来。

哦,他表现得很不错。幽灵必须承认这一点。卡瓦纳掩饰的能力几乎和他自己不相伯仲,但当他向下看着那张脸时,他的眼睛短暂地闪烁了一下。他认识这个人。

现在,幽灵看着艾博兰爬上马车离开,他肯定是要把尸体送到百丽岛去。

而在艾博兰离开之后不久,他看到那个酒鬼也离开了。

6

阿尔伯特亲王已经去世好几个月了,虽然他对于胡须的品位依然很流行,但他在体面和礼仪上的坚持显然没能在普通大众中蔓延开来。看起来情况恰恰相反,伦敦上空笼罩着一层黑暗又恶毒的阴影。有些人把它归咎于女王的缺席:她还在哀悼阿尔伯特的离世,而且还搬去了苏格兰高地服丧。其他人则认为这是伦敦的人口过于拥挤的错——拥挤带来了可怕的恶臭、贫困和犯罪——而在这部分人当中,有些疯子认为解决问题的最佳途径是修建一条地下铁路。不过,也有人说这实际上并不是人口过于拥挤的问题,相反,正是修建地铁让城市陷入了混乱。最后这群人倾向于指出,迄今为止,修建地铁反而加剧了城市的拥挤程度,因为城里最大的贫民窟——弗利特谷里成千上万的房客被赶出了家门。这倒是实话,因为确实如此。

啊,可至少我们摆脱了城里最大的贫民窟啊,前面那群人说道。

不见得吧,第二群人嘲笑道。你们只是把另一个贫民窟搬到了前一个的位置上。

要有耐心,前面那群人辩解说。

不,第二群人说,我们可没有什么耐心。

艾博兰坐在马车上,一只手轻轻挽着缰绳,他思来想去,猜测大人物们是怎么在俱乐部和会议室里做出决策,进而影响到我们所有人的。他们又是出于什么目的?是为了大局?还是为了他们自己的个人利益?他想起了丁尼生勋爵《轻骑旅的冲锋》中的一行诗:"他们不问为什么,他们只知奉命去做,去牺牲。"

马车咔嗒响着跨过铁路驶向百丽岛,高耸的尖顶建筑像肮脏的污迹一样出现在地平线上。他已经能闻到令人作呕的恶臭,臭气来自废马屠宰场、熬骨头的锅炉、提炼脂肪的熔炼炉、化学品工厂、烟花制造厂和黄磷火柴厂。

在他左边,有些头脑简单的可怜傻瓜做了勇敢的尝试,他们试图开辟出一块菜园,可惜病态的杂草在菜园里泛滥成灾,杂草甚至翻过了铁栅栏,一直蔓延到艾博兰右侧。满身污垢、几乎衣不遮体的孩子在两边的荒地里跑来跑去,他们互相投掷旧锡罐头,在屋外的街道上四处乱窜。每座房子里都有洗衣房和大量的房间,到了晚上,房主和房客们会把屋子里挤得满满当当,就跟在鸦巢里一样。

他的马车经过废马屠宰场。活生生的马匹穿过拱门,嗅觉和本能肯定警告了它们前面是什么地方,在那座工厂里,马匹会遭到宰杀,接着他们把马肉泡在铜缸里煮开，用于制作猫粮。

屋外的院子里，打着赤膊的工人用大铁锤敲断骨头，周围始终有成群的孩子在旁观他们劳作，孩子们衣衫褴褛，空气中的硫黄给他们的衣服染上了一层淡淡的黄色。

艾博兰看到的这群孩子显然已经厌倦了围观——毕竟，这种活动实在没有多少花样可变——于是他们打起了板球。因为没有常见的装备，他们临时从一张旧床架上拆下一部分当作球板，而他们用的球是……艾博兰皱起了眉头。哦，天哪。他们用的是一只小猫被砍掉的脑袋。

他正打算朝他们大喊一声，请他们发发慈悲，拿别的什么东西当板球用吧，这时他意识到有个孩子已经逛到了马车前方，这让他不得不停下马车。

"喂，"他喊道，同时怒气冲冲地朝那个年轻的小流氓挥手，"警察公务。快点让开。"

可那个邋遢的小孩并没有动。"您要去哪儿，先生？"他问道，男孩用双手捧着马头，轻轻地拍打它。看到这一幕，艾博兰心里变软了一些，等男孩用指尖摩擦这只动物的耳朵时，他已经把怒火全忘光了，反而欣赏起这罕有的亲密时刻：男孩与马。

"您要去哪儿，先生？"男孩再次问道，他把眼睛从马身上移开，用那副小顽童的眼神看着艾博兰。"希望您不是要送它去废马屠宰场。请告诉我不是这样。"

艾博兰感觉到余光里有动静，他扭头看见另外三个年轻的小流氓从栅栏下面爬了出来，跑到了他身后的路面上。随他们去吧，他想，反正后面也没有什么值钱的东西。除非你把一具浑身湿透的尸体和防水布也算在内。

"不是的,别担心,孩子,我是要把车后面的一具尸体送去停尸房。"

"一具尸体,真的吗?"这句话从后面传来。是个新来的孩子说的。

现在有更多的孩子跑了过来。一小群孩子在他四周围成了一圈。

"喂,你,给我下去,"艾博兰警告道,"后面没有什么你感兴趣的东西。"

"能让我们看看吗,先生?"

"不行,绝对不行,"他扭头喊道,"现在给我下去,不然你就要尝尝我警棍的厉害了。"

第一个男孩还站在那儿抚摸马匹,他扬起脸,再次对艾博兰说道:"为什么警察会参与进来,先生?这个人死得很惨吗?"

"你可以这么说。"艾博兰答道,他现在有些不耐烦了。"让开,孩子,让我过去。"

他正打算回头警告那些显然在尝试偷看防水布下面的孩子,这时马车猛地颠簸了一下,这些残忍的小讨厌鬼,等马车再次颠簸起来,艾博兰现在有些恼火,他想赶紧离开这见鬼的百丽岛,于是他果断地抖了抖缰绳。

"前进。"他命令道。如果那孩子还挡在路上的话,好吧,他会留神的。

他驱车向前,孩子被迫让到一旁。等他经过时,艾博兰低头看见那个年轻的小顽童朝他露出神秘莫测的笑容。"祝你的尸体好运,先生。"他说,男孩嘲弄着用手指关节轻触他的额发,但艾博兰对此并不在意。他只是哼了一声作为回应,然后又抖了抖缰绳,扭头看着前方。他驶过其他屋子,抵达停尸房门口,接着他大声咳嗽了一下,吵醒了坐在木头椅子上打瞌睡的职员，随后他举帽致意，让艾博兰把马车驶进院子里。

"这里头是什么？"第二个停尸房职员从一扇边门里走出来说道。

艾博兰爬下马车。在入口那里，瞌睡虫已经关上了大门，他身后的百丽岛贫民窟就像窗户上一个乌黑的拇指印。"一具尸体，需要冷藏等验尸官来检查。"艾博兰答道，他拴好缰绳，同时那个职员走到马车后方，掀开防水布，仔细看了看下面的东西，然后又把布盖上了。

"你应该去废马屠宰场。"他简单地说。

"你说什么？"艾博兰说道。

职员叹了口气，在围裙上擦了擦手。"除非这是你开的一个玩笑，不然我说你应该去那该死的废马屠宰场。"

艾博兰面色发白，他想起路上遇到的那群贫民窟里的孩子，想起马车颠簸的样子，也想起了他们是怎么转移他的注意力，也许可以说他们的手段非常聪明：让一个孩子来蹭他的马脖子。

等他飞奔到马车后方掀开防水布的时候，他已经非常确定，他会看见壕沟里的尸体已经不翼而飞：车里放的是一匹死掉的矮种马。

7

每天晚上幽灵都走同一段路程回家，他沿着新道步行，途中会经过马里波恩教堂。在教堂墓地里，破败杂驳的墓碑群之中有一块特别的墓碑，他每次路过时都会瞧上一眼。

如果墓碑是直立着的——基本上每天晚上都是这样——这就意味着没有给他的消息。如果墓碑靠向右侧，那就意味着危险。仅此而已：

危险。至于是什么样的危险就得靠幽灵自己去搞清楚了。

不过,要是它靠向左侧,那就意味着他的管理人想和他见一面:老时间,老地方。

于是,在检查过墓碑之后,幽灵又踏上了前往沃平的五英里回家之路,回到他在泰晤士河隧道的住处。

泰晤士河隧道曾被称为世界第八大奇迹,甚至在地面上也能在四周的建筑中表现得威武不群——隧道的入口大厅是一座尖顶的八角形大理石建筑。幽灵走进从不关闭的隧道大门,穿过拼花地板,来到大厅侧楼的岗亭。在白天,行人们得付一个便士才能通过,前往通向下方隧道的台阶,但晚上不是这样。现在黄铜旋转栅门已经关上了,和其他所有人一样,幽灵直接从上方爬了过去。

盘旋在楼梯井内的大理石台阶上结了冰,因此在下到第一个平台时,他走得比平时要小心许多,他小心翼翼地走向下一个平台,最后到达了楼梯井底部的大圆形大厅,这里的深度已经是地下超过两百五十英尺。圆形大厅曾经宏伟又华丽,现在却只剩下宏伟。大厅墙壁上布满污垢,雕像破旧不堪。人们说这是岁月留下的痕迹。

尽管如此,这里肮脏灰泥墙上的凹室仍然值得一观。在房间的角落里,圆形大厅的子民们正蜷缩在睡袋下沉睡,这些人是通灵法师、算命师,还有杂耍演员,白天的时候,他们就向来拜访著名的泰晤士河隧道的行人们招徕生意。

作为世界上第一条水下隧道,泰晤士河隧道从沃平这头穿过河底,一路延伸到罗瑟希德,花了十五年才建成,几乎难倒了马克·布鲁内尔先生,还差点夺走了他儿子伊桑巴德的性命,后者在隧道修建过程中的一次渗水事故中差点淹死。布鲁内尔父子都希望看到他们的隧道能够通行马车,但由于成本问题没能做到,相反,这里变成了一处观光胜地，游人们付款漫游长达上千英尺的隧道，同时还有一整套地下行业蓬勃发展起来给他们提供服务。

幽灵离开入口大厅，走进隧道黑洞洞的入口，两道拱墙就像手枪枪管一样正对着他。隧道里十分宽阔，天花板也很高，但是砖墙压迫一般围在四周，他迈出的每一步都会荡起回声，气氛的骤然变化让他更加感受到隧道里的昏暗。在白天，上百盏煤气灯驱散了地下的黑暗，但在夜里，唯一的光亮只有把隧道当作家园的人点起的摇曳烛火，这些人是商人、神秘主义者、畜管员、舞者、歌手、小丑和街头小贩。据说每年有两百万人走下隧道散步，自从大约十九年前隧道开放以来年年如此。要是你在隧道口占了一块地方，你是不会放弃它的，只要你还在担心其他小贩会在你离开时抢走它就不会。

幽灵经过他们身边，他看着这些沉睡中的商人和表演艺人，他的脚步在石质地板上踏起响声。他凝视着墙上的凹室，手中的提灯越过了那些睡在隔间的拱墙下方的人，整条隧道上布满了隔间。

隧道里运转着一套严格的等级制度。商人们占据了道口的位置。在隧道更深处，则是游民、无家可归者、乞丐和其他的可怜人，而在隧道更深处，则是盗贼、不法之徒和逃犯的地盘。

清晨来临之际，商人们会热情地协助警察清空隧道，因为确保隧道里没有乞丐，并且尽可能干净整洁关乎他们自己的切身利益。抢劫犯和逃犯已经趁着夜色离开了。至于其他人，那些流浪汉、乞丐、和妓女则会怨声载道地眨着眼睛走到亮处，他们攥着自己的财物，准备度过又一个无依无靠的日子。

幽灵的提灯打在凹室阴暗处一个睡着的人影身上。下一个凹室是空的。他晃动灯火，照亮其他隧道隔间的凹室，它们也都是空的。他感觉到身后微弱的亮光越来越远，他的提灯发出的光芒突然显得如此微弱,灯火在砖墙上诡异地舞动。

黑暗中响起一阵疾走的声音,他提起灯,看见前方的角落里蹲着一个人影。

"你好,巴拉特先生。"男孩低语道。

幽灵向他走去,他伸手从外套里拿出一块厚皮面包,这是他之前放在里面的。"你好,查理。"他开口说道,把面包递了过去。男孩畏缩了一下,他实在太过习惯被成年人殴打了,然后他接过面包,一边啃一边用感激的眼神看着幽灵,一开始他吃得还有些谨慎。

他们每天晚上都会这样碰面。每天晚上男孩都是同样地畏缩,同样地谨慎。幽灵对这个孩子的背景一无所知,只知道其中不乏暴力和虐待,他每天晚上都会对他微笑,说:"明晚再见,查理。你自己多保重。"然后撇下凹室里的男孩离开,他一边向隧道深处走去,一边感到心碎不已。

他再次停下脚步。在另一间凹室里躺着一个男人,他从圆形大厅结冰的台阶上摔了下来,跌断了一条腿。是幽灵接好了他的断腿,他屏住呼吸,忍着屎尿的臭味检查男人的断腿,他的夹板还在原来的位置上,这条腿正在好转。

"你是个好小子,巴拉特。"他的病人粗声粗气地说。

"你吃过了吗?"幽灵问道,他还在护理病人的腿。他并不是那种感情脆弱的人,可即便如此——杰克毕竟已经老了。

"麦琪给我带了点面包和水果。"杰克说道。

"要是没有麦琪我们可怎么办?"幽灵不禁疑惑道。

"那我们就死定了,孩子,就是这样。"

幽灵挺直身子,假装回头看了看隧道,好呼吸一点相对而言没被污染的空气。"你的腿看起来不错,杰克,"他说,"再过两天,你应该可以冒险去洗个澡了。"

杰克咯咯笑道:"呃,有这么糟?"

"是的,杰克,"幽灵说道,他轻轻拍了拍他的肩膀,"恐怕真的有这么糟。"

幽灵离开了,他进一步向隧道深处走去,直到他走到最后两间有人用来睡觉的凹室。这是他和麦琪住的地方。麦琪已经六十二岁,年龄足够做他的祖母,但他们一直互相照料。幽灵带来食物和钱,每天晚上他都在烛光下教麦琪识字。

至于麦琪,就她来说,则是隧道里的母亲,当幽灵需要时,她会成为他手下鼓动人心的代言人,她是个让人闻风丧胆、满怀敬畏的人物。不是可以轻慢招惹的等闲之辈。

很少有人敢踏过这条界线。越过这条界线的结果黑暗无比,幽灵选择在这里安家也绝不是巧合。他在这里担任的是某种边防警卫的角色,他保护睡在隧道里的人免遭恶棍和贪官污吏的侵害,保护他们免遭在这块幽暗地域里避难的不法之徒和逃犯的侵害。

在他到来之前,亡命徒们常对住在隧道里的人下手。这花了他好一番工夫。而且过程中也流了不少血。但幽灵制止了这种事情再度发生。

8

幽灵第一次遇见麦琪的那个晚上,他已经踏上了回家的路——如果你可以管这个地方叫做"家"的话——他正要回他的住所,他在隧道里休息的地方。

走在路上的时候,他的思绪偶尔会飘回他真正的家,印度的阿姆利则,他长大的地方。

他还记得自己的童年和青春期是徘徊在父母房子的庭院中度过的,其次是在"卡特拉斯"——在城里的不同地区之间游荡。记忆是会骗人的,它会让事物看起来比实际上更美好,又或是更糟糕,幽灵对此一清二楚。他知道自己有把童年理想化的危险。毕竟,要忘掉阿姆利则并不像伦敦,那里没有建设排水系统实在是太容易了,因此在伦敦他很少能闻到记忆中那样鲜活的茉莉花和香草的香味。他大概也会忘记,在他记忆中那些高墙耸立的街道上来往的人,就和在印度的其他任何地方一样令人讨厌。也许太阳并没有真的让整座城市整日整夜沐浴在金色的阳光下,日光照暖了石头,让喷泉闪烁着微光,那些把这座城市视为家园的人脸上被阳光抹上了一层笑意。

事实大概并非如此。然而他记忆里的一切就是这样,诚实点说,是他甘愿记忆中的阿姆利则是这样的。这些记忆让他夜晚在隧道里感到温暖。

他的原名是贾亚迪普·米尔。和所有的男孩一样,他崇拜自己的父亲阿尔巴兹·米尔。他母亲曾说他的父亲身上带着沙漠的气息,在幽灵记忆中的父亲正是这样。在他很小的时候,阿尔巴兹就告诉贾亚迪普,远大的前程在等待着他,有一天他会成为一名受人尊敬的刺客,在父亲口中,这个未来听起来激动人心,而且必定无疑。在他敬爱的父母舒适的小家园里,贾亚迪普茁壮成长,对自己的人生道路无比肯定。

阿尔巴兹喜欢给他讲故事,贾亚迪普也喜欢听他讲的故事,他最喜欢的是阿尔巴兹如何遇见他的妻子琵亚拉的故事。在这个故事里,阿尔巴兹和他年轻的哑巴仆人拉扎·索勒想要找回科依诺尔钻石,也就是著名的"光明之山"宝石。在阿尔巴兹尝试从皇宫中取回钻石期间，他与琵亚拉·考尔陷入了情网，琵亚拉是锡克帝国的创建者兰吉特·辛格的孙女。

科依诺尔钻石正是一块被刺客们称为伊甸碎片的圣器，这些圣器散布在世界各地，是一个早于人类文明的独有的遗物。

贾亚迪普很了解这些圣器的力量，因为他的父母曾经亲眼见过。钻石被激活的那个晚上，阿尔巴兹、琵亚拉和拉扎全都在现场。他们都看到了那场天神现世的光影奇观。说到他们目击的这场奇观，他的父母都坦率地讲起了这件事给他们带来的影响。他们看到的东西让他们更加热切和由衷地相信，像这样强大的力量绝对不能掌握在他们的敌人圣殿骑士手中。他们也把这个理念灌输到男孩心里。

那时候，成长在被阳光抹上一层金色的阿姆利则，接受着被他视如天神一般的父亲教导的贾亚迪普，绝对无法想象有一天他会被称为幽灵，有一天他会蜷缩在阴暗寒冷的隧道里，孤身一人，得不到任何人的尊敬。

他从四五岁的时候就开始接受训练，虽然训练的内容只是体力劳动而已，可他从来都不觉得这是烦人的家务：他从不抱怨，也绝不偷懒，这只是出于一个非常简单的原因，这些事情他都做得很好。

不。不仅仅是好。实际上他做得棒极了。从他拿起自己的第一把木制库克利训练刀那天起，他就展露出自己是一个天才。贾亚迪普有一种在印度兄弟会相当罕见的战斗天赋。他的攻击速度非常快，快得几乎不可思议，防御时反应也比常人敏捷许多，因为他拥有惊人的观察和预测行动的能力。事实上，他表现得实在太好，这让他的父亲觉得有必要给他另找一个导师。

于是伊森·弗莱走进了男孩的人生。

遇见伊森·弗莱是幽灵最久远的记忆之一：伊森是个神色疲惫、

气质忧郁的人,他的西方式长袍沉沉地垂在身上,似乎比他父亲的袍子还要沉重。

贾亚迪普那时还只是一个小孩子,他既没有兴趣,也不打算去主动打听伊森·弗莱究竟是什么人。对他来说,这位年长的刺客很有可能是从天上掉下来的,他像个垂头丧气的天使一样坠落凡尘,来破坏他田园牧歌一般的生活。

"就是这个孩子?"伊森问道。

当时他们坐在阴凉的院子里,外面街巷的喧嚣飘过墙头,同鸟鸣声和喷泉轻柔的叮咚声揉杂在一起。

"没错就是他,"阿尔巴兹自豪地说,"他叫贾亚迪普。"

"你说他是个伟大的战士。"

"他是个成长中的伟大战士——至少我觉得他是。我亲自训练过他,结果让我大吃一惊。伊森,他的资质让我非常惊讶。"阿尔巴兹站起身来,贾亚迪普在父亲身后的屋子里瞥见了他的母亲,她同时看着他们两个人。也许是因为这个粗鲁的陌生人在场,有生以来第一次,他意识到自己父母身上的美丽和优雅。他第一次把他们看作常人,而不仅仅是他的父亲和母亲。

伊森·弗莱目不转睛地盯着男孩,他把双手紧扣在腹部上方,扭头对阿尔巴兹说道:"你说他的能力优秀得不可思议?"

"就像你说得那样,伊森,是的。"

他双眼依然盯着贾亚迪普。"当真好得不可思议?"

"他总能提前想好两到三步的动作。"阿尔巴兹答道。

"这很平常。"

"在六岁的时候?"

伊森再次把目光锁定在贾亚迪普身上。"我得承认他是有些早熟,可是……"

"我知道你想说什么。到目前为止他一直都是和我对练，而作为父亲和儿子，我们天生就拥有某种联系，所以有可能，只是有可能，我会表现出某些他能读懂的信号，这让他占了优势，对吗？"

"我是有这个想法。"

"那么，这就是你在这里的原因。我想让你来接手训练贾亚迪普。"

伊森·弗莱对这个男孩产生了兴趣，于是他答应了阿尔巴兹的请求，从那一天起，他在米尔家住了下来，开始训练贾亚迪普学习剑术。

男孩却不太清楚驱使伊森教导他的原因是什么，新导师的粗鲁举止和粗暴的语气一开始让他觉得有些困惑。贾亚迪普对伊森纪律严明的管教很不适应，他们花了好几个月才建立起正常的师徒关系，在此之前，两人之间总是充满了各种尖酸的题外话（来自伊森）、刻薄的评语（同样来自伊森）和泪水（来自贾亚迪普）。

实际上，有一段时间里，贾亚迪普相信伊森·弗莱只是不喜欢他，这似乎是出于某种文化冲击。男孩长得相当英俊，魅力翩翩。他对大人的世界几乎一无所知，但尽管贾亚迪普对魅力和说服力这样的概念一直毫无知觉，他却本能地擅长施展魅力，擅长说服他人，他能让全家人都绕着他的小手指头打转，这对他来说似乎易如反掌。他是那种大人们喜欢抚摸的小男孩。从来没有哪个男孩像他这样，总是不断地被男人们揉乱头发，也很少有超过半个小时以上的时间，没有家里的女人赞扬他的微笑，在他的脸颊上印上一吻，同时呼吸他身上鲜活的小男孩的气息，默默地享受他肌肤的柔软。

就好像贾亚迪普是某种诱人的毒药一样，所有遇到他的人都对他上了瘾。

所有人，只除了伊森，他总是一副忧虑又全神贯注的表情。诚然，伊森偶尔也会整个人变得亮堂起来，每当这个时候，贾亚迪普就会猜想他看到了"老"伊森或者说"真实"的伊森，仿佛有个不一样的伊森正在阴暗的表面之下向外窥探。不过，似乎贾亚迪普身上让其他大人们如痴如醉的气质，对于他的导师完全不起作用。

他们俩的辅导关系基础很不牢固，伊森带着一种灰暗的研究心态，而贾亚迪普对于伊森这样新类型的大人感到十分不解，他并不像其他人那样会慷慨地给予他喜爱和赞赏。不过当然，对于贾亚迪普的战斗技巧，就算是伊森也不得不表达了勉强的赞美。他怎么可能不称赞贾亚迪普？对于刺客技艺的方方面面，贾亚迪普全都掌握得得心应手，到头来也正是这一点打破了他们之间冰冷的关系，因为，对于一个训练有素的刺客来说，如果有什么是他不得不表示佩服和欣赏，乃至于开始渐渐喜欢的话，那肯定就是一个前途无量的新手了，而贾亚迪普恰恰正是如此。

于是，随着岁月推移，师父和徒弟在庭院的树荫下你来我往，切磋武艺，他们在喷泉旁边探讨理论，随后又在城里的大街小巷上把教导付诸实践，伊森似乎对他年轻的学徒渐渐热络起来，当他开口让男孩把木刀换成钢刀的时候，他的话音里明显带着一丝自豪。

对于贾亚迪普来说，他也开始对这位喜欢深思熟虑的导师有了一些了解。实际上，这已经足够让他意识到用"阴郁"来形容伊森是错误的，而"忧虑"可能更为准确。即使在那个年纪，他的洞察力就已经十分敏锐了。

更有甚者，有一天他意外听见女人们在厨房里说话。当时他和伊森正在庭院里做潜行实战练习。伊森命令他要带回用隐蔽手段获取的消息。

多年后，当幽灵回忆起这段往事时，他突然意识到，让一个小孩子去收集隐秘的信息实在是一个陷阱重重的计划，尤其是这个孩子可能会了解到一些不太适合让年轻的耳朵听见的事情。

结果，当时发生的事恰恰正是这样。

不过，他后来才知道，尽管伊森表面上思虑深沉，但他常常会做出各种古怪鲁莽又草率的决定，而且还带着一种恶作剧式的狡黠，回想起来，伊森对于实战练习的指导也许是贾亚迪普第一次看到他的导师流露出这种个性。

于是贾亚迪普根据指示做了潜行练习，两个小时后他回到喷泉旁边找伊森。他在石头上找了个位置坐下来，坐在他身旁的师父看上去和以往一样深沉，他习惯性地没有和贾亚迪普打招呼。和伊森的其他习惯一样，贾亚迪普花了一段时间才适应这一点，适应这种事情的过程是这样的，一开始他觉得自己被冒犯了，随后觉得困惑不解，后来他开始接受这些事，伊森这种欠缺关怀的作风是他们两之间亲密程度的一种特有表现方式，毕竟他们在年龄和文化上相距甚远，伊森已经是经验丰富的杀手，而贾亚迪普正在接受训练成为这样的人。

"亲爱的孩子，告诉我你知道了什么？"伊森问道。

伊森称呼贾亚迪普为"亲爱的孩子"是相对时新的一项进展。他开始这么叫了，贾亚迪普还挺开心的。

"我知道了一些关于你的事情，师父。"

也许当时伊森有些后悔派他年轻的徒弟去执行这个特别的任务。很难想象他对此有什么计划，可当时谁又能说得清伊森·弗莱脑子里究竟在想些什么呢？只怕永远都没人能做到。男孩根本无从知晓这些事，但作为一个热心的学生和接受过如何观察他人教育的人，他会本能地仔细观察他的导师,寻找他可能会越界或者冒犯到伊森的迹象。

"所以你听到别人嚼舌头了,孩子?"

"'嚼舌头'是什么意思,师父?"

"嚼舌头的意思是传播流言蜚语,而且就像我一直跟你说的,流言可以成为非常强大的情报工具。能从偷听到的内容里收集到信息,你做得很好。"

"你不生气吗?"

伊森脸上闪过某种沉着的表情。贾亚迪普似乎有种感觉,伊森内心的躁动已经平静下来。"不,贾亚迪普,"他说道,"我不生你的气。请告诉我你听到了什么。"

"你可能不会喜欢这个。"

"我对此并不怀疑。不管怎样,请告诉我吧。"

"女人们说你在英国有个妻子,她给你生下两个孩子的时候死了。"

男孩等着师父的回答,院子里似乎变得安静起来。

"这是真的,贾亚迪普。"过了一会儿,伊森答道,他叹息了一声。"而且在我想去看我的孩子雅各布和伊薇的时候,我发现自己做不到。后来他们邀请我回到印度,我猜你会说我是在逃避,贾亚迪普。我逃避了在克劳利的家,逃避了我的孩子们来到这里,和你一起在太阳底下热得浑身大汗。"

贾亚迪普想起了他自己的父亲和母亲。他想起了他们慷慨给予他的爱和亲情,贾亚迪普从心里同情那两个孩子。他可以肯定他们被照顾得很好,但尽管如此,他们还是缺少了父爱。

"但不会太久了。"伊森说道,他仿佛看穿了贾亚迪普的心思。他站起身来。"我要回到英国,回到克劳利,回到雅各布和伊薇身边。我会保证让你锻炼成才，等你做好迎接战斗的准备我才会满意，然后我就要回家，等我回到英国，贾亚迪普，我要做我从一开始就应该做的事，我要成为我的孩子们的父亲。"

在伊森的话中蕴藏着另一层意味，贾亚迪普尽管直觉敏锐，却没能意识到。伊森在以自己的方式向贾亚迪普坦陈，他和男孩之间的友谊唤醒了他自从妻子去世后便未曾展现的父爱本能。伊森在以自己的方式感谢这个男孩。

然而，贾亚迪普却只听见了"战斗"这个词。

过了一段时间之后——实际上，男孩刚从木刀过渡到钢刀，伊森就发现贾亚迪普有一个弱点，一个严重的弱点。

9

在他第一次遇见麦琪的那个晚上，当时幽灵正在回家的路上，在返回隧道住处途中，当他像往常一样路过马里波恩教堂墓园时，幽灵和平时一样往里面瞥了一眼，检查一下石头墓碑的角度，但墓地里发生的事引起了他的注意。

当然，当时的天色很暗，这是差不多一年前的事，那个时节白天就和现在一样短，而且晚上很冷，除非有一个很好的理由，不然的话，没有人会在这样的夜里跑到漆黑的教堂墓园里闲逛的。

同样，也没有人会在这样的夜里有什么要事在身，需要跑到漆黑的教堂墓园来。除非他们要做的是某些不太正经的邪恶勾当。

情况果真如此，幽灵听见的还真是相当恶劣的事情。

他在教堂矮墙边的小路上停下脚步。仔细聆听。对于不道德的事他有自己的衡量尺度，尺度的一端是不算太邪恶的事情（好比说，像是通奸：这是妓女和她的客户之间自愿发生的交易），但他现在听见的却是在邪恶标准另一端的情况。他听见了几个男人的声音——幽灵立即意识到是五个男人——有些人在哈哈大笑，并且敦促其他人上去动手，他还听见了暴力活动的声音，男人们在用脚上的靴子做无辜的制鞋匠从来没想过的事情，但最重要的是，还有一个女人——幽灵立即意识到那是一个女人——痛苦的声音，极度痛苦的声音。

当然，附近也有其他人路过这里，他们也听见了教堂墓园里的动静，听见了女人遭到暴打时发出的尖叫声和哀求声，这种声音绝对不会听错，可只有幽灵一个人停下了脚步。他不该这样做的。他的工作就是每时每刻都要融入周围的人群之中，但他还是停下了脚步，因为他是一名刺客——他现在依然是——因为他是阿尔巴兹·米尔和伊森·弗莱训练出来的刺客，因为在他的心里灌输着兄弟会的价值观。

所以，在五个男人殴打妇女取乐的时候，他是没法儿放手不管的。

他跃过墓园边界的低矮石墙，进一步融入昏暗的环境里。墓地里的喧闹声还在继续。这些喝醉了酒的男人大吵大闹，纵情取乐。根据他们的口音，幽灵判断其中两个是有一定身份地位的绅士，另外三个人的社会阶级他则不太确定。

现在他看到了提灯的光亮，在大教堂阴影下的一块空地上，他分辨出两个衣着光鲜的人，在地板上也有一个身影。

"你管这叫什么？"其中一个人横跨在女人身上，用力抽打她的脸，另一个男人一边哈哈大笑，一边就着酒瓶大口痛饮。

在他们前方有三个块头很大的人，全都戴着圆顶硬礼帽，他们背朝两位绅士和受害者站在一旁，这些人都是保镖。幽灵绕过墓地向他们走去，三个保镖开始紧张起来。要是阿尔巴兹和伊森在场，他们会建议他用潜行的方式介入，在这些人能够做出反应之前，幽灵就可以干掉其中的两个。可是眼前所见的事让他怒不可遏，一股义愤填膺的怒火驱使着他，他想要和这些人当面对质。他想要伸张正义，同时也要让正义能够大白于天下。

"滚开，伙计，"其中一个保镖说道，他抱起双臂，"这儿没有什么好看的，小子。"

另外两个保镖都转过身来，其中一个把手深深地插进外套口袋里，另一个则把手放在背后。

"放那女人走。"幽灵说。

那两个人已经停止了他们残忍的游戏，他们离开女人伏在地上鲜血淋漓的身体，站在一旁。女人放松下来，她发出混杂着痛苦与宽慰的呻吟，把身子翻转到一侧，女人的裙子凌乱地搭在腿上，乱糟糟的头发下面是一张布满血污的脸。这个让人同情的可怜人，她看起来已经六十多岁了。

"从她身边滚开。"幽灵命令道。

其中一个有钱人发出一阵窃笑，他把酒瓶递给第二个人，对方眼中闪烁着喜悦，他把酒瓶靠在嘴边，贪婪地大口喝起酒来。两人看起来像是在期待一场娱乐表演开场。幽灵站在那里，他要独自对抗五个人，幽灵希望自己不会让他们失望。

而为了实现主持公正的美好愿望，他也希望自己现在并不是自不量力。

第一个保镖下巴一斜，再次开了口，他的话在刚刚安静下来的墓园里有如磐石坠地一般。"滚开，小子，不然我们就要动手让你滚了。"

幽灵注视着他。他注视着他们每一个人。"只要保证这位女士不再受到伤害，我就会离开。"

"那么，好吧……"

"而且我要那两个对她做出这种暴行的人受到足够的惩罚。"

另外两个保镖爆出一阵大笑，但领头的保镖挥手让他们保持安静。"那么现在你给我听好，你的要求是不会实现的，因为你看见这边的两位绅士了吗？他们非常大方地聘用了我和我这两位同事的服务，保证他们不会受到任何伤害，尤其是在他们游览这个国家的伟大首都某些不太健康的方面的时候，如果你明白我的意思的话。你要伤害他们，就得先过我们这一关，我想你也知道，不是吗？这是不可能的。"

他身后那两个寻欢作乐的有钱人嗦嗦笑得更欢了，他们来回交换酒瓶，享受着眼前的表演，仿佛这是主菜上桌之前的开胃酒。这两个人身形羸弱，而且喝得烂醉，就算是把一只手绑在背后，幽灵也能轻松摆平他们两个人，只是……

他得先把保镖解决掉。第三号保镖的外套是解开的，他的双手依旧紧紧地背在身后。他要么是带着一把左轮手枪，要么就是在腰腹侧面挂了一把短剑。他看起来很危险，但同时也有一点太放松、太自信了。

第二号保镖同样如此。他穿着一件长至脚踝的外套，而且扣得严严实实，虽然他的左手在外套口袋里伸展着动来动去，但他的右手却是一动也不动，这意味着他手里正攥着一把小刀或是短棍。

很好。他穿的外套并不适合近身搏斗，其次，尽管他自己没有意识到，但他已经把自己武器的位置泄露给了幽灵。出于这两个原因，幽灵把他定为下手的第一个目标。他应该是三个保镖里最容易制服的，而且幽灵需要一件武器。他希望那是一把刀。

第一号保镖则要聪明许多。他已经意识到，如果没有充足的理由，眼前的这位袭击者是不会独自面对五个人的。他依旧把双臂抱在胸前——也许他戴了腋下手枪套?——但他的双眼始终在幽灵背后的区域游移,想要找出任何有可能潜伏在暗处的援手。

等他确定自己什么人也没有看到之后,他注视幽灵的目光里夹杂的关注、怀疑和恐惧甚至变得更加浓厚了。他在猜测他的同事们根本没有怀疑过的可能性,也许这个印度小子正在耍某种花招,也许他比看上去要难对付得多。一号保镖很有洞察力,他可能是最难制服的。

幽灵已经把三个保镖都打量完了。他真希望自己能一只手里握着库克利弯刀,另一只手的手腕上绑着袖剑。在那种情况下,这场搏斗的结果将毫无悬念,而且战斗可能早在好几分钟之前就已经结束了。但即便是现在这种情况,他也有自信能够取胜。在他这一边有很多决定性的优势因素:比如他的敌人严重低估了他的实力,他现在满心愤慨,积极性极高,他不仅受过高度的训练,而且武艺精湛,动作也非常敏捷,同时他已经仔细评估过自己保持的距离,周围的环境和他的对手。

现在他又有了一项新的优势。因为,一号保镖就在这时候开口说话了,他说道:"我再给你最后一个机会,小子……"而幽灵决定抓住这个出其不意的优势。

于是他出手了。

二号保镖还在试图把手从大衣口袋里拔出来,幽灵已经用前额撞上了他的鼻子。这一招——阿尔巴兹一直都不太赞同用这种"卑鄙手段",但伊森却非常喜欢用——可以引起严重的疼痛、瞬间造成创伤性失血,还有暂时致盲和让人迷失方向的作用,非常有效。在这场搏斗的第一个紧要关头,二号保镖失去了行动能力。他已经出局了,幽灵一转身，手肘向后击出，二号保镖根本无法抵抗，他被幽灵揍得喘不上气来，同时幽灵把另一只手伸进他的外套口袋里，摸到了……一根短棍。该死。

不过至少这东西还有些分量，于是他把短棍从大衣口袋里抽了出来，向后朝另一个方向挥舞，裹着黑皮革的短棍击中了二号保镖的鬓角。幽灵抡得很用劲，可以说是全力出手，他确实下手很重，这一击几乎把目标的天灵盖都打飞了。

这时候第二个人已经把手伸进了大衣里，不过幽灵最终也没能搞清他在外套里究竟藏了什么。男人的手还伸在外套里，同时他脚步跟跄地跑向一边，像落在陆地上的鱼一样张大了嘴。短棍上钳的圆珠轴承在他头部侧面开了一道又深又长的口子，鲜血已经喷涌而出。他也许能活下来，但受了严重的脑损伤，他的余生大概只能躺在浴椅上流口水、靠汤勺喂捣碎的食物过活了，再也没法动脑筋想一想，为何仅仅一个男孩就能这样轻易地在搏斗中击败他。幽灵上前一步，又在他咽喉上打了两下，等幽灵回过身来，他的身体还没有瘫倒在地上。

也就是一号保镖刚把刀拔出来的工夫，这整个过程就结束了。二号保镖就在他们两人之间，因为头上受到的重击而步履蹒跚，但他依然站在那里，想要控制住自己混乱的感官，可幽灵并不想放弃自己抢先的势头，他再次出手，幽灵挥动短棍一转，虽然没有完全击中，但力道已经足够打碎男人的下颌。同时他脚上一踹，这一下打个正着，啪的一声踢断了保镖的腿，保镖身下一折，四仰八叉地躺在了墓园的泥地上。这个人恐怕永远都没法再走路了，而且下颌被打碎意味着以后不会有多少人能听懂他在说什么。

幽灵的动作并未停止，他另一只脚猛地一踢，把一盏提灯踢飞到一号保镖的脸上,后者正希望能乘着幽灵动武的空当抢占先机。意识到行动已经失败,保镖发出一声挫败的惊呼,同时把空中的提灯打飞,这又给了幽灵振作的时机。

幽灵稳住身形,从附近一块可能造成妨碍的墓碑边上挪开,他把短棍从一只手换到另一只手,然后又换了回去。

保镖打起精神,他扬起短剑,移动到幽灵与他收钱保护的两个男人之间,然后回头朝他们喊了一声。他喊的是:"先生们,快跑。"

这两个有钱人并不需要更多的指示,他们拔腿就跑,却互相被对方绊倒,双双撞在墓园里的石块上,随即吵吵嚷嚷地消失在夜色里。刚才痛饮的酒瓶还放在他们身后的地上。

幽灵咬紧牙关,他不能放他们逃走。

"你没必要为了这样的人去死。"他对保镖说,后者只是轻声一笑。

"你错了,我的朋友,"他答道,"为他们这样的人而死正是像我这样的人做的事,在全世界都是这样。"

尽管年纪轻轻,但幽灵也清楚这是怎么一回事。富人们花钱买委任状,借此在英军的行伍里快速提升,这能确保他们在多数情况下远离血腥的战斗,享受到最好最安逸的生活。"你并不需要这样做。"他说道。

"可我需要,小子。等你理解了人情世故,就像你在打架的时候那么精明的那天——老天,我得说你打架确实很厉害,到那时候你就会明白的。"

幽灵摇了摇头,他在浪费时间。"这已经无关紧要了,先生。不管怎么说,我的目标并不是你,而是你效力的那些人。"

"我还是不能让你动他们,孩子。"保镖遗憾地说,"不能让你这么做。"他扬起短剑,剑尖始终对着他的敌人,他的立场依然很顽固,但幽灵在他眼睛里看见了某种似曾相识的东西。那是认准了自己即将失败的神情。当一个人心里清楚他已经输了，死亡或失败已经不再是如果，而是时间早晚的问题，他就会露出这样的表情。

"看来你别无选择。"幽灵答道。话音未落，他已经行动起来，对于保镖来说他只是一团模糊的幻影，仿佛是黑夜里荡起了涟漪，他猛地扑向前方，似乎黑暗本身也起了变化来配合年轻刺客惊人的速度。

当然幽灵并没有低估敌人的错误。他已经预料到敌人会怎样防御自己，同样也考虑了他的对手预期他会以怎样的方式攻击。因此他决定先发起佯攻，然后再以另一种方式攻击，他一跃而起，同时操纵自己向两个不同的方向飞去，感受着自己身体的运动，他随即以一块墓碑作为跳板，从出其不意的高度和角度向保镖扑了过去。

对于保镖来说，幽灵的行动力太强，速度太快，搏斗的智慧也远不是他能够比拟的。保镖无疑接受的是英国军队的训练，像起初，他这样的人就跟旧靴子一样吃苦耐劳，而后难以计数的海外行动又让他变得更加坚韧不拔，但即便如此，他依然不是幽灵的对手，实际上他根本毫无胜算。沾着上一个牺牲品黏稠鲜血的短棍击中了保镖的后脑勺，他的下巴松弛下来，两眼一翻，不省人事地倒在了地上。

等大约一个小时后他会醒来，而且头痛欲裂，但身上其他部分则安然无恙，到那个时候，他就要开始琢磨一些比较尖锐的问题了：为什么他和他这两位同样身经百战的同伴会被一个无足轻重的小伙子打败？

不过现在嘛，他已经晕过去了。

与此同时，幽灵跃过一块墓碑跑向被殴打的女人，她已经用双手撑住自己站了起来,女人盯着幽灵,眼中混杂着恐惧、敬畏与感激之情。

"见鬼,小伙子,你究竟是人是鬼?是恶魔还是什么别的东西?"

"快跑,"他告诉她,"在我们的朋友醒过来之前离开这个地方。"随后他离开了墓园,开始追踪那两个寻欢作乐的有钱人,女人布满淤伤、血迹和肿胀的脸驱策着他,这点燃了他的怒火,他抓起短剑开始奔跑。

要追上他们并不难。这两个人已经喝醉了酒,不但大吵大闹,而且速度也很慢,虽然墓园里的事把他们吓坏了,但他们很可能有自信自己的保护者能够打败那个自命不凡的年轻人,因为像他们这样的人从来就不需要担心任何事情。既然他们已经花钱请人去做卑鄙的勾当,就让仆人和侍从来替他们担心好了。

所以,没错,幽灵轻易地追上了他们,他伸手抓住那个落在后面的有钱人,飞速撞到他身上,这个衣着光鲜的有钱人倒在地上,幽灵立即扑了上去,他把对方翻过身来,把膝盖抵在这个男人胸膛两侧,将他压在地上,幽灵扬起短剑,引导着心中的怒火,他准备挥出致命一击,同时心里想着就是这个男人——正是他——在不久之前,他还看见这个人一边把无力自卫的女人踢得半死,一边哈哈大笑。

10

伊森离开阿姆利则的时间到了,但有件事他依然放心不下,于是他召开了一次家庭会议,会议的结果给米尔家带来了严重的冲击。

在这次会议上,阿尔巴兹本来期望伊森会宣布贾亚迪普已经准备好开始接受教育的下一个阶段——实战训练。

然而……

"我认为他还没有准备好。"伊森坦率地说，他这句话毫无客套，而且一点预兆也没有。

阿尔巴兹掰开一块面包，微笑起来。"那么你还不能走，伊森。我们约好了的。"

这两个人一起分享过许多伟大的冒险。他们谈论过科依诺尔宝石，讲过阿尔巴兹是怎么找到它的。有时候贾亚迪普的母亲也在场，他们三个人会一起追忆往事。对于贾亚迪普来说，亚历山大·伯恩斯和威廉·斯利曼这样的名字根本毫无意义，但对于他的父母，它们就像是通往另一个充满激动人心记忆世界的大门。

"我已经把话放出去了。他们在期待我回家，而且我也打算履行承诺。我要回去了，阿尔巴兹，这一点毋庸置疑。"

"那么我就不明白了。我们的约定是你要训练贾亚迪普，直到他做好准备参加实战训练。"

男孩坐在他母亲身边，感觉自己像是隐形了一样，他们在讨论关于他的事，却毫不顾忌他就在现场。这种事情其实他并不陌生，往往他们讨论的话题越是重要，他拥有的话语权也就越少。从来没有人问过他对自己的未来有什么看法，他也从来不指望有人会问，这是一个简单的事实：在得到进一步通知之前，对于涉及他自己命运的事情，他是没有任何发言权的。

"那么你得再开导我一下，老朋友，"阿尔巴兹说，"你来这儿这么些年，一直都向我保证贾亚迪普是你见过的一个最有天赋的年轻刺客，我们都知道，你的意思是贾亚迪普就是你见过的最有天赋的刺客。可不是吗！他先是接受我的指导，然后又是你本人的训练。我亲自见证过,他并不缺乏技巧,那么除非你一直以来都在我耳边说好话,不然你的看法应该也是一样的,然而现在,就在你马上要动身之前,你给我的消息却是这孩子还没有准备好。你一定要原谅我的困惑。这个受过高度训练、技艺完善的孩子,在他的导师即将要启程回家之前,究竟是在哪个方面还没有准备好?而且更重要的是,他为什么还没有准备好?"

他父亲话里显然带着愤怒的语气,而且随着他这通演说怒火也越烧越旺。他的下嘴唇上顽固地沾着一颗面包屑,但这丝毫没有影响到他那副可怕的表情。贾亚迪普退缩回去,甚至连他的母亲也显得有些忧虑。

只有伊森表现得十分镇定,他用自己高深莫测的眼神回应阿尔巴兹令人畏惧的目光。

"这个孩子确实天生有令人惊诧的能力。我也确实能把这种天赋塑造成超于寻常标准的刺客能力。就我自己来说,我已经从这个孩子身上学到了很多,这也是我打算动身回家,而且不再收回这个决定的部分原因,不管你要往我身上吐多少面包屑,我的老朋友。"

阿尔巴兹有些尴尬,他用手抹了抹嘴,等他把手挪开的时候,脸上露出了一丝微笑。"那么究竟是为什么?"他问道。不,他质问道。"为什么在这个关键的时候离开我们,你明明还有这么多东西可以教给他?"

伊森的微笑看起来不太像是微笑,他的眼睛和嘴唇上显露出友善和关爱的神色。他先把这个表情传达给贾亚迪普的父母,而后又传达给这个男孩。

"他缺少杀手的天性。这个孩子能够杀人,而且无疑以后也会杀人,但他缺少某种我们身上有的东西,你和我身上有的东西,又或许说,是他拥有某种我们所欠缺的东西。"

阿尔巴兹抬起下巴,涨红了脸。"你是说我儿子是个懦夫?"

"哦,我的天哪,阿尔巴兹,"伊森恼火地说,"不,我当然不是这个意思。这是性格的问题。如果你让这个孩子参加实战,他要么会失败,要么……"

"我不会。"贾亚迪普突然说,甚至连他自己也吃了一惊,因为他这次毫无必要、不请自来的突然爆发,他预期着会有谁来责骂他一声,甚至于施以更加痛苦的惩罚。

但相反,他父亲自豪地看着他,阿尔巴兹伸手捏了捏他的肩膀,这个动作让贾亚迪普心里满是骄傲。

伊森却没有搭理他。他已经把注意力转向琵亚拉。"这没有什么丢脸的。"他告诉她,他能看见她眼中的温柔,能看见她心中那点秘密的希望,也许,只是也许,她的家庭最终能摆脱杀戮的命运。"他可以通过其他方式为兄弟会服务。他可以成为一位导师,一位运筹帷幄的战术大师,一个决策人,一个伟大的领袖。总有人要成为这样的人。贾亚迪普可以成为这样的人。只是他不能……他永远都不能……成为一个战士。"

阿尔巴兹再也克制不住了。冷静又果断的琵亚拉已经习惯了她丈夫这副样子,因此她立即躲到一旁,阿尔巴兹的怒火爆发出来,却分毫没有影响到她。"我的儿子贾亚迪普会成为一个伟大的战士,弗莱。他将成为一位刺客大师,成为印度兄弟会的导师……"

"他依然可以……"

"不,除非他能在战斗中证明自己。作为一个战士,作为一名刺客证明自己。"

伊森摇了摇头。"他还没有准备好,而且,阿尔巴兹,如果这让你伤心，我很抱歉，但在我看来，他永远都无法成为一个战士。"

"啊。"阿尔巴兹说，他站起身来，引领着贾亚迪普。琵亚拉偷偷抹去眼中涌出的一滴泪水，她也忠诚地站了起来，尽管她心中的情感极为矛盾。"那么这就对了，伊森。这只是你的看法而已。你怎么想，小贾，我们来证明我们的英国朋友错了好吗？"

而贾亚迪普，这个有朝一日会成为幽灵的男孩当时还不足十岁，可他迫切地想要让阿尔巴兹感到高兴，因为父亲就是他的王，于是他说："好的，父亲。"

11

伊森·弗莱寄给阿尔巴兹·米尔的一封信，根据原文破译：

亲爱的阿尔巴兹：

自从我离开印度回乡，回到英国已经过去了六年。自从我们上次谈话已经六年了，我的老朋友。这实在是太久太久了。

在此期间，我已经学会如何哀悼我挚爱的妻子塞西莉的过世，我学会了用一种新的方式来怀念她，对此我想她也会接受，也就是说，为了和我的两个孩子伊薇和雅各布建立亲子间的关系，我必须抛下过去的怨恨。我很后悔曾经想过失去塞西莉是他们的责任，我已经竭尽全力为自己在他们童年里缺席的岁月作出补偿。

那些年我与你不同凡响的儿子贾亚迪普一起度过，是他激励了我，因此我永远感激你们两个人。是贾亚迪普让我走上了一条启迪之路，让我重新评判了自己过去的想法。我很抱歉这样说，阿尔巴兹，关于多年前造成你我不和的那件事，这只是坚定了我的决心，但这也促使我现在再次与你联系。

我得解释一下。作为刺客，我们都被灌输了一套人生哲学。我们的观念与圣殿骑士把世界上的人划分为牧羊人和羊群的看法不同，我们看见的是数以百万计的亮点：这些有智慧，有感情的存在，每一个都拥有他们自身的潜力，以及在更大的整体中奋斗的能力。

或者说是我们喜欢这样想。这些日子里我一直在想。我们真的是一直在把这套理念付诸实践的吗？当我们训练年轻的刺客时，他们才刚学会走路，我们就把剑塞进了他们手里。我们把价值观一代代地传下去，把孩子雕琢成带着成见和歧视的怪物，而最重要的是，就我们这种特殊的情况，我们把孩子塑造成了杀手。

但我们在做的事是正确的。请不要把这些话看做是我在表达意识形态上的疑问，我的信念从未像现在这样坚定，我坚信兄弟会代表着这个世界上最正确的事。亲爱的阿尔巴兹，我的疑问在于对这个观念的运用，这个疑问让我彻夜难眠，我想知道，我们把自己的孩子塑造成我们的样子，是否辜负了他们，实际上，在那时我们应该教导他们遵循自己的道路。我想知道，我们对于自己信奉的原则是否只是口是心非？

对于我自己的孩子，我已经在尝试让他们走上一条不同的道路，既不同于我过去一直遵循的道路，也不同于我曾经与贾亚迪普一起遵循的方向。与其把信念灌输给他们，我宁愿努力给他们提供工具，让他们自己教会自己。

他们的人生轨迹遵循了我为自己选择的方向，这让我十分高兴。你也知道，刺客在伦敦的存在早已消磨殆尽。我们在伦敦的兄弟会十分虚弱，而圣殿骑士在他们的大团长克劳福德·斯塔瑞克领导下，一直在蓬勃发展，没错，我们已经收到消息，敌人对城市里精英阶级的渗透甚至比我们担忧得还要明显。他们正在酝酿某些计划，这一点毫无疑问，而且是重大的计划。总有一天，等他们做好了准备，雅各布和伊薇也会加入到这场斗争中去对抗圣殿骑士。

等他们做好了准备。请注意这一点，阿尔巴兹。我让他们寻找他们自己的道路，而且我遵守了原则，只有当我确信他们在精神和肉体上都有能力完成任务的时候，他们才可以自称是成熟全面的刺客。我这么做是因为我知道我们都是独立的个体，我们之中的某些人适合走一个方向，某些人适合走另一个方向。也许我们都被称为刺客，但并非我们所有人都是天生的"刺客"。

贾亚迪普的情况也是这样。我理解这肯定让你非常伤心。毕竟，他是你的儿子。你自己是一个伟大的刺客，而他也有成为伟大刺客的潜力。但是，我对此十分肯定，尽管他也许技艺精湛，对于散播死亡的方式极具天赋，但贾亚迪普缺少一颗杀人的心。

他会杀人。是的，他会杀人，如果需要的话。如果是为了自卫，或者是保护他爱的人，他只要一瞬间就能做到。可我想知道，他会为了思想理念这样做吗？他会为了信条这样做吗？

他能够冷血地做出这样的事吗？

这又把我带回到我写这封信的时机。我收到了让我十分不安的消息，贾亚迪普就要开始执行他第一个真正的任务了。一个刺杀任务。

　　首先，我必须要告诉你，我非常感谢你能够严肃地把我六年前的担忧放在心上，把他的涂血礼推迟到十七岁生日之后。对此我非常感激，而且十分赞扬你的智慧与克制。但是，我还是认为贾亚迪普缺少执行这样一个行动所需的关键决心——而且这种决心他永远也不会有。

　　简而言之，他和你我完全不同。也许他和雅各布与伊薇也不一样。更进一步说，这是我的信念——这个信念与兄弟会的核心价值完全相符——我们应该接受他与众不同之处。我们应当赞美个性，让这种个性能够更好地为兄弟会服务，而不是试图否定它，把它塑造成粗糙又不合适的样子。

　　换句话说，派贾亚迪普执行任务，将会导致比你的儿子无法追随你自己的脚步的这种（想象中的，要是让我说的话）羞辱——糟糕得多的结果，支持这个任务会带来影响更加深远的耻辱：一个悲惨的失败。

　　我恳求你，请不要这样做，请撤回分配给他的任务，从新的角度来看待他，为了兄弟会的利益，好好运用你不同寻常的儿子最优秀的能力，而不是依据他最糟糕的部分。

　　我希望能听到你回信告诉我你的决定，我恳求你能再次展现我已然赞美过的智慧与克制。以前你很信任我，阿尔巴兹，请你再相信我一次。

你永远的朋友，
伊森·弗莱
伦敦

12

阿尔巴兹·米尔寄给伊森·弗莱的一封信，根据原文破译：

伊森，我感谢你的来信。但是，我很遗憾你选择要趟这摊浑水。关于贾亚迪普成为刺客的能力没有什么好争论的。你教给他刺客的技巧，在此期间，我给了他将技巧付诸实践所需的坚定意志。你喜欢开门见山，伊森，所以现在我也这么做好了：自从你上次见到贾亚迪普已经过了六年，你已经不能再判断他是否适合成为刺客了。他已经变了，伊森。他已经成熟了，长大了。我有信心他已经准备好面对涂血礼了，而且他的确可以按照计划完成刺杀。他的目标是个下层圣殿骑士，为了警告我们的敌人，我们不会容忍他们在印度不断扩张，终结这个圣殿骑士是有必要的。如果接下来这些话像是在嘲讽你和乔治·韦斯豪斯在伦敦的情况，那我先向你道歉，伊森，但是我们真的希望圣殿骑士不会像在伦敦一样在印度站稳脚跟，因为我们都知道那会带来什么样的结果。

我感谢你的来信，伊森。我希望也相信我们之间的关系有足够牢固的基础，这不会成为你我伟大友谊的结束。但是，我已经做了决定，就像你要遵守你的原则，我也必须遵守我的。

你永远的朋友，

阿尔巴兹·米尔

阿姆利则

13

寄送给伦敦的乔治·韦斯豪斯的内部快信,根据原文破译:

请立即转告伊森·弗莱:贾亚迪普·米尔在黑窖。

14

门在他们身后关上了。固定在墙上的火把照亮了通往下方第二道门的石质台阶。

走在伊森前方的人是会议室托管人阿贾伊。和伊森一样,他用兜帽盖住了脑袋,在这个黑暗、冰冷又无情的地方,这仿佛是在承认他们要做的事情性质十分残酷。此外,在阿贾伊的腰带上还配了一把弯刀,在他伸手开门时,伊森还瞥见了他的袖剑。没错,如果有必要的话,阿贾伊会履行他的职责。当然,这会让他十分地遗憾,但他还是会做的。

他们管这个地方叫黑窖。这里是位于阿姆利则的兄弟会主会议室下方的一系列小房间。这些房间在名义上是被指定用来存放文件,或是作为军械库使用的,但是由于这里昏暗的环境和类似牢房的设计,围绕这里过去发生过什么,总是有流言传个不停,比如策划过什么秘密计划,或是审问过敌人。甚至还有人说黑窖里曾经出生过一个婴儿,不过很少有人认为这个故事有多少可信度。

但是,今天黑窖倒是挽回了一些声誉。今天黑窖来了一位客人。

阿贾伊领着伊森穿过第二道加固过的大门,走进另一边光线昏暗的石质走廊里,在走廊两侧排列着许多扇门。在通道尽头,他打开了一扇嵌着小观察孔的门,然后站在一旁,微微躬身让访客进去。伊森跨过门槛,走进了一个小房间,不管这里之前是做什么用的,现在已经被改作牢房使用,里面还配了一张简易的木头小床。

出于对伊森的尊重,阿贾伊把提灯放在这位刺客脚边,接着退了出去,在他身后关上了大门。于是,随着灯光照亮房间里令人生畏的黑色石墙,伊森六年多以来第一次看到了他以前的学生,见到他落魄成这个样子,伊森再度感到心碎不已。

贾亚迪普盘腿坐在一个角落,坐在覆盖着囚室地板的脏稻草里。他已经在这儿待了几个星期,这段时间里伊森经历了横穿世界的漫长旅途,从英国赶到了印度。作为等待的结果,他的新住所实在是不太干净卫生,毫无疑问此前他的健康状况也要更好一些,但即便如此,男孩的样子还是让伊森十分惊讶。这些年里他已经长成了一个英俊的年轻人,他有一双热情、敏锐的眼睛和一头黑色的头发,不时他还会伸手把头发从眼前拨开,再加上他完美的栗色皮肤。他会让好些姑娘心碎的,伊森想到,他在囚室门口望着他。

不过,得先办要紧事。

刺客握起一只拳头抵在口鼻处,这既是为了用他自己皮肤熟悉的味道来掩盖囚室的臭味,也是在表达他的沮丧,因为以前的学徒陷入了这样艰难的处境。要是他当时能更努力一些,也许就可以避免让这种情况发生,想到这种可能性他便深感后悔,贾亚迪普不再注视自己的膝盖,他移开目光发现他的旧导师站在门口,在他犀利又让人心痛的目光里混杂着感激、欣慰、悲伤与羞愧,年轻人的眼神更让他觉得后悔不已。

"你好,师父。"贾亚迪普简单地说。

尽管这样做并不太舒适，但伊森还是在贾亚迪普身边坐了下来，他们俩又聚在一起了，只是这次的情况实在是大不相同，此刻，茉莉花的香味已经成了一段记忆，让他想起那个久远而又遥不可及的过去。

伊森伸出一只手拉住贾亚迪普身上穿的破旧衣服。"那么，他们已经剥夺了你的袍子？"

贾亚迪普露出悔恨的表情。"情况比这个还要严重一些。"

"既然这样，我们不妨就从你告诉我究竟发生了什么开始好吗？"

男孩简短又悲伤地哼了一声。"你是说你现在还不知道？"

抵达阿姆利则后，伊森发现兄弟会的状况显得稍有些混乱，他们在努力解决发生的事情带来的影响，因此行事比往常要张扬不少。所以，没错，他当然已经知道整个故事了。但就算是这样……

"可以这么说，我想要听到最可靠的消息。"

"这对我来讲很难。"

"还是请你试一下。"

贾亚迪普叹了口气。"你的训练让我在身体和心灵上练出了一系列的反应，这里面结合了进攻和防御，还有估算、谋划和预测。我已经做好投入战斗的全部准备，只除了一点。你是对的，师父，我缺少那种决心。请告诉我，你是怎么知道的？"

伊森开口说道："如果我告诉你，我其实是从木制库克利训练刀和真家伙之间的区别看出来的，你相信吗？"

"我想这应该是其中的部分原因。但只是一部分。"

"你说的没错，贾亚迪普。真正的情况是，我在你的眼睛里看到了一些东西，我曾经在自己杀过的许多人眼睛里都见到过同样的东西，我意识到在战斗中缺少决心是他们身上的一个弱点，我也利用过这个弱点，用袖剑刺死了他们。"

"你认为你在我身上看到了同样的东西？"

"确实如此。而且我说对了，不是吗？"

"我们都以为你错了。父亲相信他可以给我灌输成为杀手需要的勇气。他开始指导我该怎么做。我们用过活的动物做练习和排练。"

"这是完全不同的事情，用剑杀死动物和杀——"

"我现在知道了。"贾亚迪普这句话脱口而出。在他们之间又重现了一点那种昔日师父与徒弟之间的互动，贾亚迪普满怀歉意地垂下带着怯意的双眼。"我现在知道了，师父，请相信我，我很后悔。"

"但是你和阿尔巴兹觉得你已经做好了准备，可以夺走你同类的一条性命，你真的准备好了夺走一个人曾经有过的一切，和他未来将会拥有的一切？你真的准备好了让他的家人陷入悲伤，带来一波又一波的悲痛和伤感，还有可能的报复和指责？而且有可能终生都不能摆脱这种影响？你和你父亲真的觉得你已经准备好面对这种事了？"

"求你了，师父，不要再让我更难受了。是的，你说的没错，面对你说的那些事情，我们的准备似乎微不足道，但是话说回来，又有哪个刺客能说清楚这里面的差别呢？在付诸实践之前，一切都只是理论而已。后来终于轮到我把理论化为实践了。我的涂血礼是杀死一个叫金德·达尼的印度圣殿骑士。我们相信这个人计划在城里建立一个圣殿骑士的前哨基地。"

"那么处决他的方法本来应该是什么？"

"绞杀。"

伊森心里暗自咒骂起来。绞杀。他们偏偏选了这个。锁喉绞杀并不需要多少高超的本领，但是用绞索你得要有下手的决心才行，而贾亚迪普恰好是本领高强，决心却严重不足。阿尔巴兹到底在想些什么东西?

贾亚迪普继续说道:"我和父亲乘着夜色的掩护,骑马到了达尼住宿的那条街。我们的一个间谍贿赂了值夜人,从他手里买了一把钥匙,我们在街上付钱拿到钥匙,谢过他然后送他离开。"

一个目击者,伊森想道。情况变得更妙了。

"我知道你在想什么。我本可以把锁撬开。"

"你开锁的手艺很好。"

"间谍给我们的消息说达尼预计到会有攻击,因此在白天他身边总是有保镖陪着。我们的敌人利用了这一点,在白天对他进行刺杀会演变成公开对抗。无论付出什么代价,我们都要避免让刺杀变成大量刺客和圣殿骑士卷入的街头混战。因此我们决定在夜间发动袭击,也因此,对于目标在夜间的活动,我们收集了尽可能多的情报。"

"情报是你自己收集的,对吗?"

"是的,我了解到达尼在夜里会把门闩上,还会设陷阱,因此从门窗入侵可能会触发警报。所以,你看,我们拿到的钥匙并不是达尼房间的钥匙,甚至也不是他住的那套公寓的钥匙,而是隔壁仓库的钥匙,我可以从那里进入,免得引人注意。在街上驻扎着三个人,他们看起来很像是在看守仓库,但我知道他们是圣殿骑士的卫兵,他们的工作是保证没有刺客爬上公寓或者仓库的围墙。他们负责保护建筑的外部,同时达尼在内部保护他自己的房间安全。溜进去需要一定的潜行能力和策略,这两者我都有。"

"我躲在阴影里等着,因为知道父亲和我们的马就在不远的地方等着,准备接应我一起逃走,我心里也感觉有了力量和信心。同时我也估算了卫兵的行动,那时候他们已经在巡逻了。"

"当然,在那之前的夜里我已经来过这里了,就像这一次,我定好了行动的时机,而且我已经了解到卫兵会调整他们的行动,避免让任何人有机会爬上围墙。他们在袍子下面带了十字弓和飞刀,而且互相之间保持着一定的安全距离,这是为了避免被人快速双杀,所以要是干掉他们其中一个,就会给另外两个敲响警钟。我没理由怀疑他们不是顶尖高手。所以我才买了钥匙,伊森。"

"那是仓库的钥匙?"

"是的,当天早上我亲自给钥匙孔上抹过油,现在我已经计算好了,时间也安排好了,我也在正确的时机展开了行动。我飞快地掠过仓库后面的台面,赶到了后门,然后把钥匙推进锁里。开锁的声音很轻,是油润良好的锁具那种咔嗒声,虽然在我的耳朵里听起来就像是枪响,但在现实里只是普通的夜间噪声而已,然后我就进了仓库。我在背后锁上了仓库门,但拿走了钥匙,因为这也是我的逃跑路线。"

"至少当时我是这样想的。不过当然这一点上我也错了。"

男孩再次垂下头看着膝盖,他紧握双手,悲惨的记忆唤起的痛苦在折磨他。

"仓库里是空的。我只看到石头地板上有一张长板条桌和几把椅子。也许圣殿骑士出于什么原因用过这些东西。不管是哪种情况,像这样一间仓库需要在外边设置守卫都是十分可笑的。当然他们也没有费心在仓库里面布置守卫,但尽管如此,我上楼梯和爬梯子到房顶时依然保持着安静。一到仓库外面我就躲在阴影里,然后把围巾从脖子上解下来。你问过我的刺客袍子,但实际上,我从来就没有穿过袍子。我当时穿的和现在是一样的。假如万一我被仓库卫兵发现了,他们可能会把我当成一个无关紧要的街头小子,给我一巴掌,然后让我滚。要是他们更彻底地检查一遍,就会发现我只有一点和街上的流浪儿不太一样——在我口袋里有一枚硬币。"

伊森睿智地点了点头。他知道这种武器。把硬币裹在围巾里,把围巾当作努玛,也就是一种绞索来使用。硬币会卡住受害者的气管,压碎他的喉咙加速死亡,还可以防止目标喊出声音。这是一种最基本但也是最有效的刺客工具。伊森开始理解为何阿尔巴兹选择了绞杀。他甚至也开始理解为何阿尔巴兹选择让贾亚迪普来做这件事。"继续说。"他说道。

"我轻松地跳了过去。然后我躲在公寓房顶的阴影里,唯恐让下面还在巡逻的卫兵发现。我爬向位于达尼房间顶部的活板门。我在身上带了些油脂,这点油脂被我黏在耳朵后面,我把它涂在活板门上,尽量小心地打开它,然后进入下面一片漆黑的房间里。"

"我屏住了呼吸,心脏开始怦怦乱跳。但就像你一直告诉我的,心里稍带着一丝恐惧是很有必要的,恐惧会让我们小心谨慎,恐惧能让我们活下来。到目前为止,我的任务还没有出现需要我担心的问题。一切都按计划进行。"

"现在我已经进了达尼的房间。我能看到他设在门口和窗边的陷阱。这是一个滑轮机构,连接到天花板上的警钟,警钟就挂在我刚刚通过的活板门不远处。"

"我的目标就躺在床上,在这项任务之前的几个星期里,我已经了解了很多关于这个人的事情。我的呼吸变得沉重起来,我的太阳穴似乎在抽动,仿佛那里的血管随着我的心跳加速跳动起来。我的勇气开始流失——"

伊森打断了他的话。"在你了解达尼的同时,他也在你眼中成为了一个人,对吗?你开始觉得他是一个活生生的人,而不是一个目标,是不是?"

"现在回想起来,你说的没错。我确实是这样想的。"

"谁能想到会变成这样呢?"伊森说道,他立刻就为自己之前不恰当的讽刺感到后悔。

"就算我能想到,大概也已经太迟了。我的意思是,到那个时间再改变主意已经太晚了,已经没有回头路了。我是一个刺客,在一间主人已经睡着的房间里。他是我的目标。我必须行动起来。我别无选择,只能完成我的工作。我是否已经做好准备的问题已经无关紧要。这不是做准备的问题,而是行动的问题。我要么杀了他,要么失败。"

"看看这四周,我想我们都知道当时发生了什么。"伊森再次为自己的无礼感到后悔,他想起等这番对话结束之后,自己还要站起身来,把屁股上的稻草刷掉,呼唤托管人,然后留下男孩独自一人待在这个黑暗又潮湿的地方。不,现在不是说俏皮话的时候。相反,他试着想象房间里的场景:一片漆黑的公寓房间里,有个男人已经睡着了——是不是等人睡着以后看起来都会很无辜?——然后是贾亚迪普,他屏住呼吸在手上绞动围巾,同时鼓起勇气,准备发送攻击,他把硬币卷进了围巾里,然后……

硬币从围巾里掉了出来,敲打在地板上。

"你的绞索,"他对贾亚迪普说,"是不是硬币掉出来了?"

"你怎么知道的?这事我谁都没有说。"

"想象,我亲爱的孩子。我不是一直这样教你的吗?"

自从伊森进入囚室以来,男孩脸上终于第一次闪过一丝笑意。"你教过,你当然教过。我一直都在用这种手法。"

"但这一次没有?"

愁云惨雾赶走了男孩刚刚展露的一丝微笑。"这次没有。这次我只听见热血在我脑海里横冲直撞,我只听见父亲的声音在敦促我去做我必须要做的事。硬币落地的时候,响声吓了我一跳,同时也惊醒了达尼,他比我更快地做出了反应。"

"你应该一进房间就下手。"伊森说道,总之,这股并非真正针对于男孩的愤怒还是朝他倾泻了出来。"你应该一有机会就下手,犹豫就是你失败的原因。我一直是怎么告诉你的?你父亲一向是怎么向你忠告的?你犹豫,你就会死——就是这么简单。刺杀并不是靠理性去做的事。刺杀需要大量的思考,但这些思考都是为了做计划,做准备,在行动进行之前展开沉思和想象。那才是让你再二、再三、再四去考虑的事件,你要尽可能把需要的事情都想清楚,直到你能确定——能够绝对肯定——你已经准备好去做你需要做的事情。因为等到时机到来的时候,等你站在目标面前的时候,你是没有时间去犹豫的。"

贾亚迪普抬头看着他的老朋友,眼睛里泛着泪光。"我现在知道了。"

伊森把手放在贾亚迪普手上安慰他。"我知道。对不起。告诉我接下来发生了什么。"

"我得承认他的速度很快,不仅如此,我该称赞他身上有很多优点,因为他不仅速度快,也很强壮,他迅速从床上跳了起来,我很惊讶他这样年纪和体型的人能有这么快的速度,然后他抓住了我,当时他几乎手无寸铁,然后他把我向后推到了窗户那里。"

"达尼和我直接撞穿了窗户。我们撞穿了百叶窗,一头栽向下面的鹅卵石地面,庆幸的是下方的树冠挡住了我们跌落的路线。现在回想起来,也许我是希望自己能回到训练时的样子,我是说那种本能,如果你愿意这么理解的话。可是没有。在我从达尼身边翻身滚开的时候,我身上受了伤,心里不知所措,我绝望地想要找回自己过去的感觉,我看见街对面的窗户里出现许多张脸,卫兵们加紧向我们靠近,我能听见他们奔跑的脚步声。"

"我从达尼身边翻身滚开,感觉自己的头部和臀部疼得厉害。下一刻他已经压在我身上,他龇牙咧嘴,仇恨的眼睛瞪得又亮又圆,达尼的双手紧紧掐住了我的脖子。"

"他没听见马匹的声音。我也没有。在此之前,我和父亲已经用毯子撕成的布条包住了马蹄,他骑马越过岩石向我们靠近,动作如同鬼魂一样安静,一开始我看到父亲只是达尼身后有一个穿着长袍、在马背上若隐若现的人影,他用一只手挽着缰绳,另一只手伸出,在手肘处斜着弯了下去,他的袖剑弹了出来,月光沿着钢刃闪过。父亲用手卷起缰绳,猛地向后一拉,强迫他的马人立而起,在那一刻,我眼中的父亲成了那个传说中可怕的刺客战士。我看见他眼睛里闪烁着夺命的寒光,他的杀意就像挥动的武器一样强大又真实。我看到了自己永远都不可能成为的那个人。也许我当时就明白了,我已经失败了。"

"可能我原本的目标达尼也意识到死亡来自他身后。但那时候已经太迟了,父亲的袖剑刺穿了他的天灵盖,刺进了他的大脑,瞬间就杀死了他——那一瞬间他瞪大了眼睛,然后眼睛翻了回去,他诧异地张大了嘴,承受了半秒钟极度的痛苦,然后他的生命就熄灭了——在那一刻,我看见沾着血丝的钢刃已经刺进了他嘴里。"

"父亲拔出袖剑,他把袖剑向后一挥,顿时血滴四溅,这一次他切开了第一个接近的卫兵的喉咙,后者的动脉喷出一团血雾,他连剑都没来得及拔出来。父亲的手臂从另一个方向掠回,这一次他把袖剑横在胸前,我听见一声金铁交鸣的声音,他的袖剑与第二个卫兵的剑撞在一起,在夜里这声音就像达尼的警钟一样刺耳又响亮。父亲的格挡让攻击者踉跄着后退了几步,父亲立刻下马抓住了这个优势,他用另一只手拔剑，同时发动了进攻。"

"战斗瞬间就结束了。在一团长袍与钢铁交织的模糊幻影中，父亲用双手的武器发动了进攻。卫兵本能地摆直前臂防御剑击，但这样他身体的另一边就暴露出空当，父亲正是这样发起进攻，把袖剑刺进了卫兵的腋窝。"

"这个人也倒下了，他的束腰外衣已经被鲜血染成了暗红色，染血的鹅卵石地面也闪起微光。他很快就会失血过多而死，不然就是被他自己的血呛死，如果……"

"如果剑刃刺穿了他的肺。没错，这些我亲自教过你。"

"至于更多的卫兵，要么他们只是来得太慢，要么是因为他们看见了我父亲的举动，因此觉得谨慎才是真勇敢，究竟是哪种原因，我就不知道了。父亲一言不发地找回了他的马，他走到我身边，把我扶了起来，然我骑在他身后，然后我们就走了，把一片混乱的街道抛在了身后。"

他们俩沉默了很长时间。伊森什么也没说，他感受着男孩内心的创伤，仿佛这也是他自己的痛苦。原来是这么回事，他想道。贾亚迪普的举动违背了信条的原则：他被迫在众目睽睽之下现身，更糟的是，他不得已牵连到了兄弟会。

"我知道你在想什么，"贾亚迪普最后说，"你觉得我是个懦夫。"

"好吧，那么你并不知道我在想什么，因为我想的并不是这个。思考与行动有如天壤之别，而就我所知，贾亚迪普，你并不是懦夫。"

"那为什么我没法下手杀了他？"

伊森翻了翻眼睛。见鬼，就没有人好好听过他说的话吗？"因为你并不是一个杀手。"

他们再次陷入沉默。男孩沉浸在悲伤中，伊森则暗暗心想，我们究竟生活在怎样的一个世界里啊，我们竟然为了他不能杀人而痛心不已。

"在回家的路上，你父亲跟你说了什么？"

"他什么都没有说，师父。他什么都没说，一个字都没有。但他的沉默同样意味深长，而且他之后也是一样。他没有来看过我。母亲也没有。"

伊森被激怒了。那个该死的暴君，竟然就这样把他的亲儿子扔在这个坑里。"刺客们不会允许你母亲来看你。"

"是的。"

现在伊森完全可以想象阿尔巴兹是什么感受了。他仿佛能看见阿尔巴兹和他儿子骑马回家，他丢下贾亚迪普，在羞耻中一声不吭地跑回他的住处，然后骑马离开，去见导师哈米德。男孩接着告诉他，他当时在床上睡觉，然后被套在头上的黑色头罩惊醒，接着就被匆匆送到了黑窖。伊森想知道阿尔巴兹是否参与了拘押贾亚迪普。是他的亲生父亲带领了拘捕队吗？

他站起身来。"我会尽全力让你离开这里，贾亚迪普，这一点你不用怀疑。"

但当他用英语和印地语呼唤阿贾伊的时候，伴随着伊森的却是男孩眼中的那种神情，贾亚迪普悲伤地摇了摇头，拒绝相信还有希望。

伊森和阿贾伊沿着通道走上石阶，经过这段短暂的旅途，他们来到了上方的会议室。这里有第二名守卫，这个引人注目的女人站立时把两脚稍微分开，她的双手搭在一把巨剑的剑柄上，剑尖指向她立足的石板。她从兜帽下方无情地注视着伊森。

"这位是库普丽特。"阿贾伊介绍道。他用满是胡楂的下巴朝她斜了一下。"她是兄弟会里剑术最好的人。"

然而她看管的这把剑比普通的剑更长，而且剑刃是平的……

"什么时候？"伊森问她。

"明天早晨。"她答道。

从她的眼睛里，伊森看得出来，他正在同贾亚迪普的行刑人对话。

15

"谢谢你愿意见我。"

伊森有理由担心阿尔巴兹会直接拒绝与他会面。眼下发生的事情并不是伊森的错——完全不是——但是在阿尔巴兹眼中，肯定会有至少一部分责任被归咎在他身上。然后，当然，就是交换书信的小问题了。

不过他不会接受拒绝的答复。他是来这儿拯救贾亚迪普·米尔的生命的，在目的达到之前，他不会离开。

果然，他的老朋友警惕地注视着他，阿尔巴兹的双眼因为焦虑和失眠显得疲惫不堪，脸色苍白又憔悴。他想必是经历了些什么。是左右为难的痛苦吗？被夹在父母之爱与对兄弟会的责任之间？

他的忧虑显然减轻了他作为主人的责任感。他没有给伊森提供面包、橄榄或是酒水，当然也不会有热情的问候。刺客被引导着穿过米尔家凉爽的大理石走廊，没看到琵亚拉让他有些失望——他在这里也是有一位盟友的，然后他就被丢在了一间屋后的办公室里，他自己曾经用过这个房间来辅导贾亚迪普。当时他选择这个房间是因为里面简朴的家具和装饰，这不会让人分心。而在今天，这里甚至连杯热茶都没有。只有一块简单的纺织墙布，他们俩就座的两把直背椅，在两人之间还有一张没有磨光的桌子，以及那种让人绝对不会弄错的气氛。

"不要误解我答应见你的原因，伊森。我有事情要问你。"

伊森希望自己还有机会陈述来意，他谨慎地摊开双手，"请说吧。"

"我想知道，伊森，你打算怎么办？"

"我打算办什么？"

"当然是救出贾亚迪普。你是打算救他逃出黑窖，还是在行刑的时候劫法场？你打算在这个过程中杀掉多少刺客？"

阿尔巴兹注视他的目光既坚决又可怕。

"我希望能先跟你谈谈，阿尔巴兹，你是我最亲密的老朋友。"

阿尔巴兹摇了摇头。"不。这件事没有什么好谈的，而且我必须告诉你，你在阿姆利则这段时间会受到监视，我希望你不会停留太久。你受到监视的原因就是要保证你不会尝试救出贾亚迪普。"

"为什么我想要救出贾亚迪普，阿尔巴兹？"伊森轻声问道，他的语调非常地通情达理。

另一个人却在用手指甲刮擦木头上的一个结，他看着这个结，像是在期待它能产生什么变化。"因为在西方的生活让你变得软弱了，伊森。这就是为什么伦敦的兄弟会几乎被消灭了，这也是为什么相对于圣殿骑士的钳制来说，你和乔治只能算是叛乱分子。"

"你很软弱，伊森。你任由自己在海外的兄弟会情况恶化到可有可无的境地，现在你又想把你这套改革式的政治带到这里来，而且你还觉得我会让你这么做。"

伊森探身向前。"这不是关于圣殿骑士对抗刺客的问题，这是关于贾亚迪普的问题。"

阿尔巴兹移开了目光,他眼眶里湿润了一小会儿。"那就更有理由让他付出高昂的代价了,因为他……"

"因为什么?"

"行为不端。"阿尔巴兹的声音高了起来。"因为他行为不端,因为他无能,因为他玩忽职守。"

"他不需要被处死。"

"你瞧?你是来为他求情的。"

伊森耸了耸肩。"我就直说了吧。我是来给他求情的,可是如果你认为我软弱,或者我不赞成你选择的强硬路线,那你就看错我了。恰恰相反,我欣赏你内心的力量和决心。毕竟,我们谈论的是你的儿子。我没见过哪个刺客面对过你现在这样艰难的处境,不得不把责任放在家庭之上。"

阿尔巴兹目光锐利地斜视了他一眼,仿佛他并不确定伊森这些话是什么意思。眼见他的老朋友态度非常诚恳,他皱起了眉。"我同时失去了儿子和妻子,"他用沉浸在痛苦中的声音说道:"琵亚拉永远不会再见我。她已经表达得非常明确了。"

"你不需要做出这样的牺牲。"

"怎么会?"

"流放他——流放他,让我来监管,我有个很重要的任务要给他,如果这个任务能够成功,就可以帮助我们重建伦敦的兄弟会。我要给他一个任务,阿尔巴兹,凭借他特有的天赋,让贾亚迪普执行这个秘密行动非常合适。他不需要去死。你明白吗?他可以和我一起回英国,你的荣誉不会有任何损失。他会受到合适的判决,但他可以活下去,阿尔巴兹。我得承认这不会有他习惯的生活那么舒适。我想到的事情牵扯到非常贫困的生活环境。但也许你可以把这视为对他惩罚的一部分。毕竟，你不需要把这些事情告诉琵亚拉，就告诉她贾亚迪普跟我在一起就行了。我来做他的管理人。"

伊森祈祷自己能得到想要的结果，他看见阿尔巴兹脸上闪过迟疑的表情。

"我得和哈米德谈谈。"阿尔巴兹若有所思地说。

"你会的。"伊森说道，他抑制了心里的一阵宽慰。阿尔巴兹并不想让贾亚迪普死在剑下，伊森给他提供了一条出路，让他可以走出家破人亡的困境，而且所有人在面子上都不会有损失。"而且，我想你会发现这次谈话比你想象得要容易，"伊森继续说道，"我今天见过阿贾伊和库普丽特，如果他们的意愿能够代表兄弟会的整体意见的话，那么他们也和你我一样不想看到贾亚迪普被处死。就把惩罚改成流放吧，也有很多人认为流放甚至比处死更为严厉。"

"不。"阿尔巴兹说。

伊森吃了一惊。"你说什么？"

"惩罚必须是处死。"

"我不明白……"

"如果这个任务如你所说是卧底行动，那么假如这个卧底的间谍并不存在岂不是更加有利？如果贾亚迪普·米尔已经死了，谁又能把他和贾亚迪普·米尔联系起来？"

伊森拍手鼓掌。"一个幽灵？"他愉快地说，"真是神来之笔，阿尔巴兹，不愧是我认识的伟大刺客。"

随后阿尔巴兹站了起来，他绕过桌子，终于拥抱了他的老朋友。"谢谢你，伊森。"他说道，同时伊森笨拙地绊了一下，他想要站起身来。"谢谢你做的一切。"

然后伊森就离开了，总而言之，他觉得这个下午的工作完成得很好。他不需要用到口袋里的那封信了,也就是那封阿尔巴兹断然拒绝了伊森建议的信,这封信可以证明,所有关于无能和玩忽职守的指控都不是贾亚迪普的问题,而是他父亲的责任。更重要的是,他拯救了一个男孩的生命,在他心里,贾亚迪普就和他自己的两个孩子一样亲近,此外,他很可能还拯救了阿尔巴兹与琵亚拉的婚姻。

况且他现在有了一个间谍,而且还不是普通的间谍,这是他有幸训练过的最有前途的刺客。

16

两年后,曾经的贾亚迪普,现在名叫幽灵的人已经行动起来,他跪跨在那个在马里波恩教堂墓园里寻欢作乐的上层人身上,扬起短剑,准备挥出致命一击。

然后,就像在他的涂血礼那天夜里一样,他突然停手了。

他想起了达尼,想起了他父亲的袖剑,想起它在垂死的男人嘴里沾着血丝的晦暗光彩,他再一次看见达尼眼中的光芒闪烁着熄灭,知道他看见了死亡,如此快速、残忍,散播死亡是如此冷酷无情。于是他再也下不了手了。

这个有钱人抓住了机会。这个人这辈子从来没有公平地打过架,他的军役生涯只是在军官食堂里举杯祝贺他的好运,同时下层阶级们却在出征打仗,为了女王的名义战死疆场。但是,就像其他活的生命,他也有求生的本能,这股本能告诉他,攻击者犹豫的片刻正是求生的最佳时机。

他身子一弓扭动起来。他扭动臀部的力量绝望又突然,这让幽灵暂时想起了他在家乡的日子,想起他驯服野生矮种马的经历。然后他发现自己被甩到了一边，他依旧有些茫然，刚刚这次胆略不足的行动让他脑海里一片混乱。短剑从他手指间掉了出去，那个有钱人猛扑上去抓住了短剑，同时喊叫起来。"啊哈！"接着他挥动手臂，准备用剑刃对付幽灵，事情突然好转让他很是惊讶，同时他也热切地想要利用这些变化。"你这个小混蛋。"他一边骂，一边把短剑向前方刺出，有钱人伸直了胳膊，剑尖直指幽灵的咽喉。

短剑并没有刺中目标。从他们左侧传来一声大喊，那个女人从夜色里冒了出来，她尖叫着冲出黑暗，灰色的长发迎风飞舞，接着她尽全力撞上了那个有钱人。

她发动了进攻，动作并不优雅，甚至这次攻击也不是决定性的。但它确实非常有效，并且引起了一阵痛苦的惊叫，那个上层阶级的无赖被她撞倒在墓碑上。他试图再次举起短剑，但那个女人先下了手，她跳到他持剑的手臂上，啪的一声把他的胳膊压断了，接着她用另一只脚使劲踩他的脸，于是在那一瞬间，她看上去就像是在把有钱人的身体当作地毯跳舞。

那个男人躲开了她，他大声咆哮，脸上已经鲜血淋漓，男人用自己完好的手臂抓住短剑，同时举了起来。女人脚下不稳摔倒在地，局势突然间再次发生逆转，短剑眼看就要见血，但幽灵已经回过神来，他并不打算让有钱人杀死被他踢得半死的女人，幽灵发起进攻，他用手掌拍在男人受伤手臂的肩膀上，让他身子旋转起来，同时发出一声尖叫。

他的尖叫声突然被打断了，因为幽灵发动了第二次攻击——这也是致命一击——这一击他还是用手掌根，但这次的力道更大，而且打在了有钱人鼻子正下方的位置，幽灵这一掌击碎了颅骨，把骨头碎片打进了大脑里，让他当场暴毙。

这个倒霉的贵族倒地时脑袋撞在一块墓碑上，发出了一声闷响，随后他就躺在了无人修剪的草地上。血液和脑浆汇成暗色的细流，从他鼻孔里慢慢流淌出来，他死的时候眼皮还眨了几下。

幽灵站起身来，他抬起肩膀，累得气喘吁吁。那位年长的女人懒散地靠着一块墓碑看着他，有好一阵子，这两个人就这样小心翼翼地打量着对方：这是个奇怪的灰发老妇人，她脸庞消瘦，饱经风霜的脸上被打破的伤口还在流血，而这边也是个奇怪的印度人，全身都是白天在挖掘工地工作时沾上的污渍。两人的衣服都是又脏又破，这场搏斗让他们两人都伤痕累累，疲惫不堪。

"你救了我的命。"过了一会儿，幽灵开口说道。他的语气十分温和。在幽暗寂静的墓园里，这句话像是直接消逝蒸发了，老妇人似乎打消了疑虑，她相信幽灵并不是一个准备大开杀戒的疯子，不会用她来开刀，满足他今晚最后的杀戮欲望，她痛苦地把自己身体撑起来，靠在一只手臂上休息。

"我能救你，是因为你先救了我的命。"她从擦破了皮、满是鲜血的嘴唇和断裂的牙齿间吐出这么一句话。

幽灵看得出来，她已经受了重伤。从她把一只手扶在身体侧面的动作来看，她很可能断了一两根肋骨。这是错误的动作，这样很容易刺伤肺部。

"你还能呼吸吗？"他爬过有钱人的尸体，来到她倚靠的墓碑这边，他把手轻柔地放在她的侧腹部。

"嘿，"她抗议道，她突然再次紧张起来，觉得自己刚才放松警惕可能有点太早了，"该死的，你到底以为你在干什么？"

"我是想帮你，"他心烦意乱地说，同时手上摸索着折断的骨头，然后他又补充道："你得跟我来。"

"现在看这里,你给我听好。你别想打什么鬼主意……"

"不然你还有什么别的打算?我们这里有个死人,那边还有三个受伤的人,还有另外一个人不知道在什么地方,他要么是跑去找警察了,要么是去搬救兵了,也可能这两边他都去找了,而你已经受了伤。你当然可以留在这里,但我希望你最好不要这样做。"

她警惕地看着他。"好吧,你要带我去什么地方?你在哪儿有个公寓?你看上去并不是很有钱。"

"不,"他说,"那地方算不上是公寓。"

他说这句话时露出一脸苦笑,而对于这个名叫麦琪的妇人来说,这一笑却仿佛叹为观止,就像是阴天里阳光透过云层洒落下来。她已经六十多岁,但也许是因为他救了她的命,也可能是因为那个光彩照人的微笑,麦琪似乎有一点着了他的道儿,那天晚上她随着他一起来到了泰晤士隧道。她从幽灵口中得知他名叫巴拉特。她也了解到他在摄政公园附近的铁路工地上做工人。

她喜欢在隧道里生活。夜里她和幽灵睡在同一个凹室里背靠着背取暖,但他们并不交流各自的想法,她也从来没怎么关心过那天晚上他们遇到的那些人。当然,其中有两个人只能待在疗养院里,靠疗养院员工心不在焉的照料过日子了。但还有两个人依然逍遥在外:最后的那个保镖,那个活下来的有钱人。他们都见过幽灵动手的样子,他们都知道他是个极不寻常的年轻人。

17

艾博兰回程去百丽岛的时候,警察同事们的嘲笑依然在他的耳朵里回响。

在不算太久之前,因为他的热情,和对正义孜孜不倦的追求,他们都管他叫"愣头青弗雷迪",在这一点上他们并没有错,他既没有妻子,也没有家庭,而是一心专注于工作,而艾博兰确实把他的同事们都视为废物,他们向来只用阻力最小的方法来办事。

可现在他们都管他叫什么?"丢人警察①"、"缺尸警察②",或者是把字眼稍微改变一下:"没尸警察③"。这些外号一点也不好笑。实际上,在艾博兰看来,他们只是把一个关于死尸的词,跟另一个描述执法官员的字眼,用头韵组合在一起而已。但就算知道也于事无补,这并不能缓解同事们的奚落给他带来的巨大痛苦。更别提这件事说到底,他们的叫法也是有道理的。毕竟他确实弄丢了一具尸体,而没有尸体,谋杀也就不成立。这就意味着⋯⋯

他真的很想找到那具尸体。

这也是为什么他又游荡回了百丽岛,这次他既没有车,也没有马,但他已经学乖了,对于贫民窟可能给他附赠的任何惊喜,他都会更加警惕。在他肩膀上还挂着一个袋子,里面是他的秘密武器。

他向百丽岛深处走去,工厂和屠宰场的恶臭几乎让人无法呼吸。今天鸦巢的居民都隐没在浓雾里。这是贫民窟特有的浓雾,雾气盘旋翻腾,云雾勃勃而起,势态险恶,成片的烟尘在雾气中飞舞,呛人的烟雾汇集成浓稠、翻转的尘云。果真有如恶魔的气息。

艾博兰不时在雾气中看到人影,他开始意识到人影正在渐渐增多,随着他越来越深入这片凄凉的土地,他们也在追踪他的脚步。

很好。这正是他想要的。他接下来要做的事正需要一个观众。

---

① "The no-body bobby"
② "The cadaverless cpooer"
③ "the copper without a corpse"

现在他已经到了孩子们逼停他马车的地方,这里大概也是他们给他掉包的位置,把他那具死尸换成了一匹同样死透了的矮种马。

他停下脚步。"啊呵。"他大声喊道,同时自己也吃了一惊,不知道为什么他会像个水手一样喊话。"你们肯定还记得我。我是那个被你们偷走了尸体的人。"

这也可能只是他的想象,但就算是这样——他刚才是听到有人在这片黑暗的浓雾里偷笑吗?

"我要和那天抚摸我的马的小伙子谈谈。你们瞧,我突然想到,应该是有人派你们来做这件事的,而我非常想知道这个人究竟是谁。"

浓雾里依旧沉默。没有泄露它的秘密。

"他给你们钱了吗?"艾博兰追问道。"那么,我可以再给你们钱……"硬币在他手掌里叮当作响,在令人窒息的寂静里,这声音就像是轻柔叮咚的铃声。

又是一阵沉默,艾博兰已经准备揭露他的秘密武器,就在这时,终于传来了一声答复,一个不见其人的年轻声音说道:"我们害怕他会报复。"

"我明白。"艾博兰答道,他凝视黑暗,望着他认为正确的方向。"他肯定威胁过你们。但恐怕现在你们已经是进退两难,因为如果我没有拿到想要的消息,那么我肯定还会回来,而且我不会一个人来。我会带着一辆篷车回来,那种进出济贫院大门的篷车……"为了起到戏剧性的效果,他停顿了一下。"但是,如果我得到了想要的东西,那么我就会忘掉济贫院的马车。我会把这些钱留下,而且……"

现在他举起了挂在肩上的袋子,他把袋子放在地上,从里面拿出一根板球拍和一个板球举在手上。"还有这些。只要有了这些美妙的小东西,你们就不用再拿猫脑袋当板球玩了。这些花了我不少钱,我敢说，不会有比这更好的板球装备了。"

这次又有了回应，艾博兰左顾右盼摇晃着脑袋，他想确定声音的源头，但感觉自己在这方面的进展十分不利。

"可我们害怕他会报复，"那个年轻的声音重复道，"他是个恶魔。"

艾博兰感觉自己的脉搏在加速，他确信自己猜测这个凶手有些不同寻常是正确的。

"我的提议你们已经知道了。"他向那个看不见的中间人回应道。"一方面，我给你们带了礼物，而另一方面，我也能带给你们可怕的后果。而且我还可以告诉你们，我不但会带来济贫院的马车，还会放出消息，就说我已经得到了想要的东西。不管你们怎么选，这个恶魔——你们知道他并不是什么恶魔，他是个人，就像我一样——他的怒火都会降临到你们身上。"

他等待着浓雾作出决定。

最后雾气翻腾起来，浓雾渐渐分开，那天拦住他的同一个男孩从雾中走了出来。他脸上脏兮兮的，衣服破烂不堪，一副皮包骨头、饥肠辘辘的样子。显然这个孩子就快要死了，想到自己，还有像自己一样的人都在使用，甚至是滥用怎样的方式来对待这些孩子，艾博兰心里就感觉很糟糕。他想到自己用济贫院来威胁他们，而威胁、寒冷和饥饿恰恰就是这些孩子生活的全部，这让他感到很难过。

"我并不想伤害你，我向你保证。"他说道。他把球拍和球放在他和孩子之间的地面上。

男孩低头看了看板球装备，然后又看着这位警察。艾博兰感觉到那些迷雾笼罩的人影心里带着期望。"我们拿走你的尸体，你很生气。"男孩说道，这些话里有他从惨痛的人生经历中得来的谨慎和含蓄。

"你们拿走我的尸体，我是不太高兴，不，我想你说的没错，"艾博兰承认道,"但是听着,我明白你们为什么这么做。就让我这么说吧,如果我站在你的立场上,我也会做完全相同的事。我不是来这里审判你的,我只想要真相。"

男孩上前一步,这更像是他在表达对艾博兰渐渐有了信任感,而不是出于其他的原因。"其实我们并没有多少可以告诉您的,先生。你说的没错。有人花钱雇我们在你执勤的时候分散你的注意力,把尸体换成一匹马。我们并不知道为什么,也没有问过。我们把尸体送走,换到了一把硬币。"

"那把枪呢?"

"我没有看到什么枪,先生。"

"枪在死人口袋里。"

"那么枪还在他身上,先生。"

"你们把尸体送到什么地方去了?"

男孩垂下头。他并没有回答,而是举起了一只手,如果没有烟雾的话,他指的应该是废马屠宰场所在的位置。"我们有几个人看到那个人带着尸体进了那个地方,然后没过多久他又出来了,但没有带尸体。"

"这个人,他长什么样子?"艾博兰问道,他努力不让自己的声音表露出心中的热切,但是他完全失败了。

不久之后,这位巡警愉快地长舒了一口气,他把百丽岛呛人的浓雾抛在身后,已经回到了自己片区里空气相对干净一些的地方。他身上少了几枚硬币、一根板球拍和板球,然而万幸的是,他的良心依然问心无愧,而且他也得到了关于这个"恶魔"外貌的描述,虽然他的动机依旧非常神秘。这份描述让他灵光一闪。他曾经听说过一个像这样穿着打扮的人，这个穿着非常独特——你甚至可以说是"特异"的——人，曾经卷入过大约一周前在鸦巢发生的一些骚动。

艾博兰加快了脚步，仿佛一切都走上了正轨。在另一个片区有个他能说得上话的警察，他可能知道一些关于这个怪人的事情，要注意到这样一个人应该并不难——因为这个怪人穿着长袍，头上还戴着一顶兜帽。

18

伊森从来没跟幽灵讲过他的家庭生活。当然，幽灵知道他家里人的名字——塞西莉、雅各布、伊薇——但更具体的情况他就不知道了，除了那对双胞胎的年纪和他相近。"希望有一天能介绍你们认识。"伊森曾经这么说过，他当时带着一副难以捉摸的古怪表情。"但是要等我确定他们已经准备好加入战斗之后。"

这基本上就是幽灵所知的全部了。而在另一方面，他并不打算打听伊森的家事，更何况，他也没把自己离开挖掘工地之后的生活通通都告诉伊森。伊森对麦琪或者隧道里的居民一无所知，幽灵也没有告诉他的管理人，他经常会冷得浑身发抖，根本睡不着，当回忆起父母和记忆中带着茉莉花香的阿姆利则，他的眼眶就会湿润起来。又或是达尼那张垂死的脸依然会在他的噩梦中作祟：那双咧开的嘴唇，那些鲜血淋漓的牙齿，那张满是尖锐的钢铁和绯红血色的嘴。

他依旧继续着贫困的生活，他在挖掘工地轮班上工，在回家之前把自己的铁锹埋在一个特定的地方藏起来，接着再返回隧道去照料住在那里的人。

然后，在四个晚上之前——也就是那具尸体在挖掘现场被人发现的四个晚上之前——幽灵正在回家的路上,当时他像往常一样朝教堂墓园里瞥了一眼——可是这一次,他看见墓碑正靠向左侧。

于是他并没有返回隧道,而是转身走向了相反的方向,往帕丁顿走去。这一趟要走很远的路,但他已经习惯了。这只是他日常忏悔的一部分,为了弥补他的……

懦弱,他有时会这样想,尤其是在黎明前最黑暗的时刻,他在隧道里挨冷受冻的时候。

可他拯救麦琪的那晚并不是个懦夫,不是吗?那天他为了正确的事挺身而出,奋勇战斗。

所以也许那并不是懦弱。至少不是他想的那样。那应该是他的无所作为。踌躇不决或者是心有不甘——不管那究竟是什么,这让他在涂血礼那天晚上停了手,给他自己和他的家族带来了巨大的耻辱。

按理说他应该付出生命的代价,原本也确实如此——如果不是伊森·弗莱插手干涉的话。有时候幽灵也想知道,接受了这位老刺客的提议是否才是他最为懦弱的举动。

他一路前行,街上的喧闹声——马蹄声、商贩的叫卖声和街头艺人的提琴声此起彼伏的杂音——全都渐渐远去,消失在他的沉思里,他的思绪又回到了黑窖。那天早晨牢门打开时,进来的应该是他的行刑人。他原本以为是这样的。然而伊森·弗莱却再次出现,而且他脸上笑开了花。

一看见贾亚迪普,伊森就控制住了自己的表情,贾亚迪普脸上写满了自己已经必死无疑的预期,就像伊森在前一天做过的那样,他在稻草上坐了下来。在此,伊森向贾亚迪普解释道,他需要贾亚迪普前往伦敦去执行一个重要的任务,而且阿尔巴兹已经祝福他能马到成功。

这个任务需要他去当卧底。伊森的说法是"深度潜伏"。在贾亚迪普开始觉得这是某种怜悯性质的任务,是伊森在竭尽全力从刺客刀下救出他之前,他的头脑再次活络起来。伊森需要贾亚迪普,是因为贾亚迪普是他的得意门生。

"还记得我提议反对派你去做刺杀任务吗?"伊森说道,贾亚迪普难过地点了点头。"嗯,那是因为我在你身上看到了一种慈悲的心肠,我认为你的这种特质可以为兄弟会带来好处。我想到的这项工作可不是什么愉快的差事。你要成为一个完全不同的人,贾亚迪普,你以前自我的所有痕迹都必须隐藏在新的伪装之下。你将不再是贾亚迪普·米尔,你明白吗?"

贾亚迪普点了点头,然后伊森就离开了。只是这一次牢门依然开着。

贾亚迪普沉思默想了一会儿,随后他也站起身来,离开——最终走出了黑窖。

"任务从现在开始。"伊森第二天傍晚时对他说。在他导师眼中,过去那个热情的贾亚迪普已经不在了。救出贾亚迪普带给伊森的宽慰十分短暂。现在是时候安排下一个任务了,安排整个行动的下一个阶段。

他们独自站在一面港口岸壁上。在柔和的浪涌推动下,无数小船的船体噔噔地撞在一起,同时水鸟们俯冲而下,它们高声鸣叫,还会用喙整理自己的羽毛。"我要和你分别了。"伊森说道,他上下打量男孩,他注意到贾亚迪普穿着穷人的衣服,就像他所指示的一样。"你得自己想办法去伦敦。找个地方住下来,找个真正适合没什么钱的人住的地方。这个……"他交给贾亚迪普一小袋硬币。"这是你的生活费。

这些钱用不了多久,所以不要乱花。记住,从这一刻起,你不再是贾亚迪普·米尔,不再是阿姆利则的阿尔巴兹与琵亚拉·考尔的儿子,不再是习惯了舒适富足的生活,习惯了别人随之而来的尊重的人。等你到达伦敦的时候,你就是个地道的社会渣滓,你是个棕色皮肤的外来者,而且你的名字一文不值,顺便说一下,你的名字是巴拉特·辛格。不过,你的代号——我所知道的那个名字——是幽灵。"

当时贾亚迪普就觉得他讨厌巴拉特·辛格这个名字,幽灵更适合他。

"等你找到住的地方,我需要你去找份工作,"伊森继续说道,"但你要在一个特定的地方上班,几个月之后,你就会明白这个地方的重要性。我需要你在大都会铁路的开挖工地找到工作,在伦敦城西北的位置。"

贾亚迪普困惑地摇了摇头。他已经有很多事情要消化了。一段新的生活?一个新的任务?全都在一片陌生的外国土地上,而且没有他的家族姓氏带来的好处,也没有他父亲的监护和伊森的指导。伊森要求他做的事情似乎是不可能做到的。现在又是这个。一条铁路?

"目前你还不用担心这些。"伊森说道,他看出了贾亚迪普的心思。"等你到了伦敦,一切都会明朗的。"他用手指把贾亚迪普要做的事情列举出来。"首先找个住的地方。这个住所要适合在社会阶梯最底层的人才行,然后熟悉周围的环境,之后保证你能在大都会铁路的挖掘工地上班。你明白了吗?"

年轻人只能点了点头,他希望这些谜团一样的要求能够自行依次解决。

"很好。从今天开始,你有三个月的时间来做这些事。在此期间,我需要你好好研究一下这个……"

这时年长的刺客从袍子里拿出了一个文件夹,这是个包着皮革的文件夹,用一根带子系了起来。

贾亚迪普接过文件夹,拿在手里翻了翻,他想知道里面都写了些什么。

"我建议你在路上的时候看这些文件,然后把大部分内容都扔进海里,只要你能保证把里面的内容都记在脑子里就行。三个月后的今天我们再见面,地点在格雷学院路孤儿院的花园里,时间是午夜。现在,这是我要告诉你的最最重要的部分,无论在什么情况下,你都不能表现出一个贫困的十七岁印度男孩所不应该拥有的任何能力。走路的时候要驼着背,不要挺直了走。你不是刺客,你也不应该表现得像个刺客。如果你遇到威胁,就装得弱一点。如果你在工作上表现得比你的同事更能干更出色,那你就试着偷点懒。眼下你最重要的事,就是全方位地融入周围的环境。你明白了吗?"

幽灵点了点头,潮水拍打在岸壁上,同时太阳的光芒又照亮了新的一天。

19

那是他在印度的最后一个早晨,幽灵迷失在他的记忆里,差一点就走过了他和管理人用来会面的房子。

帕丁顿伦斯特花园23号和24号,这里看起来和街上的其他房子没有什么两样,但只有少数人知道——街坊邻居、建筑工人,更确切地说,还有两个人:幽灵和伊森·弗莱——这两座房子实际是两座假房子,它们是建起来掩饰地上的一个大洞的。

这是查尔斯·皮尔逊的主意。他在设计铁路时遇到了一个迫在眉睫的难题：他需要找到一种适合在地下使用的蒸汽引擎。正常排放废气的普通蒸汽引擎会让直道上的乘客和列车组员无法呼吸。既然铁路运营商无法接受让地铁杀死乘客，皮尔逊就需要找到一个解决方案。一开始他的想法是利用缆绳来牵引车厢通过隧道，后来，等到这个想法被证明行不通的时候，他又想出了一个利用大气压的方案。这个主意同样被证明是不切实际的——不过对于城里的众多讽刺作家来说，这当然是个极好的素材。

最后是约翰·福勒给皮尔逊解了围，在这个问题和大都会线的许多方面上，他都帮了大忙。他监督制造了一种特殊的引擎，可以把蒸汽和烟雾转移到引擎后方的一个槽罐里。唯一的麻烦是这些蒸汽和烟雾需要找个地方释放掉，这就是为什么伦斯特花园23号和24号会被搁置一空，这样下方的引擎就可以非常真切地"消消气"了。

距离大都会线正式开通还有一年多的时间，幽灵和伊森·弗莱就选择在这里碰面。

"你好啊？"那天晚上伊森开口道。他坐在空洞的边缘，眼睛盯着他那双晃来晃去的靴子下方纵横交错的木板。

幽灵点了点头，但他什么也没说，就像一本合上的书一样高深莫测。他在伊森旁边坐了下来。他的光脚在他导师的靴子旁边晃悠，在他们下方是一片巨大的黑暗。

"听到这个消息你一定很高兴，我们要转入行动的下一个阶段了，"伊森说，"事情就要发展到关键时刻。你会发现自己受到密切的注意。我对此毫不怀疑，你会被人跟踪，我们的圣殿骑士朋友会把你的背景查个一干二净。你有把握你的掩护身份绝对安全吗？"

幽灵在仔细考虑，是不是时候把麦琪，还有他在隧道里扮演的非正式守护人角色告诉伊森。他已经在脑海里把这场对话想过很多遍了，他想象着自己要怎么向伊森解释一件事是怎么导致另一件事的，而且他根本就没打算过让自己显得与众不同，只是他实在无法袖手旁观，让不公不义的事情肆意横行。当然，伊森肯定会……好吧，就算他并不同意，那么他肯定也会理解的，不是吗？毕竟，这又不像是幽灵成了什么公认的英雄，上了《伦敦新闻画报》的头版新闻似的。

可是，不。他依旧守口如瓶。他什么也没说，而是欣然走入了计划的下一个阶段。

"你说什么？"他问道。

他师父露出一副恶作剧的表情，这让幽灵眼睛一亮。当幽灵还在安全的阿姆利则，还是个孩子的时候，他很喜欢见到伊森露出这副表情。而现在，他低头盯着下方的虚空，面对的只有不确定的未来，他已经不是那么肯定了。

"你得给我们的朋友卡瓦纳先生写封信。你可以用你对卡瓦纳的了解来虚构你的背景，细节你自己决定。重要的是你要告诉卡瓦纳，在他的队伍里有个叛徒，而你想要通过揭发这个叛徒来讨好他。"

幽灵点了点头，他的目光固定在下方的黑暗里。"我明白了，"伊森说完以后，他开口道，"然后呢？"

"等待在挖掘工地发现一具尸体。"

"什么时候？"

"很难说。我想是在接下来的几天里，取决于下雨的情况。"

"我明白了。我能知道被发现的尸体是谁吗？"

"你还记得我们的圣殿骑士朋友，罗伯特·沃先生吗？"

幽灵的确记得他。"那个摄影师？"

"就是他。只是沃先生对他的同伙来说并不完全可靠。他用自己拍的那些色情照片赚了点外快，我昨晚才发现他还有这个副业。"

"你什么时候杀掉他的?"

"哦,不,我并没有杀他。"伊森热心地拍打幽灵的肩膀。"是你杀的。"

20

与伊森会面之后,在回程的路上,幽灵回想起他第一次知道那个主要被他们称为卡瓦纳的人,他现在每天都会在挖掘工地见到这个家伙。那是在他从阿姆利则来英国的路上,他依照吩咐,打开了伊森在港口护堤给他的文件夹。

在文件夹里有一份伊森写的介绍短笺,其中解释说,文件夹的内容是从缴获的圣殿骑士物品中复制和破译的公文急件。原文件已经被调换了,据刺客们所知,圣殿骑士还不知道他们掌握了这份情报。

这些急件是根据圣殿骑士纪实作家收集的第一手资料编纂的,内容无关痛痒地从一份1842年英国人从喀布尔撤退的真实记录开始。

当然,幽灵对英国人从喀布尔撤军的事情相当了解。所有人都知道这件事。这是英国军队历史上最惨重的灾难性事件之一,也是那场凄惨的阿富汗战争的转折点。1842年1月,英国士兵、家属和随行人员约一万六千人开始从喀布尔撤往贾拉拉巴德,行程大约九十英里。只有极少数人成功抵达。

他们不单只有五天的食物,而且他们的领导人威廉·埃尔芬斯通少将——也叫埃尔菲·贝——的头脑和身体一样软弱。他不仅愚蠢,而且十分轻信,他听信了阿富汗人的首领阿克巴尔可汗告诉他的所有谎言。

阿克巴尔可汗确实把埃尔菲·贝耍得团团转。英国军队交出了他们大部分的枪支武器,作为回报,可汗向他们保证了撤退路程的安全,同时还派出一支护卫陪同他们穿过沿途的山口。他还保证留在喀布尔的伤员和病号不会受到伤害。

可汗只用了大约一个小时就翻脸食言。撤军队伍刚刚离开宿营地,可汗的部队就闯进营地大肆劫掠,焚烧营帐,杀害伤员。在此期间,英军的殿后部队也遭到了攻击。搬运工、随行人员和印度士兵都被屠杀,阿富汗人几乎没有遭到撤军队伍的抵抗,他们渐渐开始肆无忌惮地组织突袭,很快就摧毁了辎重队伍。撤军队伍几乎还没离开喀布尔,就已经留下了一连串的辎重和尸体。

撤军队伍携带的营帐非常少,而且这些营帐都是留给妇女、儿童和军官使用的。当天晚上,大多数人都躺在雪地里睡觉,第二天早晨露营地已经尸横遍野,很多人都在夜里面冻死了。饥寒交迫的撤军队伍加速前进,希望能战胜糟糕的天气,同时顶住阿富汗人持续不断的攻击。

出于某些不为人知的原因,埃尔菲·贝在刚到下午两点的时候就下令休息,而他当时真正应该做的是听从手下军官的建议,加速前进,通过危险的小喀布尔山口。也许这个老男孩只是完全丧失了理智,因为他的决定意味着将山口拱手交给了阿富汗人,阿富汗人的狙击手在岩架上就位待命,同时他们的骑兵也已经准备好再次发动攻击。

果然,第二天早上撤军队伍刚进入山口,立即枪声大作,撤军队伍随后停下脚步进行谈判。阿克巴尔可汗同意让他们通过以换取人质,但他再次欺骗了英国人,因为人质刚刚移交完毕,枪声就再次响起,同时骑马的部落士兵也纵马闯入英军队列,他们驱散随从,砍倒平民和士兵,甚至杀死儿童。

三千人死在了小喀布尔山口，而且他们失去了所有的补给。当天晚上，残余的撤军队伍扎营时只剩下四顶小帐篷，他们既没有燃料，也没有食物。数百人曝尸荒野。

接下来的几天里杀戮仍在继续。为了躲避屠杀，有些人自杀身亡，还有另一些人擅离职守私自逃命，然而阿富汗人并不准备放他们逃走，他们只留下了以后可以用来交换赎金的人——军官、妇女和儿童。士兵、仆人和随从都被屠杀。

到了第五天，撤军队伍只剩下三千人，其中有五百人是士兵。埃尔菲·贝举手投降，随后死在了狱中，同时妇女和家属也都向阿富汗人投降。撤军队伍仍在挣扎前进，他们的人数不断减少，并且在贾德鲁克山脊遇到袭击，遭受了可怕的伤亡。这场追击战彻夜未停，他们在足有一英尺深的积雪中激战，直到幸存者们抵达了甘达玛，此时他们的人数已经不足四百。

他们在一座山上严阵以待，却发现自己已经被阿富汗人包围，后者命令他们投降。"绝不可能！"有一位军士大声嘲笑道，他这句反驳后来成了英国的一句国家标语。不过，他确实言出必践，于是在最后的攻击开始之前，阿富汗狙击手抢先对他下了手。

贾德鲁克山脊上发生的并不是一场战斗，而是一场屠杀。有六名军官从屠杀中逃脱，其中五人在逃往贾拉拉巴德的路上被杀。只有威廉·布赖登一个人成功抵达。他的部分头骨被阿富汗人的长剑劈掉了，多亏了一本塞在帽子里的《布莱克伍德杂志》[①]，他才侥幸从这一击中活了下来。"从没想到这些过时的洛兰岛胡说八道能起到这么大的作用，"他后来公开评论道。

---

① 英国杂志，创刊于1817年。

六天前有一万六千人从喀布尔出发,他是唯一抵达目的地的人。

只是……这个说法并不完全正确。善良的老威廉·布赖登孤身一人来到贾拉拉巴德是个好故事,这个故事甚至好到在一段时间里,给公众意识笼上了一层阴影。然而遗憾的是,这并不完全是事实,因为还有其他的幸存者。只是与坚韧不拔的威廉·布赖登医生相比,他们得以幸存的方法和手段不是那么高尚。为了求生,为了活着见到下一个日出,为了再次感受妻子和孩子的亲吻,为了以后能捧着酒杯开怀大笑,人是可以不择手段的。所以,没错,还有其他人也熬过了那场灾难性的撤军,但并没有人为他们的壮举喝彩、庆贺,也没有艺术家来歌颂他们的功绩,让这段英勇事迹能够永垂于世。就其意义而言,"壮举"这个词指的是冒险和大胆无畏的举动,那么他们所做的事根本就算不上是什么"壮举",而只是简单纯粹的求生行为。这些事情既肮脏又卑鄙,而且冷血无情,做出这样的事情需要让他人付出可怕的代价。

于是乎,在撤军队伍里有一个名叫沃尔特·拉韦尔上校的指挥官。这个人是圣殿骑士团的成员,他并不是一个级别很高的圣殿骑士,也不是刺客兄弟会感兴趣的目标,不过刺客们知道有这个人存在。

在撤军队伍开拨离开喀布尔不久前,有一个名叫卡瓦纳的下士向沃尔特·拉韦尔毛遂自荐。

"不知道能不能和您说句话,长官。"这个卡瓦纳在撤军当天早上说。

看到这个男人眼中如此严肃,而且——如果他不是在自欺欺人的话——还透着一丝危险的目光,拉韦尔点了点头,他并没有顾忌这个卡瓦纳仅仅是一个下士,这两位军人移步来到一棵柏树的树荫下面,远远避开了装载马车的仆人和随从，马匹在鞍囊和驮篮的重压下奋力挣扎。确实，现在院子里熙熙攘攘，异常地繁忙。男人们口中发出诅咒，他们在努力劳作，院子里能听见下达命令的声音，女人们紧握双手放声哭泣，然而弗洛伦蒂亚·塞尔[①]夫人持续不断的训话声却盖过了所有这些声音，她是罗伯特·亨利·塞尔少将的妻子，"令人敬畏"这个词说不定就是为了这位女士生造出来的。塞尔夫人让所有人都毫不怀疑地相信，这场撤军只是一次午后出游而已，相对于英国军队的力量来说，这根本就是无关紧要的小事一桩，所有其他的想法都是危险的叛国思维。"哦，不要再哭了，埃米莉，别在那儿闲着，"她训斥道，"那边那个，你给我小心一点。那是我最好的马德拉葡萄酒。还有你，给我留神那个瓷器，不然我在贾拉拉巴德的晚会又要逊色几分。我已经打算在两天后召开第一场晚会。跟贾拉拉巴德的好女士们碰面肯定热闹极了。"

远在柏树这边，卡瓦纳下士把脸转向拉韦尔，他冷酷无情地开口道："她是个蠢货。"

现在其他人已经听不见他们说话了，但尽管如此，上校还是气得语无伦次起来，上校们动不动就会这样。"你疯了吗，呵？难道你脑子里头那点理智一下子全都跟你告别了？你知道你在跟谁说话吗，呵？你知道你究竟在讲什么吗？这是——"

"我完全清楚我在和谁说话，也清楚我说的是谁，长官，"卡瓦纳心平气和地答道（天哪，这家伙还真是冷静又胆大），"正是因为我知道我在和谁说话，所以我觉得我可以开诚布公地谈。如果这个

[①] 弗洛伦蒂亚·塞尔，被称为"身着衬裙的掷弹兵"，她在小喀布尔山口事件后被俘，1842年9月17日获释，她在自己的日记中详细记录了被俘后的经历，于1843年集结出版。

情况是我判断错了,那么请您原谅我,我会退下继续让我的小队做准备。"

他似乎准备离开了,然而拉韦尔拦住了他,他很想听听这个无礼的下士心里在想什么。"我会听你把话说完,只是你要管好你的舌头。"

但是卡瓦纳并没有这样做,他已经盘算好要说出他的想法,因此他直接这样做了。"您知道去贾拉拉巴德有多远吗?九十英里。我们有一万六千人的部队,然而士兵不到其中四分之一,其他人都是一大群乌合之众,都是搬运工、仆人、女人和孩子。在这些人之中几乎找不到一个能战斗的人。您知道这是什么样的情况吧,长官?我们要在地球上最糟糕的土地穿过一英尺深的积雪行军,气温非常寒冷。而阿克巴尔可汗的情况呢?他已经在山里活动了,可汗在拜访各个酋长,为进一步的敌对行动笼络力量。可汗不会遵守诺言。只要我们一踏出这些大门,他就会开始把我们分割消灭。塞尔夫人觉得两天后她就能在贾拉拉巴德召开第一场晚会。可我说如果我们能在两周后完成撤军,就已经非常幸运了。我们没有武器、弹药,食物和补给也不够。撤军已经完了,长官,我们也完蛋了,除非我们联合起来,采取行动。"

他接着告诉拉韦尔,他的普什图语掌握得还行,并且建议由他来担任拉韦尔的传令官。然而拉韦尔气急败坏的训斥并没有结束,这次他还有些气势汹汹,等骂完以后,他解散了卡瓦纳,并且严厉地斥责了他,告诉他不许这么无礼,而且最好把他那些开小差的危险想法都闷在肚子里。

"你肯定是想讨好我,你这个可怜的马屁精。"他咆哮道。"我想不出你是出于什么理由,但是我告诉你,直到最后一刻,我都是埃尔芬斯通将军忠实的仆人。"

到了撤军的第一晚，阿克巴尔可汗的确已经食言，而且埃尔菲·贝是个蠢货的事实已经十分明朗。随着撤军队伍里回响起伤员的刺耳尖叫，而阿富汗人的突袭又持续不断，还有许多不幸的可怜人躺在地上活活冻死，满心恐惧又懦弱的拉韦尔偷偷溜进了卡瓦纳的帐篷，询问这位下士是否还愿意担任他的传令官。

"我？我只是一个可怜的马屁精。"卡瓦纳说道，他心里对上校满脸的恐慌感到暗暗满意，脸上却完全不动声色。他迟疑地推脱表示拒绝，假装自己被冒犯了，直到成功引诱胆战心惊的上校向他道歉之后，他才接受了提议。

第二天早晨，随着英国枪骑兵向阿富汗人发起冲锋，徒劳地想要阻止他们的进一步进攻，卡瓦纳、拉韦尔和一个忠实的印度士兵离开了撤军大队，再也没有回来，那个同行印度士兵的名字并没有被记录下来。

他们穿越山丘和山口的路线非常危险。因为担心被英国士兵或者阿富汗袭击者们看见，他们不敢靠撤军队伍太近，但是他们也不敢偏离既定的路线太远。众所周知，阿富汗的乡间算得上是已知世界里最不友好的地方，在一月无情的严寒笼罩时更是如此，更重要的是，这几个人还担心自己会落入偏远的部落手里。

他们带好了给坐骑食用的饲料，然而，随着他们一路穿过山口边的峭壁和峰峦，一个问题也开始变得明朗起来：显然他们对于自己需要的食物估计严重不足。所以，在第三天的傍晚，当凛冽的寒风吹来一阵烤肉的香气，他们的肚子和理智同样敲响了警钟。

果然，他们一路追踪，很快就遇上了五个阿富汗山民。这些人正在一片空地上照料篝火，山民在火堆上烤了一只山羊，在他们一边是陡峭的岩石,另一边则是险峻的悬崖。

这三个逃兵立即找起了掩护。和所有的英国军人一样,他们对阿富汗的战士保持着由衷的钦佩——阿富汗人是骁勇善战的民族,他们的男人武艺娴熟,十分可怕,而他们的女人则以各种恐怖的处决方法闻名于世,剥皮和"千刀万剐而死"甚至都属于不太残酷的手段。

所以这三个人一直躲在一块巨大的圆石后面:那个印度士兵似乎心绪难平,他露出一副决心坚定不移的样子,虽然他也很清楚阿富汗人会怎么对待他们的锡克俘虏,拉韦尔一声不吭地把指挥权转交给了卡瓦纳,后者正在感谢老天,这些部落人没想到要派人放哨,他迅速往四周瞥了几眼,仔细评估当前的情况。

好吧,想要绕路迂回过去是不可能的,这一点可以肯定。要想继续顺着这条道走下去,卡瓦纳、拉韦尔和那个印度士兵就必须得跟他们硬碰硬——要不然,他们就只能回到撤军队伍里去,他们得解释自己为什么会缺席,然后很可能还会被枪决。

那就只能硬碰硬了。

他们有五个人,全都戴着无边便帽或者包着头巾,身上穿着长外衣。拴在附近的马匹上载着补给,其中还有第二头死山羊。几支被称为"杰赛尔"的阿富汗步枪支成帐篷的形状,摆在离营火不远的位置。

卡瓦纳很了解杰赛尔这种武器。相对于埃尔芬斯通的部队列装的英国布朗贝斯滑膛枪,这种自制武器的枪管很长,因此拥有相当大的射程优势。这些阿富汗战士用杰赛尔来对付撤军部队,效果非常显著,枪法娴熟的狙击手把枪口指向下方大约八百英尺处,他们对着陷入困境的撤军部队射出一轮致命的子弹、钉子,甚至是鹅卵石。这些武器上都有复杂的装饰，而且还都是阿富汗风俗，其中一把甚至还配上了人类的牙齿。

不过，卡瓦纳欣慰地注意到，杰赛尔是一种前装武器，而且从外观上看，堆在他们前方的这些步枪并没有装填。但是不管怎么说，这些部落人还是可以拔出他们腰上的开伯尔刀作战。开伯尔刀也是非常优秀的近战武器。

卡瓦纳看着他的两位同伴。据他所知，这个印度士兵是个相当不错的枪手。他不太确定拉韦尔本领如何，但他自己在多梅尼科·安吉洛·特雷马蒙多①击剑教练学院练过剑术，他可是个剑术高手。

（幽灵注意到这里有一段笔记，很有可能是收集这份档案的刺客负责人留下的。笔记的作者很想知道，为何一个小小的下士，会在伦敦苏活区卡莱尔庄园著名的安吉洛武术学校学过剑术，那里可是贵族接受剑术辅导的地方。又或者，也许该把这个问题反过来问：为何这样一所学院的毕业生，会沦落成一个小小的下士？这段笔记还附上了一句伊森写的题词，内容只有一个词。幽灵很清楚这个词的意思，因为他在讨厌的拉丁语课上学过，伊森那时候坚持要把拉丁语纳入到他的教育里。他写的是"Cave"，意思是当心。）

卡瓦纳知道这是他的机会，他要让拉韦尔认识到，他并不仅仅是个普通的逃兵。在前一天，拉韦尔曾经问过他，为什么卡瓦纳想要讨好他，他并没有回答这个问题。但事实真相是，卡瓦纳非常清楚拉韦尔在骑士团里的地位，而且他很想要利用这一点。因此卡瓦纳默默拔出了他的马刀，他把自己的军用手枪交给印度士兵，并且指示拉韦尔

---

① 多梅尼科·安吉洛·特雷马蒙多，18世纪的击剑大师，生于意大利，来到英国后建立了武术学校，教授英国贵族原本只有到欧洲大陆才能学到的剑术，曾担任英国王室的击剑教练。

准备好他的手枪。

等另外两个人准备妥当以后，他指示他们干掉左边的两个部落人。

接下来，他微微抬高身体，把重心压在臀部上，并且伸展开他的小腿。等行动起来的时候，他可不想自己的腿突然僵住捅娄子。

他动了起来。卡瓦纳相信拉韦尔和印度士兵的枪法够准，他拥有出其不意的优势，再加上他自己不容忽视的剑法，他对这两点也很有信心，卡瓦纳从圆石后面跳出来杀了过去。

他看见左侧的士兵身子一转，大声惊叫起来，与此同时，他听见身后传来手枪开火的声音，紧接着又传来第二声枪响，这一枪打得不是那么准，但已经足够撂倒第二个人，这个人倒在地上，紧紧攥住了自己的肚子。当下一个部落人转过身来，一把抓起腰间的开伯尔刀时，卡瓦纳已经抢到他身边，他挥起马刀进攻，一刀砍中了阿富汗人的脖子，切开了他的颈动脉，卡瓦纳随后机敏地让开几步，避开了间歇喷涌的血泉。

英国人的这一击是经过精心选择的。这些阿富汗战士和往常一样凶悍、沉着，但即便是他们，也被傍晚时分突然喷溅出的明亮血光分了心。这让其他两个人慌了神，其中一个人用手从脸上抹去同伴的血，同时他也已经伸出另一只手去拔他的弯刀。

他把刀拔出了腰带，但也仅此而已。卡瓦纳反手转身，他的马刀在半空中旋转，剖开了这个倒霉山民的咽喉。鲜血在山民身前成片洒落，他身子一折，倒在了泥地上，无边便帽从他头上跌落，山民发出临终前最后一声含糊的哀鸣，然而卡瓦纳已经没有时间架起军刀来杀死最后的敌人。他听见身后传来一声枪响，也感受到空气的呼啸，可这一枪并没有打中。太迟了，他看见开伯尔刀从他眼角余光外划过，虽然他没有立即感到疼痛，但他感觉到火热的鲜血正顺着他的脸流淌下来。

（又是一句档案负责人留下的笔记：注意，今天卡瓦纳脸上依然带着这个疤痕。）

如果那个阿富汗人乘胜追击的话，他本可以活着离开这块空地，甚至还能用英国下士的鲜血来洗刷他的痛苦，但他却选择了冲向马匹。也许他是想逃走警告他的朋友，也许他知道在鞍囊里藏着一把装填好的手枪。然而不幸的是，眼看着一个惊慌失措的人向它们靠近，平常泰然自若的阿富汗战马却没能承受住这种惊吓，它们人立而起，拉开了拴好的系绳，然后四散逃走了。

见鬼，卡瓦纳咒骂道，他看着马匹、补给，更别提那第二头死山羊，全都顺着结霜的山路小道跑得无影无踪。

与此同时，那个阿富汗人回过身来，他龇牙咧嘴，挥动他的开伯尔刀猛砍。然而卡瓦纳已经用军刀采取守势，他扬起右手，让剑尖向下倾斜，他有些满意地看着阿富汗人眼珠子一翻，然后瞟向左侧，片刻之后，他已经把刀尖埋进了对方的脸。

鏖战之后，空地上一阵沉默。那个腹部中枪的阿富汗人在地上扭动呻吟，卡瓦纳给了他致命一击，然后用他的袍子擦干了军刀上的血，这件袍子沾了太多的血，已经没用了。

"赶快，扒掉任何你们能穿的衣服，要赶在血迹毁掉它们之前。"他告诉拉韦尔和印度士兵，他们已经从岩石后面站了出来。印度兵表现得很好，就像卡瓦纳一直预期的一样，卡瓦纳向他表示了祝贺。拉韦尔也祝贺了卡瓦纳。但没人祝贺拉韦尔。

他们三人痛快地吃掉了山羊，由于战斗期间无人照料，山羊肉烤得有点过了。但这对于饥肠辘辘的英国人来说根本无关紧要。他们一直吃到肚子里填满了烤焦的山羊肉，然后便穿戴上死人身上的袍子和头巾,他们把所有能找到没有明显血迹的衣服都拼凑了起来。等这件事做完以后,他们尽可能把尸体藏好,然后继续上路。

他们骑马走了一天,一直待在撤退的英国军队前方,保持在直线距离大约一英里的位置。尽管距离还远,但他们依然能听见持续不断的枪声,甚至寒风里偶尔还会传来几声痛苦的尖叫。卡瓦纳的信心在不断增强。他们拉大了与既定路线之间的距离,找到一条比岩石山口地形更高的新路。于是,在第五天的下午,他们闯进了另一个规模大得多的移动营地的边缘。也遇到了他们迄今为止面临的最为严峻的考验。

21

后来想起这件事,幽灵可以得出结论,他们应该是偶然碰上了阿克巴尔手下某位军阀的一个移动营地。在这样的基地里,部落酋长会派遣狙击手前往撤军队伍上方的山口就位待命,他们在这里用杰赛尔步枪向下方可怜的行军队伍倾泻着毁灭和死亡,酋长还会派遣骑手下山,前往附近通向山口底部的秘密山路,这些骑手发起骇人又极具破坏性的突击,他们杀向撤军部队后方戒备不太森严的队伍,毫不留情地砍倒仆人、妇女和儿童,劫掠已经所剩无几的给养。

就是在这里,卡瓦纳掌握的普什图语知识派上了用场。没错,这救了他们的命。他们爬上一座山坡,马匹在坚硬寒冷的山路上一脚深一脚浅地前进,就在这时,有个哨兵朝他们打了声招呼。

感谢老天,这个人只看了一眼他身上的装束,从远处把他们当成了阿富汗人。在他喊话问好时,卡瓦纳敏捷的思维再一次力挽狂澜,他没有表现出惊讶，也没有拔腿逃跑，他保持着镇定，以同样的方式答了话。

在他的指示下，三人停下了脚步。在他们前方大约两百码的位置，哨兵从一块突出地面的岩石后头站起身来，他的杰赛尔还斜挂在背上。哨兵的五官有些难以辨认，他捧起手放在嘴边，再次用普什图语喊道："你好！"

卡瓦纳的脑子飞速运转：他们绝对不能靠得太近，那样他们会被看做冒名顶替的骗子。但如果他们掉头逃跑，阿富汗人有可能会骑马追赶他们，这些人都是优秀的骑手，这次追捕十有八九也不会持续太长时间。

拉韦尔骑在他身边，他紧张地瞥了他一眼。"伙计，我们到底要怎么办才好？"

"闭嘴，"卡瓦纳嘘道，他没有理会拉韦尔的愤怒，"我在想办法。不管发生什么，你都不要再说话，跟着我做就行。"

与此同时，那个哨兵再次把手捧在嘴边，他在呼唤自己身后某些他们看不见的人，接着，有好几张脸从山里冒了出来，有六七个人。老天，他们险些就一头骑到营地里面去了。他们现在站在那里，目光越过双方之间这段距离望着他们，其中一两个人还用手护住眼睛，遮挡冬日低垂的阳光，他们肯定全都很奇怪，为什么这三个访客在营地门外停下了脚步。

卡瓦纳心里有了答案。他们不能逃跑，也不能前进。而如果尝试回答更多的问话，肯定会暴露出他的普什图语掌握得并不够好。

其中一个人取下了他的步枪，但卡瓦纳抢先主导了接下来发生的事，没等对方架起武器，卡瓦纳已经朝他喊起了话。"我的好朋友，我们追捕英国胆小鬼来到这里。跟着我们的这个人，是一个被捕的锡克渣滓。这个人试图穿着我们的衣服逃跑,想当逃兵。"

山路对面传来阿富汗人的笑声。因为对普什图语一窍不通,那个印度士兵对等待着他的命运一无所知。他依旧忠诚,老实。

"你在说什么,伙计?"拉韦尔询问道。

"安静。"卡瓦纳反驳道。

他再次扬起声音。"现在,我们把这个战利品留给你们,作为给你们女人的礼物,如果可以的话,我们也要离开这里了。"

于是他拔出偷来的开伯尔刀,做了一个快速的假动作,假装自己割断了绑在印度士兵手上的绳索。困惑的印度兵在马鞍上转过身来看着卡瓦纳,脸上满是疑惑。"长官?"但卡瓦纳俯下身子,一把抓住他的脚提了起来,在印度兵坐立不稳的同时,他用开伯尔刀的利刃无情地用力一划,割开了这个绝望男人的跟腱。

在山路另一头的阿富汗人大声哄笑和嘲弄时,卡瓦纳挥手向他们告别,他和拉韦尔随即调转过马头。与此同时,印度士兵试图从地上站起身来,然而被割裂的脚跟在他身下折开,伤口涌出鲜血,他跌倒在地上,一边哭泣,一边恳求。"长官?长官?"

可他们把他留在了那里,把他的命运交到了阿富汗女人手里。无论是活着被剥皮,还是受尽千刀万剐而死。他们把这个无名的印度兵留在了那里,让他承受难以形容的死亡,这样他们才有可能拯救自己。

"天哪,伙计,这太冷血了。"拉韦尔后来说道,此时他们已经在山口上方的岩石中安好了营地。

"要么他死,要么我们一起死。"卡瓦纳说。

当天晚上他们听见了枪声,这两个人都想象着自己也听见了印度兵在远方的尖叫,此时阿富汗女人已经开始了她们的工作。

22

幽灵对卡瓦纳充满了恨意。大约一个月之后,当他在教堂墓地里面对那些男人的时候,他突然理解了求生的冲动带来的力量。这些他已经明白了,但他还是不能理解(也许这就是为什么他永远都不适合过流血杀戮的生活),为何有些人能够牺牲他人的生命,让另一个人代替你死去。不仅如此,这个被牺牲的人还对你忠心不二,别无他意。

他想知道,那个印度士兵的脸是否会在卡瓦纳的梦中纠缠不去。这个人真的有感情吗?

档案里的故事还在继续。在威廉·布赖登历史性地抵达贾拉拉巴德一天后,卡瓦纳和拉韦尔也出现在这里。他们的幸存相当出人意料,而且笼罩着各种流言和猜疑。

尽管他们一直坚持,实际上他们始终坚定不移地坚持一个事先准备好的故事,故事的细节很详尽,他们坚称自己是从一支骑兵队里分离出来的,在撤退途中迷了路,但贾拉拉巴德军营里的流言飞语还是说这两个人是逃兵。对于拉韦尔,实在没有什么证据能让他彻底摆脱这种嫌疑,不过,在1842年4月7日,贾拉拉巴德卫戍部队攻击了阿克巴尔可汗的防线,这一战中卡瓦纳表现得相当出色,证明了他自己在战斗中非常顽强。

下一条有关卡瓦纳活动的记录是在他回到英国几年后,此时他已经在圣殿骑士团获得了一席之地。此后不久,沃尔特·拉韦尔上校就遇到了一起致命的意外事故。根据这份档案,刺客们相信,正是卡瓦纳建议并且执行了拉韦尔的死刑。

直到此时,幽灵还在疑惑这与他有什么关系。为什么他要读这些关于卡瓦纳的故事?

随后答案便水落石出。卡瓦纳再次成为刺客关注目标的时机相当突然,他获得了一份任命,来自修建世界上第一条地下铁路线的公司。他成了大都会铁路公司的一位总管,并且直接参与挖掘工作。从某种程度上说,他是公司"在地面上的人"。

现在幽灵开始明白了。

抵达英国之后,他完成了伊森吩咐的工作。他在隧道里找到了住处,也拿到了在大都会线挖掘工地工作的职位,虽然在地位上要比他的猎物低得多。于是乎,他来到了新道的工地,亲眼看着竖井下沉。他看见车轮上的木屋映入眼帘,随后是堆满了木材和板料的马车,拿着鹤嘴锄和铲子的工人在马车旁边大步前进,像是一支迎面而来的军队。

他在酒吧里跟一个喝醉的男人买了把铲子,在铲子上刻了自己的名字"巴拉特·辛格",然后加入了工人的队伍。他协助工友们围上数百码的路面,把新道从伦敦历史的一部分,变成了伦敦未来相当重要的一部分。马匹、木匠和成群结队的挖土工人来到工地,挖掘地开始响起鹤嘴锄、铲子、铁锤和蒸汽喷涌的声音,无论昼夜,这种噪音很少会有间断。

沿着道路中心,每隔一段距离就会涌现起一座巨大的木质结构,用于开挖竖井坑洞的地点都已经标明,传送机把铁桶运上路面,这些桶被机械慢慢拖起,勉强离开了土层表面,随后铁桶被马车拉走,把弃土倾倒在一个巨大的坑里,传送机的噪音就像是一场风暴——从开工起就持续不断的噪声中,从此又加上了一种遥远的轰鸣。

对于大都会线遇到的所有难题,幽灵都有现场体会。在纸面上,这只是一项简单——好吧，是相对简单——的工程：一条地下铁路，从帕丁顿通往尤斯顿路和城里的弗利特谷。然而供气管线、供水总管和下水道全都挡在挖掘路线上，而且，沿着尤斯顿路，他们发现这里的土质是沙砾石层，必须全部挖空，而在芒特普莱森特，他们还放弃了惯用的明挖法手段，改为开凿隧道。

在此期间，幽灵也见证了周围的世界在发生改变。他亲眼看着弗利特谷肮脏的街道被拆毁。上千座房屋被拆除，其中居住的一万两千人（统计数据真是糟透了）转移去了其他的贫民窟。

其中有些人来到了泰晤士隧道。也许有些人也因此享受到了幽灵仁慈的保护带来的好处。这种循环过程让他深感欣慰。

在挖掘工地，他的赤脚经常成为工人们谈论的话题，当然，他的肤色也让他显得与众不同，但除此以外，他从没做过什么会让自己脱颖而出的事情。他从未尝试过做出过人的举动，虽然他知道自己可以做到。他也没有背负过自知能够承受的重担。如果有人讲了个笑话，他也会哈哈大笑。笑声不会太响，也不会和常人有什么区别。他就这样保持着自己的伪装，每时每刻都要保证自己的掩饰身份安全又稳固。这样，等到以后需要进一步渗透这个组织的时候，他才能承受住任何程度的审查。他必须成为巴拉特，这个又脏又穷但是认真尽责的印度工人，他不能让人轻视，但也不能引起怀疑。他必须随时随地维护自己的伪装。

要想继续活下去，保持伪装就必不可少。

第一天见到卡瓦纳时，他正在操作一只铁桶，他把桶从壕沟开口处拉上来，把里面的东西倒在马车里。他看见道路对面移动办公室的车门开了，一张熟悉的脸探了出来。那不是卡瓦纳，而是马钱特，他负责管理名单，把工作表交给发放工资的文书，文书每周五都会出现，他们坐在办公桌后面,一脸痛苦地交出硬币,就像付的都是他们自己的钱。没错,幽灵认得马钱特。他是个狡猾的家伙,嘴里花言巧语,说话还带鼻音。

随后卡瓦纳本人出现了。

就像档案里告诉幽灵的一样,卡瓦纳的右眼下方横着一道疤,几乎有两英寸长,他的眼神本身十分冷酷,他下巴上肌肉僵硬,表情阴沉。无论幽灵在何时见到卡瓦纳,他都猜不透他究竟在想什么。

"我想知道他们究竟在做什么。"伊森曾经说过。

和原本在印度家乡的港口护堤上安排好的一样,他们在孤儿院的院子里碰了头。伊森领着幽灵来到院子里的一座凉亭,这里的树叶遮住了周围的视线。师父把他以前的徒弟好好打量了一番,他盯着男孩身上褴褛的衣服,观察他的行为举止。

"很好,"等扫视男孩结束以后,他说道,"很好。你看上去像这么回事,这一点倒是可以肯定。"

"我在挖掘工地找到了工作,"幽灵说,"就像你指示的。"

伊森露出微笑。"我知道。我一直在关注你。"

"这样做明智吗?"

"为什么这么说?"

作为回应,幽灵摊开手,耸了耸肩。"只要是会让我的伪装更有可能被拆穿的事情,不管是什么你都应该避免去做。"

"好吧,看来我把你教得很好。"伊森笑着说。

"你得做到言行一致。"

"请原谅我,我并不打算接受像你这样的年轻人提的建议。"伊森假装带着一点友善的揶揄笑道,但他的眼神有些冷峻。

"你也知道,"幽灵说道,"你不应该把下巴架在前臂上。"

"哦?"伊森惊讶地扬起了眉头。"学生变成老师了,是吗?你要给我再上一堂刺客技巧课?"

"你这样做有出袖剑事故的危险。"

"我可以欺骗任何潜在的敌人。"

"这里并没有敌人。"

"现在又是谁不小心啦?"

"我并没有说你不小心,师父。只是谁都有可能会出错,即便是我们最优秀的人也会。"

他并不是有意要把最后一句话说得像听起来这么严重,有那么一会儿,他甚至希望伊森没有注意到这句话,但当然,对于自己没有关注到的事,伊森凭借他的直觉和悟性,也远远足以意识到了。"你觉得我不小心?"

"我并没有这么说。"

"你并不需要说出口。"

幽灵把目光转向别处。他一直很期待这次会面。他心里有一部分是希望能得到师父的赞扬。不知在何时——他甚至都不确定是怎么回事——这场对话已经转向了错误的方向。

等他转回头来看着他的老朋友和导师,便发现伊森正用严厉又威胁的目光注视着他,但不管怎么说,他还是决定请伊森帮他一个忙。"我可以试着戴一下你的袖剑吗,师父?"

伊森的表情和蔼了一些。"为什么你想试戴袖剑?你是想检修一下,嗯?"

"我想再戴上袖剑感受一下,提醒我自己,我究竟是什么样的人。"

"是提醒你自己你是一个刺客?还是提醒你自己家是什么感觉?"

幽灵微笑起来,他并不确定这个问题的答案。"也许都有一点。"

伊森皱起了眉头。"嗯,我想还是不要比较好。这是量身定做的。"男孩点头表示理解,虽然有些遗憾。

"哦,给我振作起来!"伊森终于爆发了。"你当然可以戴。"接着他提起长袍袖子,伸手去解护腕的搭扣……

过了一会儿,这两个人已经解决了他们之间无法言明的分歧,他们沉默地坐在那里。从他坐在凉亭里的位置,幽灵能看见孤儿院里亮起的红褐色灯光,他心中暗想,这一切看起来是多么平静,而想到大都会线挖掘工地的动荡仅仅就在几百码外的地方,这一切又是多么难以置信。新的地下铁路形状就像一只弯曲的手臂,而他们此刻就坐在靠近肘部的位置:格雷学院路,至于新道,那个是喧闹的世界。

在他身边,伊森已经调整好了他的袖剑。每当他弹出剑刃,就会发出熟悉的咔嗒声。伊森是对的,戴上袖剑并没有让幽灵向往刺客的生涯,戴上袖剑会让他想家。

年长的刺客弯曲手掌,检查袖剑会不会意外弹出。他在大腿上拍了拍手,很满意他的袖剑已经准备妥当。

"我想知道,现在是不是该告诉我任务的目的了。"幽灵说道。

"你猜测这和我们的朋友卡瓦纳有关,对吗?"

幽灵点了点头。"有关他的档案读起来很有意思。"

"他在大都会线的地位是个典型的例子,体现了圣殿骑士当前在伦敦掌控的权力级别。他们的优势地位非常明显。他们知道我们的力量非常虚弱,这是他们的优势,虽然我很怀疑他们有没有意识到我们究竟有多虚弱。在这一方面,'我们'指的是我自己和另一个兄弟会的成员,他就驻扎在离这儿不太远的地方。现在还要再加上你。"

"就这些？"

"就这些，亲爱的孩子。要挑战他们的优势，我们能做的最多也就是小小地打击他们几下，希望他们能减少一些不太重要的活动。好吧，我们可以那样做，但我们同样也可以做好现在这件事。我指的是我们可以试着搞清楚他们究竟在玩什么把戏。"

"就这样？"

"没错，就这样。我们认为圣殿骑士对伦敦西北部的这块土地很感兴趣。我们认为他们正在挖掘什么东西。也许是一块伊甸碎片。"

"一块伊甸碎片？就像科依诺尔钻石？"

"也许是类似的东西。谁知道呢？可能是某种与第一文明，与先行者有关的东西。问题在于，我们并不知道，也没有资源去深入调查这个问题。"

"当然，我们也有优势。没有我们介入，圣殿骑士也就不会猜测我们对他们的行动有所怀疑。因此，他们有可能会麻痹大意。不过局面还是很糟糕。实际情况是，除了少数几个名字，我们并不清楚骑士团对伦敦社会的渗透有多严重。"

幽灵点了点头，仿佛他对伊森的答复感到满意，但他心里其实怀着很多疑惑。与此同时，伊森掀开长袍，露出一只公文包的棕色皮带。他打开皮包盖，从里面取出一份档案——装订的封面上有刺客的徽记，就像之前那份关于卡瓦纳的文件——然后交给了幽灵，他默默地看着年轻人翻阅这些收集来的情报，档案的内容是在伦敦活动的圣殿骑士。

当然，首当其冲的是克劳福德·斯塔瑞克，圣殿骑士大团长。斯塔瑞克工业公司、斯塔瑞克电报公司和米尔纳公司的所有者，他曾经被查尔斯·狄更斯称作"伟大的铁路男爵"。接下来是本杰明·拉弗尔斯,圣殿骑士头目和斯塔瑞克的"安全首脑",还有另一个头目:哈蒂·卡德瓦拉德,国家美术馆管理人,她负责维护斯塔瑞克丰富的艺术收藏品。

还有其他头目:切斯特·斯温伯恩,显然这个家伙已经渗透了伦敦的警察。接下来是菲利普·"普路托斯①"·图彭尼②,此人竟然是英格兰银行的行长。还有弗朗西斯·奥斯本,英格兰银行的经理。

斯塔瑞克的副手是露西·索恩。她擅长神秘学。幽灵曾经在挖掘工地见过她。接下来是费里斯钢铁厂的鲁珀特·费里斯。他也在工地出现过。还有马克斯韦尔·罗思。他并不是圣殿骑士,但他帮助他们组建了伦敦的帮派。

约翰·埃利奥特森医生。伊森和他本人打过交道。就是他发明了斯塔瑞克安神糖浆。

然后是珀尔·阿塔韦,阿塔韦运输公司的经营者,也是斯塔瑞克的表妹。一个名叫雷克斯福德·凯洛克的帮派老大。还有一个名为罗伯特·沃的下流摄影师(当然,现在幽灵对他已经很了解了)。

还有其他人:戴维·布鲁斯特爵士、约翰尼·布瓦勒、马尔科姆·米尔纳、爱德华·霍德森、贝利、詹姆斯·托马斯·布鲁德内尔(也被称为"卡迪根勋爵"),一个被称为皮尔斯上尉的军人,一个名叫雷诺兹的科学家……

名单似乎长得看不到头。

"这份档案内容还真多。"最后幽灵说道。

---

① 普路托斯,希腊神话中的财神,谷物女神得墨忒耳的儿子。
② Twopenny,直译为两便士。

伊森悲伤地笑了笑。"确实如此。而且这还只是我们知道的人。而他们的对手呢？只有我们三个人。可我们还有你，亲爱的孩子。有一天你也会招募自己的间谍，而其中的某位间谍，很可能就在我们手里这份鱼龙混杂的名单里。"

23

尸体被发现的那天晚上，在从挖掘工地回家途中，幽灵一如既往地朝墓园里瞄了一眼，像往常一样，他的眼睛找到了那块伊森用来和他沟通的墓碑，而且它和往常一样……

啊，但它并不一样。今晚并不是这样。现在墓碑靠向右侧：危险。这对幽灵来说意义重大。并不是因为卡瓦纳的人在跟踪他。这个他已经知道了。而是伊森就在附近，依然在密切关注着他。

但眼下还有更迫切的问题。的确有人在跟踪他。其中一个人在他动身回家几分钟之前就离开了挖掘工地。轮班的铃声敲响时，幽灵看见马钱特小心翼翼地朝一个雇工点了点头，有三个雇工总是在办公室或者挖掘工地上晃悠，这个人正是其中之一。他们的名字是哈迪、史密斯和另一个哈迪——要么是卡瓦纳使用姓氏的个人偏好影响到了他的手下，要不然就是他把这个习惯强加给了他们——他们也被看做是工资单保安。其他人则管他们叫"惩戒者"，这些人特别擅长把别人痛打一顿，只要你愿意往他们手里塞钱。但是，虽然幽灵并不怀疑他们也算是一种惩戒者，但他也很清楚他们究竟是什么样的人：这些人是圣殿骑士的打手。他们也是专业人士。这几个家伙不仅块头大，而且身体健壮，精神也很警惕，他们从不浪费时间讲笑话，也不会对着在工地围栏边转悠招揽生意的妓女吹口哨。他们把心思全都放在了工作上。

但他们的本事还不够好,他们的秘密追踪刚刚开始就证明了这一点,这几位惩戒者还没好到能躲开幽灵的注意。等他下一次看到那个在马钱特授意下离开的人——另一个哈迪——的时候,这位哈迪正靠在一辆双轮手推车上,摆出一副刻意的兴趣索然的表情,就好像他并不是真的在扫视成群结队离开工地的工人,在蜂拥上街道的人群里寻找他的猎物一样。等他看到幽灵之后,另一个哈迪就从手推车上直起了身子,他迈开脚步开始移动,那副样子只能描述为"散步",就好像他并不是真的准备要在幽灵前方保持一定的距离似的。

与此同时,他身后也出现了另一个人。很可能是两个:史密斯和哈迪。情况还不错,幽灵心想,因为他就是想要他们这样跟着他。

希望你们喜欢这次美妙的散步,我的朋友们,他对自己说道,随后他在余下的旅程中时而加速,时而减速,他给自己设了挑战,要尽可能让跟踪他的人日子不好过,但又不能真的让他们意识到幽灵知道他们在跟踪他。

直到最后,他抵达了隧道。当然,他早就把后面的尾巴甩掉了。而在他前面,另一个哈迪现在几乎已经成了一道孤单的人影,与此同时,幽灵已经靠近了楼梯井。隔着一段距离之外,那个男人停下了脚步,这时幽灵已经走下台阶,进入了隧道的圆形大厅。他白天全都待在地下,现在他晚上也要待在地下。

抵达隧道底部后,幽灵站在被人忽视的雕像和饱经风霜的装饰品之间——它们曾经奢华又时髦,如今却破败不堪——他抬头凝视着上方,假装在欣赏风景。果然,他感觉到头顶上方的台阶上有些人影悄悄躲进了阴影里。他露出微笑。很好。非常好。他想让他们看见他住在哪儿。

"接下来几天里会有人过来。"稍晚些时候他告诉麦琪。此时他已经去看过查理,给了他面包,他也已经照料过杰克,看到这个老混蛋的腿正在好转他感到很高兴。做完这两件事之后,他又继续前进,走进了隧道深处阴森的黑暗中,他小心翼翼地走过众多的凹室,那里面挤满了裹着破布的人。

其中有些人已经睡着了,还有些人则从他们并不舒适的藏身地里睁大眼睛盯着他,默默地看着他经过,还有些人会挥手和他打招呼——"你好,巴拉特","你好,小伙子"——又或是简单地眨眼向他致意。

他知道其中一些人的名字,其他人则知道他们的工作:比如说,奥吕是一个"清道夫",他收集狗粪在伯蒙德赛市场上出售,但是他有一种把工作带回家的癖好。幽灵走过奥吕身边时捂住了鼻子,但不管怎样,他还是举起手简短地挥了挥。他们很多人都点了蜡烛,幽灵对烛火的灯光心怀感激,也有很多人没有蜡烛,他们躺在黑暗中瑟瑟发抖,独自承受他们的痛苦,在等待生机勃勃的黎明到来时默默哭泣,他们等待着另一个心灰意冷挣扎求生的日子开始,就在伦敦——在这座世界上最发达的城市里。在这颗女王陛下伟大帝国的闪亮明珠上。

随后他找到了麦琪,她正在照料一个小小的火堆。她几乎每天晚上都会这么做,麦琪用勺子舀起汤水倒在碗里,交给所有开口询问的隧道居民。他们全都接受了她提供的食物,或者也可以叫做"食物残渣",居民们带着感激与崇拜交杂的心情向麦琪道谢,离开时都对她赞不绝口,但他们大多数人也都会胆怯地看着她身旁火光无法照亮的地方，从各种意义上讲，那里都是被黑暗统治的区域，然后他们会感谢老天派来了那个年轻的印度人，有些人知道他叫巴拉特，有些则叫他麦琪的小伙子，他们感谢他给隧道里带来了秩序，让他们晚上在自己的凹室里能更容易入睡。

他们在隧道里并肩坐了下来，麦琪和幽灵背靠着潮湿的隧道墙壁，渐渐熄灭的火堆就在他们脚边。麦琪蜷起膝盖，抱着手臂给自己取暖。她的灰色长发——"我那巫婆一样的头发"，她自己会这么说——披散在一条灰色脏裙子的布料上，不过她的靴子没有鞋带，她说她喜欢这样。她总是说她讨厌感觉"被绑起来"。很久很久以前——"那时候你爸爸的小弟弟里面都还没有你呢"——她曾经见过裹脚的东方女士的图片，从那以后，她就再也不往靴子上配鞋带了。麦琪就是这样，她对身边的人感觉总是很敏锐。

现在她脸上露出了一副忧虑和关心的表情。"可是为什么，"她问道，"这些人是来找你的吗？"

"他们会问一些和我有关的问题，"幽灵告诉她，"而且他们很可能会被人指引到你这里来。"

她愤怒地干咳了一声。"好啊，我他妈正希望是这样呢。他们他妈的就应该来会会我。"

麦琪不仅喜欢帮助别人，她同样也喜欢大家知道她这样做过。她想要自己的努力得到认可。

"我肯定他们会的，"幽灵笑着说，"我想请你说话的时候小心一点。"

麦琪目光敏锐地看着他。"你这话是什么意思？"

"我的意思是，其他住在隧道里的人会告诉他们，我在住在隧道深处的小偷和流浪汉面前保护过你，这个是我可以接受的，他们会把我描绘成一个对暴力并不陌生,而且也不顾忌使用暴力的人。但我不想让这些人听见有谁把我的本事说得太夸张,把我说成是一个战士。"

她压低了声音。"我见过你动手的样子,我也没有忘记。要说你有战士的本事一点也不夸大其词。"

"这就是我想说的,麦琪。这就是我不想让你说的事情。我是个使用暴力的人,但我并不需要是一个本领高强的人,你明白我的意思吗?"

"还没有完全明白。"

"他们可能会问你我们到底是怎么认识的,但是……就跟他们讲个你喜欢的故事。告诉他们你发现我醉倒在排水沟里,但是不要告诉他们墓园里发生的事。"

她伸手抓住他的手。她这只饱经风霜的手颜色几乎和他自己的手一样深。"你不会是有麻烦了吧,是吗,巴拉特?"

"你的担心让我很感动。"

她轻声笑道:"哦,就像我说的,我见过你动手的样子。应该担心的是其他人,只是……"

他低下头。"只是什么?"

"只是我也见过你犹豫着不肯下手,那天你当场抓住了那个凶残的有钱小子之后,我看到你身上的狠劲就不见了,就像你之前把这股劲头放出来的时候一样。我看见的是一个很擅长杀人,但是却没有决心去这样做的人。活到今天,我已经见过太多邪恶的混蛋,这些人只是因为喝了太多的啤酒想要挥舞他们的胳膊,就能把你的牙从嘴里打出来。邪恶的混蛋喜欢制造痛苦,但只会针对比他们自己弱小的弱者。天晓得,我曾经嫁给两个这样的混蛋。更重要的是,我也见过擅长搏斗,而且在打架的时候能控制住自己的人,他们会根据当时的情况做必要的事,也许他们对自己的作为有种残忍的骄傲感,也许他们没有。"

"但我从没见过像你这样擅长打架的人,却又几乎没有欲望去这样做。"

幽灵看着她难以置信地摇了摇头,她的灰发拂过裙子。"相信我,年轻人,我对这件事想过很多很多。我想过你会不会是军队里的逃兵,但是还没有摆脱心里的懦弱——哦,不,我从没见过这么勇敢的人——可因为你是他们的一员,你们是怎么称呼来着?良知反战者。好吧,事实真相我并不知道,而且从你现在说的这些话来看,也许我还是不要知道最好,但是我清楚你有一颗伟大的心,可这个世界容不下有你这样心灵的人。这个世界会吞噬掉像你这样好心的人。它会把你们吞下去,再吐出来。你问我担不担心?是的,我的孩子,我很担心。你问我为什么?这就是为什么。"

24

在等待其他人开始上工的时候,幽灵心里有些疑惑圣殿骑士是否已经找到了他们要找的东西,那件人类之前的文明留下的圣器,深深埋藏着等待发现的时间秘藏。

他的思绪一如既往地飘回了阿姆利则——他现在只有这些记忆了,幽灵带着满心的崇敬重温过去的记忆,就像是宗教圣地前的虔诚的信徒一样——他想起了科依诺尔钻石,想起了宝石里放出的那种壮丽惊人又无所不能的光影奇观,仿佛它提供了一扇通往其他世界的大门,更多的知识,更深刻的理解——就像是一份能让人类找到更美好世界的地图。

可要是它落入了错误的人手中呢？

他不敢再细想下去。可他脑海里自然而然地冒出了人们被奴役的画面。他看见每个男人和女人都像隧道里的居民一样饱受折磨，成为在事实上被唾弃和蔑视的奴隶，住在装饰豪华建筑里的主人咧嘴大笑，对他们施以非人的对待。人们塑造出符号和象征，然后扭曲它们的含义来满足他们的意识形态。他看见了痛苦与挣扎。他看见了一个没有希望的世界。

铃声响了，新的一班工人几乎没有人和离开的人打招呼，他们见面时就像两支懒得搏斗但又互相敌对的军队，工人们在泥地上经过彼此身边，所有人都握紧了他们宝贵的工具。接下来，幽灵爬下了一连串的梯子进入竖井，他沿着铁路线前进，直到抵达了挖掘面，这里的挖掘、铲舀和搬运仍在继续——实际上这些工作从来没有真正停止过——很快他身上也沾满了污垢。很快他们全都沾上了污渍。在地下是没有颜色分别的，只有你能不能工作和工作的速度有多快。对于隔壁的人，也只有说上一句愉快或者鼓励的话而已。

工地里本该用铃声来指示时间的流逝，每个小时敲响一次。但要么是马钱特没有让他们去敲铃，要么是幽灵没有听见，因为时间只是在毫无分野地跋涉前进。挖，挖，挖。这里的噪音是铁锹与鹤嘴锄持续不断的刮擦与铿锵声，还有铁路沿线的工人们喋喋不休的说话声，某些人的声音要比别人更响一些，工人们都说他们是喜剧演员，来让大家振作精神的。

大多数人都喜欢在起重机上工作，可以见到更多的阳光。壕沟里感觉不到时间，但起重机有节奏的来回往复也可以起到时钟的作用，可以用来指示时间的流逝。但幽灵并不需要这些。对他来说，下到这里就像是逃避一切的休息。挖，挖，挖，他就像是一台自动的机器。他的思绪已经飘回了家乡，回到了他再次成为贾亚迪普的地方。

再说，他已经习惯待在地下了。

25

"哎呀，这不是考文特花园F分局的七十二号警官奥布斯·肖先生嘛，"艾博兰说道，"竟然会出现在这条辖区外的摄政王街。"

一个满面通红、面带沉郁的圆脸警官从酒杯中抬起头来，他凶恶地瞪向艾博兰，沾着啤酒泡沫的胡须在他的上唇散发着水光。

"喔，"他反讽道，"这不是马里波恩D分局的五十八号警官弗雷德里克·艾博兰先生嘛，同样在远离辖区的地方，说话夹枪带棍，背地里到处批评人。"

"谁说话夹枪带棍？"艾博兰反驳道。"我只是直截了当地指出你在翘班，伙计，我不过是倒霉撞见罢了。"

这倒是。两名警官都离开了各自管辖的区域，跑到了摄政王街上的绿衣人酒馆来。艾博兰觉得他没准能在这里找到奥布斯，鉴于在他的辖区怎么都找不到他，而且他又频繁听到这样一个名词出现之后。奥布斯是个板球爱好者，而绿衣人这里出没的都是球手或者同好。橱窗里都是球棒，球门门柱和其他板球用品，毫无疑问正对了奥布斯的胃口，不会有民众看到玻璃窗里一个警官正在享受他微醺的休憩。

"不管怎么说，我没有在翘班。"

"喔，那你的说法是？逃班，醉醺醺的，亮着你干净的鞋跟，在绿衣人里醉死在啤酒中——这听起来也差不多，不是吗？"

奥布斯耸了耸肩。"我没有翘班，也没有醉醺醺。我这更像是在秘密行动。不，等等，这就是秘密行动。我就是在做这个。"

"那你为什么会恼羞成怒呢，奥布斯，嗯？"艾博兰在吧台坐下，坐在他的身旁。一名系着雪白围裙的酒保走了过来，却被艾博兰抬手挥退，因为愣头青弗雷迪不会在工作的时候喝酒。

在他身旁，奥布斯解开他短上衣上面的衣袋扣子，从里面拿出一张折好的纸递给艾博兰。一个手写的，模仿得极其粗劣的新闻标题横写在纸张上方。"你见过这个人吗？"上面这般写道，在文字下方用炭笔画出了一个穿着长袍，手握一把长得不可思议的匕首的男人。

"这么跟你说吧，这家伙在局里可是让我闹了不少笑话。"奥布斯懊恼道。

"怎么回事？"

"在鸦巢发生了一起双重谋杀案。我想你应该有听说过。我有个证人看到了——"

"一个穿长袍的男人。是的，我听说过。"

奥布斯恼怒地甩开了手。"看到没？这就是我要说的。整个他妈的伦敦都知道那个奇怪的穿长袍带着长刀的人。整个他妈的伦敦都知道，我在找那个穿着漂亮长袍带着长刀的人，但除了几个鸦巢的老太婆，没有任何一个混蛋见过他。我提醒你一下……"他朝旁边看了看，再看向艾博兰。"他们也都知道你那具失踪的尸体，弗雷迪，事实上，你得原谅我这么想，但自从我听说了弗雷迪·艾博兰那不可思议消失的尸体后，我就希望人们的话题能从我身上移开。"

艾博兰干干一笑。"不过事与愿违？"

"事与愿违。这就是你在这里的原因，不是吗？你也在翘班吧？"

"不。事实上你那位穿长袍的男人出现在了我的失踪尸体案件中，你相信吗？"

奥布斯先是露出一脸的不可置信，随即又换上了另一种嘲笑的表情。"噢是的，我懂你玩的伎俩。"他越过艾博兰肩膀，像是在期待能看到酒馆的角落里某个恶作剧者的哈哈大笑。"谁让你这么做的？"

"喔，冷静点，奥布斯。我的意思是我相信你说的那个穿长袍的男人的事。就像我说的，除了那些老太婆，没人见过那个穿长袍的男人。我问过所有考文特花园市场的商人。我还得问问至少半数鸦巢的人，你认为那个穿长袍带着夸张长刀的男人会引起大家关注，是吧？引人注目的那种。其实不是。没人见过他。除了一个目击者，没人见过他。就像他刚刚出现——就立刻消失了。"

艾博兰思考起来。出于某些原因，他觉得这和他对百丽岛那个神秘人士的感觉如出一辙——一个如在迷雾中的神秘人物，他的动机也是一团迷雾。"所以谁是你的目标？"他问道。

"其中一人是个底层人士，名字叫布特，是个不起眼的小偷，在东区各个帮派之间混迹。"

"肯定不是什么带刀的陌生人，毫无疑问。"

"没错，不过，不……事实上，他被枪杀了。"

"他被枪杀了？那另一个呢？"

"啊，说到这个又是一个伤心的故事，弗雷迪。那是个小女孩。似乎是在路上中枪的。"

"她也被枪杀了？"

奥布斯看向他。"面对一个小女孩中弹的悲剧，大多数人都需要一些时间来消化的，弗雷迪。"

"啊，所以她是被枪杀了？"

"是的，她被枪杀了。"

"很好，所以一个目击者看到一个穿长袍的男人拿着一把长得离谱的刀？"

"那把刀同时还很薄，有些像击剑用的剑，那种双刃长剑。"

"不是用来劈砍，是用来打斗，用来穿刺的。而这个叫布特的男人和小女孩都被子弹击中了？"

"没错。"

"所以你在找的这个神秘的穿长袍的男人用一把刀射中了两个人？"

"噢，要我来说，你有点跑题。"

艾博兰叹了口气。"枪找到了吗？"

"没。"

接着年轻的警官想到了他在尸体上找到的枪。他想到了他在尸体上找到的穿刺伤。

"你只有一个目击证人？"

"另外一个只看到那家伙跑走的背影。"

"他穿着奇怪的长袍？"

"证人还是跑掉的家伙？"

"跑掉的家伙。"

"不。"

"所以他可能是开枪的人？"

奥布斯看着他，脸带些许羞愧。"那个，我猜他可能是。不过我没有真的这么想过。我满脑子都是那个穿长袍带着刀的男人，是不是？"

艾博兰摊开他的手。"该死，奥布斯。来吧，先喝光你的酒。你跟我接下来要去拜访一下鸦巢。"

一个小时之后，可怜的老奥布斯·肖变得更加沮丧了。他的第一个目击者，看到穿长袍男人的老妪，现在找不到了。"她不见了，跟那个神秘的带刀男一样。"奥布斯哀叹道，尽管他们俩都清楚这种在贫民窟居无定所的生活，她没准只是打包离开了而已。

感谢上帝垂怜，他们之后找到了第二个目击者。艾博兰还想着没准他找到的是个穷困潦倒的家伙。

"她在这儿。"看到三十二号的时候，奥布斯嘴里溜出这么句话。台阶之上，在一间高大轩敞、被烟雾熏得褪了颜色、前厅很不景气的公寓门口坐着一个垂头丧气的女人。她用毫无感情的双眼看着他们。在她怀里抱着一个婴儿，正在吸吮她一只光裸的乳房。

奥布斯咳嗽一声低下头去。艾博兰则是极力想要装作老成一些，却失败了，同时他还感到自己有了欣赏风景的情调，突然对于附近一群做浆洗工作的人产生了极大的兴趣。在这种情况下，他俩都做了一位绅士应做的事情。他们摘下了他们的帽子。

"打扰一下，夫人，"艾博兰开口道，"相信你已经跟我的同事、奥布斯·肖警官谈过了，关于之前那晚在鸦巢目睹的那起恐怖的双重杀人事件。可否允许我在此纠正一些错误信息？"

"圣灵保佑我们。"她笑着露出牙齿，它们看起来就像摇摇欲坠的古老墓碑。"你不是说得很好吗？"

艾博兰不确定她是在说废话还是在真诚地恭维，但她神色飞扬，眼神柔和，于是他抿了抿嘴唇继续道："夫人，在事件那晚你可曾见过有人在街上奔跑？"

她低头看向婴儿的脑袋,似是在思考。她调整了一下小婴儿含住乳头的姿势,然后再将注意力转向下方台阶上的两位警察。"我看到了。"

"那他是否在狂奔?"

"是的。"

"你能大概描述一下他吗?"

她傲慢地哼了一声。"就像我跟你那位朋友说的一样,我不认为我能把那人的情况说清楚,没办法。除非能给我几便士。"

艾博兰皱起眉转向奥布斯,"你的意思是告诉我你得付几便士才能得到证人描述?"

"这些消息都关于那个穿长袍的家伙,不是吗?"奥布斯投降般抬起手,面红耳赤的程度比平时更甚。

"不如说这些消息都在说你是多么抠门。"

"我怎么会知道你会突然对一个在街上狂奔的家伙感兴趣?实际上,你为什么会这么感兴趣?他没准只是刚好看到了血,或者就算他是拿刀那家伙,他觉得自己干得不错正打算溜走。不是吗?"

艾博兰不得不停止听他说下去。他已经走上台阶把硬币塞进了妇人的手里,同时硬生生地扭头不去看对方裸露在外的乳房。"现在,你总可以告诉我他长什么样子了吧?"

她低头看了看手里,似乎打算发几句牢骚,但最终还是作罢。"那家伙他留着一把蓬松的大胡子,跟阿尔伯特亲王去世前留的那种一样,愿上帝保佑他的灵魂。而且他下方还蓄着厚实的连鬓,跟你的有点像。"

"那告诉我,夫人,他是否手里拿着什么东西?"

她左顾右盼起来,神色惶恐。

艾博兰倾身靠了过去，依旧礼貌地保持着视线朝向外面，不过足以让对方听清自己的耳语。

"是不是他手里拿着一把左轮手枪？"

她的眼里写满了是这个答案。艾博兰谢完她之后又收身回来。

当他和奥布斯离开贫民区时，艾博兰一路都激动不已。"你知道这意味着什么啊，奥布斯？这意味着很有可能，你那个跑掉的家伙跟我那具失踪的尸体是同一个人。你那位穿长袍的人也可能就是出现在百丽岛的人。我的朋友，这可能就是这桩案件的突破口。"

"感谢上帝，"奥布斯叹息道，"这样或许能让我挽回些许名声。"

艾博兰也叹息了。"这还事关真相与正义，奥布斯。我们不要忘了这个，嗯？"

年长的男人回以他的是一个写满"你也许很有热情，但你还有数不清的东西要学"的表情，"真相和正义没法让那个小女孩活过来，弗雷迪。"

返回车站，艾博兰就拉着奥布斯去问值班的巡警要来了值班日志，正当奥布斯忙于去人前塑造他所谓的"很能赚钱的啤酒爱好者"形象时，艾博兰正踩着一个高椅子，坐在讲台上，开始在那些厚重的记录里翻找那一夜失踪的人……

啊。找到了。该死。这个地区只有一个。一个男的，他老婆在那夜的后一天晚上做了这个记录。他去了——噢，太棒了——鸦巢，告诉她他有事要去忙，并且他很快就会回来。只不过最后他并没出现。

他名叫罗伯特·沃。住得离这儿不远。

"奥布斯，"艾博兰喊了一声，这时那位警官先生已经返回前台，手里捏着两杯冒着热气的茶,"现在没时间喝茶,我们有个登门拜访的任务。我们要去拜访一下罗伯特·沃的家。"

26

"巴拉特·辛格!"

他听到自己化名的时候正是傍晚,这名字就像一颗被踢来踢去的球一样在竖井里被一个又一个的人念来念去:"巴拉特·辛格……巴拉特·辛格……巴拉特·辛格……"

虽然他已经习惯对这个名字做出反应了,但他在自我思考里陷得太深,几乎忘了回应,而他身边的人差点停下工作用鹤嘴锄去敲他的脑袋。"嘿,印度人,他们想要你到上面去。"

他爬上梯子,发现马钱特正在一层等他。他身边站着三名惩戒者,他们一起带他走过木板,穿过污秽不堪的蓄水池,前往带轮子的移动办公室。卡瓦纳在里面——今天皮尔逊先生或福勒先生不在——只有卡瓦纳,他正坐在一张宽大、闪亮的橡木桌子后,幽灵立刻反应过来这张空荡荡的桌子上一份文件都没有。

下午就要过去了,办公室昏暗的光照得卡瓦纳脸上的疤痕尤为可怖,他拿起一封信递给幽灵看。"你名叫巴拉特·辛格。"他不带任何情绪地说道。"出身孟买,是你写的这个?"

显然大都会铁路公司总管的这些话,比幽灵以前听到的他对马钱特和沟渠工头吼过的那些命令更为机密。

"是的,是我写的,先生。"幽灵低着头承认。

马钱特正好站在他上司身后,脸上带着和平常一样油滑的笑。他站得离他很近,像是他希望他能伸手碰到卡瓦纳,沐浴他上司的伟大光辉。在他身后,那三个打手走上前来,呈扇形站定。

来了。这是卡瓦纳一旦产生怀疑就会做出表现的时候。幽灵权衡着各种可能性。他很清楚哪个家伙是最强壮的,而哪个是最弱的。马钱特有幸待在特别的名单上。尽管在首位的是桌子后面的那个人,但幽灵从档案上了解到,这人的残忍和他在战斗时的迅猛动作不相上下。

"你说,你父亲1842年在贾拉拉巴德当过兵?"卡瓦那边说边将信扔在桌面上。

幽灵点点头。

"印度兵,十分勇猛啊,"卡瓦纳继续说道,"我曾认识一位非常特别的勇士。"

幽灵看着他,几乎不敢相信自己听到的话,这时他还满脑子在想着那位连名字都没有的可怜的印度兵,卡瓦纳已经继续说了起来。"那么你父亲认识我吗?"

"他知道您的事情,先生,我肯定他会希望能有机会结识您。我觉得他此刻一定会很羡慕我。"

卡瓦纳略感困惑地挑起眉毛。"噢,是吗?那到底为什么他想那么做?"

"他经常提到您,先生。他说您是个英雄,是在喀布尔的战役中存活下来的英勇战士,我应该注意到您的名字,因为您注定会成就伟大的事业。"

"他认为我'注定会成就伟大的事业'?为什么,就因为我能对抗严寒,手拿马刀?在那里你能找到几百个人都在和我一样拼死战斗,和我一样侍奉这个国家,并且像我一样,拼尽一切活下来。他们中没有一人获得什么伟大的成就。除非你把马钱特没日没夜地吼你这件事视作一件伟大成就。没有一人做到我这个地步。到底你父亲是怎么认为我能得到今日这般的荣耀的？"

"不过他没说错，不是吗，先生？"

卡瓦纳偏着头承认了这一点，但是……"你还没回答我的问题。"

幽灵吞了口口水，该说出真相了。"他提到一个组织，先生，"他说道，"由于您的才华而对您产生兴趣的一个组织。一个非常有势力的组织，先生，那个组织的正式承认足以证明您的崛起。"

"我明白了。那么那个组织可有称呼？"

"圣殿骑士团，先生。"

马钱特面上笑容未变，但当"圣殿骑士团"这几个字如一颗石子掉落湖中激起房内的震动时，他的眼睛眯了一眯。幽灵感到在他身后的三个打手瞬间戒备起来。他们是否已经准备好了应对幽灵或许会有的动作？又或是卡瓦纳会有的动作？

"没错。你父亲是对的。"一抹短暂的笑闪过那张依旧面无表情的脸孔，他的伤疤扭曲起来。"能够从下层人士口中听到这般赞誉，我很满意。"

卡瓦纳坐回他的坐椅时，气氛短暂地凝固了一下，他打量了一番幽灵，仿佛在解读这个年轻人拒绝送出的信号。无论这位领导者做出了什么决定，那都是他只相信自己，他只相信自己的直觉。现在没有什么事比赢得卡瓦纳的信任更重要。

然后书桌后的男人看起来松了口气，指了指那封信。"这封信第二个让我感兴趣的地方，是里面写道你指认我其中一位雇员是叛徒。我想知道，我的雇员罗伯特·沃，两天前死在沟渠里的人，会掺和进什么事情里面？"

幽灵点了点头。

"告诉我,你是怎么把他跟我联系上的?"

"我看到他来您的办公室,先生。"说到这里,卡瓦纳抬头意味深长地看了一眼马钱特。"当我在酒吧看到他的时候我就明白了,那就是他。"

"那你是怎么知道他沉迷于,照你所写,背叛行动的?"

"在我怀疑他的时候,先生,就是如此。"

"是什么让你决定向我报告此事的?"

对于幽灵来说,这又是掀开另一则真相的时刻。他喜欢的另一个重点,或者该说是致命一击,取决于卡瓦纳是否相信。

"在我父亲告诉我那些事之后,先生,我不敢相信我竟然能有运气见到您。看到您的名讳和伤疤,我便知道这是在那次毁灭性撤退中生还所留下的伤疤,我决定让命运将我带进您的广阔的世界里,不过当前对于我而言最紧要的是进入近在眼前的这个世界。圣殿骑士团重视您才华洋溢,会使他们受益良多。我希望,现在您也能这般重视我。"

"非常好,这点值得称赞,不过现在我所有的只是你的一番话和一具尸体,我真的不了解这些东西对我有什么用处。"

"是我杀了罗伯特·沃,我希望最终您能给我一份工作。"

卡瓦纳用鼻子哼了一声。"喔,你可真够放肆的,不是吗?因为转回我的第一个关注点,我只听到了你说他是个叛徒。"

"他在酒吧里贩卖您的物品,利用一个叫布特的人做些肮脏的事情。"

卡瓦纳耸了耸肩。"听起来还算合理,不过依旧缺乏有力的证据。"

"我在鸦巢杀了他,先生。我从他身上拿到了证据。一个照相底版，我放在我家里。"

"在隧道那里？"

幽灵露出诧异的表情。"你知道我住在哪儿，先生？"

"噢，是的。你很喜欢你的隧道，不是吗？我们去那儿问过，你是个隧道的居民，不是吗？据大家所说，你是他们的领导者。"

"我会读写，先生。我在从印度来这里的路上学的，而且我还会一点医疗知识。出于这些原因，实际上我不过是偶然得到一个机会打倒那个同样以隧道为家的人渣，住在那里的一些人一直将我视作好友。"

卡瓦纳干干一笑。"即便如此，你描述的画面也太过于滴水不漏。"

判定现在时机已到，幽灵便在自己说话的声音里掺入一丝急切。"我能帮得上您的忙，先生。我不会轻言服侍，先生。我希望您能在我身上看到您的一些特质。"

"没错，那么，这一点保留观察。"卡瓦纳又偏了偏头颅，表示他赞同幽灵的说法。他唤来身后的一名打手。"史密斯，去隧道那边，拿回他说的照相底版。噢，还有，史密斯，对老太太温柔点，知道吗？据我得知，她跟我们这位朋友关系亲密。"

他用耐人寻味的眼神看着幽灵，后者正在拼命抑制脑中飘过的可怕想法，然后继续说道。"与此同时，你，巴拉特·辛格先生，将同马钱特以及哈迪先生一起去拜访刚刚守寡的沃夫人。还有，哈迪先生，考虑到我确定我们很快就会搞清楚新同僚说的是否属实，你不用对沃夫人太客气。你可以像收拾那些老行李箱那样收拾她。"

哈迪咧嘴一笑，露出一颗金牙。他说话的声音就像用铁锹刮隧道内壁所发出的那种。"这是我的荣幸，先生。"

27

"我想你不会驾车,伙计,你会吗?"他们三人走出大门,走向交通工具停放的地方,哈迪刺耳的声音适时响起。

幽灵是个出色的车夫,也曾经多次驾车回家,当他看到一辆拥有出色的弹跳力、布置华美舒适的四轮马车时同样也能认得出来,他一脸痛苦得仿佛无所适从,哈迪很明显觉得他该是这般模样,于是幽灵耸耸肩,一派失落的样子。

"很好。"哈迪说着,眼中流露冷酷。他挠了挠胡子,然后整理了一下他的帽子。"因为除了我,史密斯先生和另一位哈迪,没人能驾驶卡瓦纳先生的马车。明白了吗?"

"没问题,先生,"幽灵答道,"我应该和马钱特先生一起进车里面吗?先生,里面很暖和。"

哈迪甩给他一个眼神,仿佛在说别得寸进尺,紧接着下一个动作便是用围巾、外套和连指手套包裹好自己,为这趟到贝德福德广场的短暂旅行做好准备。

幽灵这时站在马车外等着马钱特,然后当这位经理现身的时候为他打开车门。连一声谢谢也不说,马钱特便进到马车里,还小题大做地弄了条毛毯裹住自己,连个边角都不留给坐在对面的幽灵。待他坐定,马钱特便猛拉了一下线绳,然后便无视幽灵径自看向马车窗外。哈迪一甩缰绳,马车便出发赶向沃夫人的家。

他们到达之后,幽灵便兴味十足地注视着哈迪从车夫座位上走下,摘下他的连指手套,换成一双皮手套,挂着一副公事公办的表情活动了下手指,同时甩给幽灵一抹隐含恶意的笑。看好你脚下,我可是盯着你的。

然后哈迪走到马车载物箱的位置。他从里面取出一对铜指虎套在戴着皮手套的手指上，接着还拿出一些别的东西：一根厚实的带皮环的木制警棍，他稍一转手腕便将警棍塞进了衣袖里。最后他从外衣夹层里掏出一把匕首。他将它捏在指间把玩后轻轻垂下匕首，全程视线都没有离开幽灵分毫。

看好你脚下，我可是盯着你的。

眼下三个人的心思都在马路对面那栋房子上。窗棂紧闭，屋里只透露出些许朦胧光线。看起来没有人在，除非……

幽灵看到了：从前门窗户上透出的天花板阴影突然轻微晃动了一下。一只手伸了出来——等等——还有另外两只手，他飞快地冲过马路，只是想象这些人脸上愤慨的表情，他心里就感到满意，他们被这个新成员下达了命令。一个男孩，还是一个印度男孩，一个外来者。

幽灵无声无息地登上前门台阶，他蹲下听起了门口的动静。他听到屋内的声音渐渐消失在更里面的通道里。他试着拧了拧门把手，但发现门上了锁，于是只得返回马车处。"屋里有人跟她在一起，"他告诉马钱特和哈迪，"听起来像是警察。"

"我已经很久没有收拾过警察了。"哈迪邪恶地笑了起来。一道金光在这黑暗中的邪恶笑容里一闪而逝。

"我猜那个不知道是谁的家伙应该在其中一间里屋，"幽灵说道，"没准在厨房里。我说在冲进去之前我们先估算下里面的人数吧。"

"估算，现在，有必要吗？"哈迪嗤之以鼻。"我们要不要换个方式？要不要我们敲个门给他们个惊喜。"他手上的铜指虎闪闪发亮，这时他如拳手般打了两拳，以防他们会真的去考虑他说的给他们个惊喜的提议。

"我们可能寡不敌众,"幽灵警告完便转向马钱特,"毕竟我们只有三个人。"

最后这位经理做出了决定。"好吧。哈迪,在任何人看到之前,先把那些该死的东西收起来。这里可是高档居住区。你,印度人,绕到后面去。我和哈迪先生就待在这里,等你确定可以安全进入以后就发信号。假设安全以后,我和哈迪先生从前门进去,你要确保不会有人从后门溜走。这个计划如何?"其他人表示赞同。幽灵去执行自己的那部分任务,接着他跑了开去,找到条巷道,跳过露台,冲了进去,直到他站到直通沃家大堂的门前。这道门应该上了锁,不过幽灵根本无需费力打开。相反,他迅速左右看了看,向上一跳,抓住一个墙上的突起物灵巧地爬到了上面。

他抓在那儿停留了片刻,就如在这个铜色的夜色中加入的一道剪影,享受着生命中片刻的骄傲,在其他任何场合,这种骄傲都已经被掠夺无踪。他希望自己能穿着他的袍子,感觉到袖剑在前臂上的重量,然而暂时他只能这么挂在这里。

片刻过后,他无声地落在另一边,他静静待在黑暗中的灌木后面,等着视力适应新的、不那么深沉的黑暗。延伸在他面前的是一个花园——维持良好,很明显花了大钱,处处都显露出"情色的印记"——宅邸此时就在他的左手方。他走了过去,根据屋内油灯的光线判断哪扇是厨房的窗户,走到那里他便蹲了下去,任由黑暗掩护他的踪迹。

然后——他万分小心地——钻了进去。

两名警察手里拿着帽子站在厨房里。脸颊圆胖红润的家伙他不认识,另一个是艾博兰,之前曾去过工地的警察。幽灵记起他曾仔细查看过沃胸前的伤口。虽然听起来有些矛盾,不过这般干净利落的杀人手法对伊森而言也太粗心了。这让艾博兰起了疑心。

这可能就是他此刻站在沃家厨房的原因。

他和他的伙伴正和一个神情慌张、戴着女帽系着围巾的老女仆说话,她手握一根擀面杖,可能觉得怒极之时就派得上用场。毫无疑问,这人就是沃夫人。幽灵不会读唇语,但她说话音量之高,透过玻璃他都能听到。

"我一直都在说他涉入太深。我一直都很清楚他是在玩火。"

他的眼角看到了个东西。厨房门边有道人影隐藏在阴影中,幽灵认出那是哈迪。幽灵不知道他是怎么进到屋子里的,但很明显,他手中寒光闪烁的匕首就是他会出现在这里的理由。

两位警官背对着哈迪,他们没机会还手。那妇人则忙着用擀面杖在那里比手画脚。

他们都没有还手的机会。

幽灵只有那么一秒做决定:不管他的任务,救下两名警察。或者为了更远大的目标而任由他们死去。

28

他们并没起多大的冲突,但即便如此艾博兰和奥布斯也差点没被对方搞疯。一开始,艾博兰觉得奥布斯作为警察素质堪忧,而奥布斯那边则是认为艾博兰该学那么一两点人情世故。

奥布斯现在又回想起了当初的那个观点,就在他们俩朝贝德福德广场的沃夫妇家走去的时候。

"这个工作也是关乎人民,你知道的,弗雷迪。"他们一边穿过繁忙喧哗的托特纳姆法院路时,他一边对他的伙伴说道。"忠于真相和正义固然很好。但是忠于人民呢?"

"这就是法律的用途了,奥布斯,"艾博兰提醒他,"律法是为了所有人着想。"

他们避开了敌对的"清道夫",他们正要为一堆多到出奇的狗屎打架,却又停下了动作,一看到警察靠近,他们便露出看到老伙计似的刻意亲昵的俗气表情。奥布斯皱着眉头走过他们身旁。

"也许如此。"奥布斯说道,待到他们走过那里,才又放心地呼出气来。"只要你别一开始又把律法放在首位,人民利益放在次要,这就是我表达的意思。另外,这也不是总枯燥无味的,不是吗?毕竟,如果我们的想法是正确的,那就是你那个拿枪的家伙冷血地枪杀了那个小女孩。正义怎么会逮捕那个干掉了杀害她的凶手的人?"

"好吧,让我们先搞清楚事实真相,行吗?之后我们可以再批判正义什么的。"

他们到达了目的地,一幢位于华美广场上一堆宽敞豪华的平房中漂亮宽敞的格鲁吉亚式平房。这里离通往广场的托特纳姆法院路足够近,毫无疑问住这里的住户每天都能轻松地在他们的办公室与家之间往返,但同时这里又远离了大道上的噪音,那些永不停止的噪音足以将一个活人逼疯,如果你住在街巷顶上的话。

两名警察拇指扣着腰带,困惑地打量着这间宅邸。凸窗的百叶窗帘紧闭着。前门的窗户上透出的一丝光线预示着屋子里有人。就在他们走上台阶正要敲门的时候,艾博兰想到沃夫人是否正在屋内,为她的先生以泪洗面……

"那个畜生,现在在哪儿?"

艾博兰的想法有一部分是正确的。沃夫人确实在屋子里。她开门的时候，可以从她那张沾满面粉的脸上看出来，她正在搞烘焙。但是说到的以泪洗面呢？

"进来。"她喊两名警察从门阶上走上来。她长得一副屠夫妻子的模样，脸庞红润，系着一条上面沾有不明污渍的围裙。"他现在该死的在哪儿？"

"我们不清楚……"尽管被她的凶神恶煞弄得措手不及，但艾博兰还是开口答道。

这不是个好的开头，而且足以让沃夫人——至少，他们认为她是沃夫人，除非沃先生派一位脾气特别坏又傲慢的管家——前来周旋。

"什么叫你们不知道他在哪？那你们来这里做什么？你们现在应该出去，去找他。"她挫败又惊愕地甩了甩手，转身离开大门走进客厅，边走边嘟哝，留下身后赤褐色地板上一串面粉脚印。

艾博兰和奥布斯相互看了看，艾博兰上下扫了奥布斯一眼。"跟你挺配的。"他笑道。

"噢，放过我吧，"奥布斯说，"我们要进去还是怎样？"

他们合上了身后的门，随手插上了插销，随后他们听到了从厨房传来的一声女性痛苦的呼声。在那里，他们发现她已经拿着擀面杖，在一团生面团上发泄她的怨气，几乎是怒气冲冲地捶打虐待那个面团。

旁边挂着沃夫人与一个男人的合影，那个男人就是艾博兰寻找的失踪人士。他们来了正确的地方。艾博兰用手肘推了推奥布斯并点了点头。

"夫人，"他再次开口，并试着让自己更镇静一些，"一个符合你先生外貌描述的男人被目击到出现在鸦巢地区的现场——"

"喔,他失踪那晚正是要去鸦巢,所以那没错。"她边说,边继续用擀面杖在那团面团上忙活。

这就是新的中产阶级,艾博兰沉思道。他们与那些出身高贵的人吃的一样,但却是自己动手去做。然后他突然想起了一件事。

"你先生是做什么营生的?"他问道。

"他是个摄影师。"她话里的语气带给了他们一种她觉得他是在做"那种"特别工作的感觉。

"一名摄影师,嗯?"艾博兰说。"一个摄影师在鸦巢能做什么呢?"

一边继续捶打着面团,她一边抛给艾博兰一个轻蔑的眼神。"你有在听我说话吗?我该死的怎么会知道他那时候在鸦巢做什么?他没有告诉我他在做什么,实话跟你说,我也懒得去问。"

在艾博兰看来她的抗议有些过于夸张,但他将这点小问题先暂时放在了一边。"你难道不担心你先生嘛,沃夫人?"

她耸了耸肩。"我并不特别担心。要是你太太外出溜走,你会怎么想?你没准会开个宴会,不是吗?"

"我还未婚。"

"喔,那等你结婚了再来这里,然后我们可以再讨论。"

"那好吧。要是你不担心他,那你为何要上报他失踪?"

沃夫人因为怒气而抬高了音量,而此刻她确实相当愤怒。"因为要是他真他妈失踪的话,谁来为这些家计付钱?"

"在我看来,沃夫人,鸦巢即便在情况最好的时候也是个危险的地方,而且或许某些地方并不是像你先生这般体面的摄影师会去的。"

"噢,"她呛声道,"或许那就是他为什么会带着武器去那里。"

艾博兰和奥布斯交换了一个眼神,他们几乎不能相信自己耳朵听到的话。

"他带了他的枪,是吗?"

"是这样没错。"

"是的,只是,沃夫人,那位被目击到出现在鸦巢地区,外貌描述符合你先生的人或许涉及,又或许不涉及一桩枪击案。"

现在她终于放下了擀面杖。"我明白了。"她严肃地说道。

"如果你能告诉我们,你先生在鸦巢做了什么,那就帮了我们的大忙了。他去那里的目的是什么?比如说他去那里是为了见某个人?除了他的武器,他还随身带了什么别的东西吗?他有没有告诉你他什么时候回家?"

她无视掉了所有问题。她盯着艾博兰,说道,"枪击案已经发生了。有人受伤吗?"

"已经确认有两名死者,沃夫人。一个小女孩——"他看着这位妇人皱起眉头,闭上了双眼,默默吞下痛苦——"还有一个经过的街头混混,名字叫布特。"

她再次睁开了眼睛。"布特?罗伯特就是去见他的。据我所知,布特和他有些往来。"

"抱歉,我记得你刚刚说了他从不告诉你他在做什么,而你也没有问过?"

"喔,我只是记起了一些往事,不行吗?不管怎样,他去那里是为了做某种交易……"

"一个交易?"

她的眼睛猛地瞪大,她已经说得太多了。"是的,呃,他是个摄影师。他……"

"……拍照,"艾博兰接话道,"没错,那是摄影师的工作。摄影为男士和他们的妻子,以及他们的孩子和他们的妻子拍照。蓬松的衬裙,擦拭过的靴子,扣好扣子的外套,以及令人不舒服的浆洗过的衣领,严肃和冷峻的脸孔都出现在相机里,所有的东西。那就是摄影师要做的事情。他们不会在夜晚,在贫民窟与街头混混做交易。"

"等等,你还没说完——要是有两名遇害者,那就意味着罗伯特还活着?"

艾博兰和奥布斯再一次交换了一个眼神。"我恐怕我们最有可能的断定是,你先生或许已经被另一位攻击者所杀害。事实上,我想知道你手上是否有他的相片,这样我就可以确定,在北边大都会铁路工地发现的那具遗体是否是他。"

他正式地开口问了,这样便可以委婉地向她透露这个噩耗,只是提到大都会铁路的时候她的面孔飘过一丝阴霾。"哦,哎呀,"她边说,边重重地摇着头,"我一直都在说他涉入过深。我一直都知道他在玩火。"

艾博兰控制着自己不要那么兴奋,而且目前为止奥布斯·肖警官还没有注意到这些细节问题,他赶紧接上她的话,"你指的'过深'是什么?请详细告诉我你知道的,沃夫人。"

沃宅的厨房窗户很高,而且像夜晚一般漆黑,就像是没有彩色玻璃的玻璃窗。就在沃夫人看着他,正要开口的时候,艾博兰眼角看到了些东西。

下一秒窗户被砸开了。

29

只犹豫了刹那,幽灵便决定不让自己的双手染上两位无辜之人的鲜血，于是他行动了。

最终他赌上了两个筹码：他自己的准头，还有沃夫人那足以吵醒死人的嗓音。

这两样他看重的筹码都没有让他失望。

两个目标：救下警察，并防止跟马钱特或哈迪他们碰面。他环视周围打算找块石头，然后在附近花坛找到一颗大鹅卵石，塞进手掌心，接着在他看到哈迪浑身戒备，朝着大门举起寒光闪烁的匕首的瞬间，他便行动了。

幽灵只穿了一身破衣裳，没法挡住玻璃碎片，所以当他用尽全力打破玻璃的时候，他仿佛感到万千把刀向他射来，碎裂的窗框木屑也掉落在了另一边放陶器的桌上。

天花板上悬挂着一盏灯，是屋子里唯一的光源，幽灵砸出鹅卵石的同时也砸破了窗户，他的目标明确，光源瞬间熄灭，黑暗如死亡般突然降临，而与此同时喊声响起，沃夫人开始尖叫。

陶器落地摔碎更添混乱，而幽灵此时已经有了动作，他向滴水板那边走去，他穿过整间屋子却没有碰触地面，绕过沃夫人跑向了警察，就像那些孩子们玩的游戏——就像他在阿姆利则的家里玩的游戏那样。从滴水板那里再跳一次就能跳到警察那边，没人会看到他，听到他的动静，或有时间反应，他正好落到他们面前，迅速地在两人咽喉上打了两下，艾博兰先倒下，跟着是他的伙伴，这一切的完成不过是眨眼之间，并且还伴随着沃夫人的尖叫。

一切转眼间便结束了。只有幽灵知道接下来会发生什么，而且情势对这位年轻人有利。混乱就是他的伙伴。

"抓住她。"他喝道。哈迪和马钱特冲进屋内，幽灵看到了哈迪脸上毫不遮掩的怒气。"在她带着其他条子跑掉之前抓住她。"

接着马钱特高声命令起来,仿佛自己就是掌控局面的人,而不是一个因为当下无可挽回、情况脱离掌控、感到无助又困惑的人。"你听到他说的了。抓住她!赶紧让她闭嘴!"或许是感谢有机会能使用些许暴力,哈迪大步走过屋子,走到还在站着尖叫的沃夫人跟前,幽灵看到铜指虎一闪而逝的光,他转开了头去,这时沃夫人的尖叫戛然而止。

他们三个将她搬出房子,并捆上了马车。幽灵确定他是最后一个离开的人,随后便关上了身后的大门。

冰冷的风穿过被打破的窗户吹进屋子里。地板上,两名警察依然处于昏迷状态之中。

30

今天是互相指责的日子。

化名巴拉特·辛格的人跳下竖井,走进隧道,幽灵又一次数着梯子走过木板,走向办公室。

卡瓦纳在那儿,昨天他刚见过,马钱特、哈迪、史密斯和另一位哈迪也在,昨天他们也才见过。

只是现在一切都不一样了。昨天哈迪看幽灵是哪里都觉得可疑,眼下他看着他更是不掩厌恶;马钱特则是对他更添兴趣了。

"我有一些重要的消息要告诉你,年轻的巴拉特,"卡瓦纳垂眼说道,"你将会被提拔。不用再在隧道里工作了,也不用再在壕沟里做体力劳动。现在开始你会在马钱特手下工作,好好发挥你的读写能力。恭喜,你达到了你父亲所有的期望。"

卡瓦纳嘲笑的是一个并不存在的父亲的崇拜之情,但这阻止不了一种纯粹的厌恶之情带给幽灵一阵痛心。

"或许你会问原因，"卡瓦纳继续说道，"为什么提拔你？看来，从沃夫人口中套出的话表示，你告诉我们的所有消息都是真的。我确定你已经注意到，史密斯先生从你在泰晤士隧道住的洞穴里拿回照相底版了。所以，你的第一个任务就是处死背信弃义的沃先生。只是，当然，处决已经执行，你已经在我面前证明了你自己。"

幽灵点点头。"谢谢你，先生。那我那位受害者的寡妇怎么处理呢？"

"她已经得到了妥善处理。"

幽灵极力保持自己面无表情，内心却暗暗记下了这又一个无辜的牺牲者。

这时，在他身后，哈迪清了清嗓子。

卡瓦纳明白他的意思，便将注意力转向了幽灵。"哈迪先生对于你昨晚的行动有些不满，他们都不是很清楚到底发生了什么事情。"说到这里他看了看马钱特后再看向哈迪。"但他们都认为你有些冲动，且将他们暴露在危险之中。"

幽灵张开嘴，打算申辩。

"但是……"卡瓦纳举起手制止了他。"我刚巧不同意马钱特先生和哈迪先生的看法。我们在工地发现了一具尸体，这已经带来一系列的问题。我们不需要再增加两个死了的警察来自找麻烦。我们手上还有许多麻烦正待解决。你，哈迪先生，应该要更清楚才对。"

"也许是这样，"哈迪怒气冲冲地说道，"但这家伙私自行动了。原本说好马钱特先生和我负责厨房，他负责阻止任何人离开那栋房子。他打破了一扇该死的窗子，先生。他这可不是偷偷摸摸做的，您明白我的意思吗？"

卡瓦纳勾唇一笑。"一些迹象告诉我，我们的新雇员很清楚自己在做什么。"

31

艾博兰和奥布斯从沃宅厨房的地板上爬了起来，垂头丧气地回到了局里，然后晚上倒头就躺下了。

浑身又脏又痛，还筋疲力尽，当警铃响起的时候，天刚蒙蒙亮，他们火速冲到了前台桌边。一位妇人边冲进来边叫喊着有人自杀。

"在哪里？"

"贝德福德广场的房子……"

他们看向对方，一模一样的目瞪口呆，下一秒他们便双双冲向大门口。

不到半小时后，他们就回到了数小时之前待过的同一间厨房。他们离开的时候这里还一片漆黑，破窗户吹进阵阵冷风，赤褐色的地板上都是踩着嘎吱作响的玻璃，擀面杖还掉在地板上。

现在尽管屋子里已经大亮，所有东西都和昨夜一般原封不动，只除了一件事：沃夫人已经回来了。她被吊在天花板的灯上，一截用亚麻布制成的绞绳圈住了她的脖子，她垂着头，舌头吐在青紫色的嘴唇外，她悬在空中的靴子下方地板上有一摊尿液。

没有人喜欢在喝上午茶之前见到死尸，艾博兰这么想着，转脚就大步走了出去。

"他们尿裤子了，你知道的！"

当卡瓦纳、马钱特、惩戒者以及幽灵还在办公室的时候，艾博兰和奥布斯高声通报了他们的到来，他们没有受到阻拦，经过一番警察式的敲门，脚步沉重地进到屋内后便开始谈论人们尿裤子的种种。

奥布斯和平常一样满脸通红，不过和艾博兰一样怒气冲冲，他怒视着每一个人，最后燃烧火焰的眼神对准了幽灵。"你，"他喊道，"你那些伤哪儿来的？"

"辛格先生是一位体力劳动者，警官，"在幽灵开口作答之前，卡瓦纳插话道，"而且我恐怕他的英语不是很好，不过昨晚他刚在沟渠那里遇到了一起事故。"

卡瓦纳没有刻意去讨好或者奉承艾博兰，他只是陈述事实。这时他看向另一位哈迪，示意他转身离开。

"你觉得你能去哪儿？"艾博兰咆哮着转向另一位哈迪。

"他要去我指示他去的地方，或是他想去的地方，或者说不准是去你们局里，他应该是很想跟你们的警长谈谈……当然除非你打算逮捕他，在这种情况下我很肯定，我们对你会以什么样的理由拘捕感兴趣，或者你有什么可以支持你的如山铁证？"

艾博兰乱了阵脚，不发一语。他拿不准事态会如何发展，不过有件事可以肯定，那就是他没想过事态会这么发展。

"刚刚你在说……人们尿裤子什么的？"卡瓦纳冷冷地说。"到底什么人会这么做？"

"那些发现自己在一根绞索中结束生命的人。"艾博兰呛道。

"自杀？"

"不是只有挂在上面的人才会，不，谋杀者也会。任何地方你发现一个结束在绞绳上的可怜灵魂，不远处你都会找到一摊液体。肠道是通畅的，你明白的。"他刻意停顿了一下。"沃夫人很幸运，她不再需要去上小号了。"

他的视线扫过屋内众人:难以捉摸的卡瓦纳,狡猾的马钱特,表面上看起来平凡无奇的三位惩戒者,以及……一个印度人。

艾博兰的视线在印度人身上逗留最久,他发誓他在他身上看到了什么,一种一闪而逝的气质,不是那种出身于贫民窟的气质,而是一种得体的气质。就是奥布斯总说着他可以学得来的那种气质。

艾博兰缓缓地将视线从印度人身上移开,转而看向大块头,那个镶着金牙的惩戒者。

"你,"他说,"就是你,是不是?你之前在那栋房子里。"

那个人,"哈迪。"要是艾博兰没记错的话,就像在展示什么了不得的标本一样在展示自己的金牙。"不,我一整夜都在那儿,警察先生,卡瓦纳先生可以为我作证。"

"你刚刚笑容可掬地看着你的调味盒,你……"艾博兰指着哈迪说道。

"是的,哈迪先生,"卡瓦纳叹了口气,"或许不要再刺激我们这位已经很激动的访客比较好。而你,警官先生,请容许我再重申一下,辛格先生、哈迪、马钱特、史密斯以及另一位哈迪先生,昨晚都跟我在那边,还有,啊……艾博兰,你似乎有访客。"

"艾博兰。"警官听到他身后传来声音,他对自己警长独特的声音有些畏惧。"该死的你到底在玩什么?"

32

艾博兰怒火中烧地走进嘈杂的隧道工地,奥布斯在他身后坚持不懈地追了上来。

"慢点，慢点，你到底要去哪儿？"他红脸同事的吆喝声盖过了永无停止的机器轰鸣。

"我他妈的要赶回贝德福德广场！"艾博兰朝着肩膀后面吼了回去。他走到工地边缘的木门，猛地将它拉开，撞到了一个困倦的挖土工，对方的职责是挡下前来寻衅的流氓。"这些事情明摆着就在他们眼睛里写着。那股子臭味，我告诉你。"

在外面的街上，他们迂回着穿过各类被眼前的商机吸引的人——商人、小贩、妓女、小偷——或者是勤勤恳恳在这个城区谋生的人，踏上了返回不幸的沃夫妇宅邸的短暂旅程。

"你觉得他们是怎么把自己挂上去的？"奥布斯捏着帽子，试图跟上艾博兰的脚步。

"我不知道怎么做的，我该知道吗？我只知道那时候生命脆弱得可怜，不是吗？"他停下脚步，转身过来像个责备学生的男教师那般举起一根手指。"但我告诉你，奥布斯·肖。他们肯定有什么企图。"他摇了摇那根手指，指向没有栅栏的铁路工地的方向。"而不管他们有什么打算，那都不会是好事。你听到我说的了？"他转过去跟他并肩走起来。"我指的是，你看到他们那个样子了，除了傻站在那里，有像你那样愧疚吗？还有那个年轻的伙计，那个印度小伙。身上都是血。隧道里的事故，去他妈的。就是他闯进沃夫人家窗户的时候弄的。"

"你觉得那个人是他？"

"我当然觉得是他！"艾博兰跳了起来。"我知道那就是他。我知道那就是他。他们知道就是他。就连你都知道是他。虽然这个该死的问题还有待证实，可就是他没错了。他破窗而入弄灭了灯，也打晕了我们。"

奥布斯终于追了上来,说话说得上气不接下气,像是有人掐住了他的脖子。"你知道你刚刚说了什么吗,弗雷迪?我的意思是,这是不是又是你得出的一个推论?因为他没有理由那么做啊。他得是个杂技演员,或者是做那行的才行。"

眼下他们已经返回贝德福德广场,就像他们从未离开一样,艾博兰径直进了屋里,而奥布斯则守在门口,一手扶着门框弯下了身子,像是有人再一次掐住了他的脖子。

厨房传来艾博兰的咕哝,接着是一声呼喊。

"怎么了?"奥布斯喊道,他小心翼翼地走向厨房,走到另一位警察身边。

艾博兰站在房间角落那扇彻底破开的窗户下面。他欣喜地指着一张混乱地放着陶器的桌子。

"这儿,"他说,"你在这儿看到了什么?"

不管他指的是什么,在奥布斯看来像是一摊血渍,然后他说看到了。

"没错,一摊残留的血渍,是破窗而入的人留下的,没错吧?你是这么想的,没错吧?"

"好吧,是的。"

"我敢打赌,这摊血就是那个像不会融化的黄油一样的印度小伙留下的,那个我们刚刚在卡瓦纳的办公室见过的家伙。"艾博兰说道。

"这只是一种假设,弗雷迪。我们不是一直被教导要去寻找证据,绝不臆想,要找到证据才行。"

"那如果你先建立理论,然后再找到证据证明它成立呢?"艾博兰神采飞扬地问道。

你得让他说下去,奥布斯想道。在他顺风顺水的时候……"继续……"他说。

"你看到那个印度小伙了吧？他光着脚呢，不是吗？"

"我知道。该死，他应该存几个钱先弄双靴子……"

"这件事先摆在一边，现在认真看看这摊血渍。"

奥布斯照他说的做了，而艾博兰则看着他同事脸上的光彩慢慢亮了起来。

"上帝保佑，你说得对；这里有一个脚印。"

"没错。该死的没错，奥布斯。一个脚印。现在看看，你和我就站在这里。"他把另一个人拉到昨晚他们所在的位置，当时他们还在面对沃夫人永无止境的怒气。"现在，你得想象一下窗子完好无损的样子。那就像一面镜子，是吧？一面黑色的镜子。好吧，我告诉你，就在这面黑镜子被打破，接着七年份的霉运一股脑砸在我们头上大概半秒前，我在镜面上看到了人影晃动。"

"在攻击者破窗而入之前你就看到他了？"

"除非现在我们认为那个印度小伙就是攻击者，不是吗？但我看到的不是那个印度小伙。我看到的人个头要比他大得多。所以现在我在想……我在想我看到的是不是个倒影。"他一只手按在额头，仿佛想把解决方法从脑袋里按出来。"好吧，这样如何，奥布斯？要是有一两个在铁路公司做警卫的家伙站在我们身后呢？你怎么说？"

"我会说我把门落了锁，所以他们是怎么进来的？"

"这里。"艾博兰将奥布斯拽出厨房，拽到装煤的地窖入口，这里是开着的。毫无疑问。不过在地窖里的煤上面，很清晰地显示出有人在中间走过留下的痕迹，从煤洞的石头地板一直到通往街上的活板门。

"找到了！"艾博兰叫了起来。"现在……"他又把奥布斯拉回厨房原来的位置。"我们当时站在这儿,对吧?现在,如果我说的是对的,我还看到了站在我们身后、正等着打晕我们的混混的倒影。那我已经看到他近在咫尺。别忘了,我们还背对着他。我要说的是他本想解决我们,奥布斯。他本想解决我们,就像解决一对坐以待毙的鸭子,养肥然后宰掉。他可以用警棍敲晕我们,可以用匕首划开我们的喉咙……然而出于某些原因,尽管他的同伙已经就位,那印度小伙却破窗而入。"

艾博兰看着奥布斯。

"那么为什么会这样,奥布斯?他打破窗子冲进来到底是要做什么?"

第二部 失去的城市

33

伊森与已逝的塞西莉的女儿、年方十五岁的伊薇·弗莱最近养成了一个新习惯。对此她并不是很骄傲，不过就像培养其他的习惯一样，她依然将此习惯发扬光大。具体说起来，就是在她父亲与乔治·韦斯豪斯开会时在门外偷听。

噢，为什么不呢？毕竟，不是她父亲说的她很快就会加入"战斗"吗，在他需要的时候？而且这不是另一种他最喜爱的难能可贵的表现吗？

数年前开始，伊薇和她的双胞胎兄弟雅各布便已经在学习各项刺客技能，他们俩都是求学若渴的好学生。雅各布是两人中更为强壮的那个人，他学习战斗如鱼得水；尽管缺乏他姐姐拥有的那种天赋，但他依然乐在其中。无数个夜晚，这对姐弟都兴奋地聊着他们被授予传说中的袖剑的那一天。

不过，伊薇也找到了自己的兴趣所在。只是这种自然而然出现的兴趣并没有让她像她的弟弟那般全身心地投入。在他们位于克劳利的家中、雅各布的花园里连日练习，那天早上还拜他们父亲的教导之故，忙得像名托钵僧那样团团转，伊薇通常都会悄悄溜走，她声称自己已经厌倦了不断重复的剑术练习，然后就溜到了父亲存放书籍的工作室里。

知识激发了伊薇·弗莱的想象力。她阅读了那些刺客元老们的笔记，传奇刺客们的编年史：阿泰尔·伊本·拉加德，其名意为"飞翔之鹰"，英俊潇洒、风度翩翩的埃齐奥·奥迪托雷·达佛罗伦萨、爱德华·肯威、阿尔诺·多利安、阿德瓦莱、阿芙琳·德·格朗普雷，当然，还有阿尔巴兹·米尔，那个年轻时常伴在她父亲左右的人。

他们全都参与了对抗圣殿骑士的战斗，无论是在哪个年代、在哪个地区奋斗，他们全都在为自由而战；他们中的大多数人都参与过寻找一些被称作圣器的东西。那些东西并非博物馆里的展品。这些吸引了刺客与圣殿骑士注意力的圣器，都是先行者所留下的物品，其中最重要的就是伊甸苹果。这些圣器拥有的力量有如圣经中的传说一般，而且据说隐藏在其中的知识，足以让他们在每一个时代都不断学习：无论过去、现在还是将来。还有一些，阿泰尔·伊本·拉加德，举个例子——伊薇全神贯注地研究他手札的抄本——里面写满了他对于那些东西的怀疑，他想要弄清楚那些圣器是否只是一桩阴谋。伊薇并不确定，也许那也是伊甸碎片神秘吸引力的一部分。她想要亲眼看看那些物品。她想将它们握在手中，亲自感受它与那个在人类之前存在的社会之间的联系。她想要了解塑造人类的那股未知的力量。

因此，某个夜晚，当她在父亲的工作室无意中听到"圣器"这个词时，她便留下来偷听了更多的话。然后是在乔治·韦斯豪斯再次来访时，接着是乔治在那之后的另一次拜访。

有时她会问自己，父亲是否知道有人正在偷听。父亲可能并不会加以责备,他并不会真正意义上反对她这种行为,这种感觉让她的愧疚稍有缓解。毕竟,她只不过是将之后要搜集的信息提前获得而已。

"你的那个人还真是个勇敢的家伙。"乔治·韦斯豪斯说道。

"他确实是。而且,这对我们有朝一日找到机会夺回城市也必不可少。圣殿骑士相信我们的力量已经被削弱,乔治。让他们作如是想吧。在他们中间安插一个探子给了我们极其重要的优势。"

"前提是如果他能给我们一些有用的东西。有吗?"

伊薇的父亲叹息道:"很遗憾,还没有。我们知道卡瓦纳最近常与克劳福德碰面,而且特别是我们知道露西·索恩在那边花了大量的时间……"

"露西·索恩的出现从侧面说明我们做对了。"

"确实。我从未怀疑过。"

"但是,圣殿骑士预计什么时候能找到他们一直在找的东西?这方面现在还没有什么迹象吗?"

"还没有,不过等他们动手的时候,幽灵就会适时出现,为我们抢到那样东西。"

"如果他们已经得手了呢?"

"那么他会继续博取他们的信任,等在某个时候他会得知此事,并且再一次争取时机取回物品,交到我们手中。"

从伊薇身后传来一道耳语。"你在这儿做什么?"

她惊讶得直起了身子,腿上发出噼啪的一声轻响,伊薇转身看到雅各布就在她身后,如往常一般咧嘴而笑。她将一根手指放到唇上,接着将他拉离门边走向楼梯位置,这样他们就可以返回床上。

伊薇会将她所知道的事情告诉雅各布,她很清楚,他会坚持要她把知道的每一个小细节都告诉他,虽然这些他并不是真的能听得进去。刺客的历史、战术、政策、那些古代物品——雅各布会欣然把所有这些刺客生活的点点滴滴都留待往后再说,等到他们的父亲准备好教导他们的时候。

但对伊薇而言并非如此,她渴望的是不断地学习。

34

沃宅的事件已过去了几个月,在这几个月里艾博兰一直都闷闷不乐。偶尔他会独自一人郁郁寡欢。偶尔奥布斯会陪着他一起,他没有艾博兰那么沮丧,奥布斯这么做有一点出于同情的意思,同时他也很喜欢在绿衣人酒馆里喝上一两杯麦芽酒。

在这段时间里,他们经常沮丧地耸着肩趴在俱乐部吧台上,试着让自己不要表现得像两个旷工的警察,奥布斯试着用最新潮的音乐厅笑话来提起两个人的情绪。

"我说,我说,我说,弗雷迪,什么时候船会比一顶女帽小啊?"

"我不知道什么时候船会比一顶女帽小。"

"当它翻船的时候。"

有时他还会试着用最糟糕的那种笑话来提起情绪。

"我说,我说,我说,弗雷迪,为什么裁缝总要取悦他们的客户呢?"

"我不知道。为什么?"

"因为他们的工作就是满足大家的要求[①]。"

[①] Suit,有满足要求,也有搭配服装的意思,此处为双关语冷笑话。

然后其余的时候他会试着吸引艾博兰加入更深奥、哲学的讨论中。

"这也是难免的事。"有一天他说道。

"但它并不是这样,不是吗?"艾博兰早就抛弃了工作时间不饮酒的原则,他喝光了手里的酒。"如果这种事情真的在所难免,我就不会这么苦恼了。你知道真正会让我恼怒的是什么吗,奥布斯?毫不知情。实情是骗子,杀人犯都在那里打转,认为他们能够打败警察。不,我到底在说什么?不是警察,因为除了你和我,根本没有哪个蠢货会关心穿长袍的男人和失踪的尸体。他们是想着能够打败你和我,就是这么回事。"

奥布斯难过地摇了摇头。"你知道你的问题在哪儿吗,弗雷迪?凡事你都喜欢钻牛角尖。你任何时候都在索求答案。而有的时候,你知道,就是没答案,并且你也钻不了牛角尖;灰色都有分深浅不同,说明这趟浑水就如泰晤士河床一样深不可测,而且臭气熏人,你没办法对泰晤士河做什么,就像你同样也没办法插手这件事一样。"

"不,你错了。"艾博兰止住了他,并重新思考起来。"噢,好吧,也许你说对了一半。灰色的确有分深浅,当事情分成对错两面的时候。为了你的洞察力,我愿站着陪你喝一杯。"他举起两根指头,得到了从房间那头传来的回应。"但是关于答案的部分,你错了。答案是确实存在的,而我想要得到那些答案。"

奥布斯点了点头,本想说个别的笑话引开话题,但此刻他唯一想到的却是一句很经典的话语,"没有圈套就是最好的圈套",而且他不认为这句话适合此刻说出来。于是他们无声地又干了一轮酒,并陷入新一轮的忧虑之中。

离开那里之后,他们在摄政王街分道扬镳,要有个从酒吧出来的男人让艾博兰感到很好奇,他看起来对他们产生了浓厚的兴趣,有可能会跟着他或是奥布斯。

瞥了一眼橱窗里的倒影,他知道自己属于幸运的那一边。

35

"那么,你何不跟我聊聊这几天你跟踪我的原因?"

艾博兰十分恼怒,他把跟踪者引到了新道那边的巷子里,就为了能够抓住他。他恼怒还因为这个早晨他被叫到了警长办公室,受了一顿训斥。不,说是训斥有些含蓄,那根本就是一顿臭骂。为什么?很显然是因为大都会铁道公司的卡瓦纳先生——那个死鱼眼的混蛋——投诉他的缘故。根据他的说法,艾博兰警官在工地花了过多的时间。他确实给自己制造了一些麻烦,因为他暗示卡瓦纳和其手下的五个雇员涉及卷入一桩谋杀案。

而且他得立刻停止调查。

所以,是的,恼怒的艾博兰,愤怒给他带来了力量,他看着男人架在他蓝色哔叽袖子上的脸孔开始发青。此人穿着深色的外套,戴着常礼帽,有点俗气,不过总体长得一副得体外貌。实际上,艾博兰想道,他的穿着打扮和局里的警探没什么不同。

不过艾博兰认得局里的所有警探。他认识数英里内所有的警探,这个笨蛋不是他们中的一员。这让他有些好奇,他会不会是另一种身份的警探。他的另一只手搜了男人的身,摸出一根警棍,接着他又搜向对方的上衣口袋。

"你是私人侦探?"艾博兰说道。

对方用力点起头来,喉咙里发出"喀喀喀"的声音。

艾博兰松开了对方。

"是的,艾博兰警官,我是一名私家侦探,而且或许我还能帮上你的忙,要是你允许我继续说下去的话。"男人靠着墙喘气说道。

好奇战胜了戒备,于是艾博兰放过了他。"你叫什么名字?"他盘问道。

"莱纳德,莱纳德·黑兹伍德。"

"很好,现在说明你的情况,黑兹伍德先生,说清楚。"

黑兹伍德首先站直了身体,然后在继续开口前整了整他的帽子、衣服和衣领。"你说的没错,我是名私人侦探,受雇于一名贵族,一位子爵,他给的酬劳很丰厚,并且他并不介意付给的人是谁,如果您能明白我的意思的话。"

"是的,我很确定明白你的意思。不如我以企图贿赂女王陛下的警员的罪名抓捕你如何?"

"有人贿赂谁吗,警官?我很清楚我做的事情,我也很清楚你们部门的其他人一直叫你愣头青弗雷迪,你做事喜欢按部就班,工作的时候不喝酒……"

艾博兰尴尬地清了清喉咙。呃,伙计,要是只有你知道的话。"那又怎么样?"

"只是我认为您对于填满自己的荷包,还有解决犯罪问题一样感兴趣。或许还不止如此。如果我能帮您解决这件事,同时可能也解决了别的问题,那么也许这并不是贿赂,而是用来表彰您出色的警务工作的礼物,类似于赞助商所给予的赞助那样。"

"把你要说的话直截了当地说出来,马上。"

"雇我的那位子爵,他和他的朋友就住在离这儿不远的地方,马里波恩教堂墓地那边。他的朋友受到了凶恶的攻击,在那里丢了性命。"

"他没必要大老远跑到下葬的地方,不是吗?"

"这是一个恶劣的笑话,如果你不介意我这么说的话,警官。"

"这是个恶劣的笑话,因为我现在听到的全都是废话。要是有两位贵族在教堂墓地附近遭到袭击,而且其中一位就在这个片区、在这里被杀,我想我早就听说过这个事情了,你认为呢?"

"我的雇主和被害者家属都倾向于不通报这件事,以便避开公众视线。"

艾博兰勾了勾唇。"喔,是吗?他们没干什么好事,是吧?"

"我没问。我只是受雇找出和抓捕那个袭击者。"

"抓捕,是吗?那接下来呢?将他交到警察手中?别说笑了。他是死是活不都取决于你脑子里的一念之差?"

黑兹伍德拉长了脸。"这很重要吗?事实就是正义应该得到伸张。"

"正义应当由法庭伸张。"艾博兰说道——不过这些日子后他怀疑自己是否依旧这般坚信。

"并非一直如此。"

"你说的没错,并非一直如此。并不是用在几位醉醺醺的年轻贵族,带了一两个妓女去墓地那边,然后发现他们被皮条客给干倒这种事情上,我说得对吗?我指的是,除非你打算告诉我他们是准备在墓地里种罂粟?有件事你始终可以确定,那就是贵族阶层通常都会拿下层阶级来取乐。只是或许这次他们阴沟里翻船罢了。"

侦探耸了耸肩。"那不是皮条客。袭击我的雇主、杀了他朋友的人可不是什么普通的路人,而且这家伙还连带伤了两名他的保镖……"

艾博兰的眉头挑了起来。"他们带了保镖,哈?天哪,你真是懂得如何挑起别人的同情心,不是吗?"

黑兹伍德皱起眉毛,并再次拉了拉他的衣领。他的脖颈已经变红了。这可不妙。"那个人很危险,警官。他们声称那甚至都不能说是个人。我们都希望他最好能离开这条街。"

艾博兰想起了奥布斯那句深浅不同灰色的话。他想象着在两个贵族喝得醉醺醺的,带着保镖去城里贫困的地方寻欢作乐,这样的画面如何能配上正义这个词。为何他要在乎是否有个家伙独自揍了那些混蛋一顿,给了他们一个教训?换句话说,一个不折不扣的疯子。艾博兰知道奥布斯会说什么。祝那个家伙好运。希望他该死的手肘上多用点劲。

或许这是头一回,艾博兰发现自己并不是不在乎,只是这次他在乎的程度严重不足。他轻笑道,"那告诉我,那个连人都不是的家伙,长得何种模样?我好去留意一下……什么?没准,一个怪物?六英尺高,长着尖利的牙齿,手上有爪子,然后会在夜晚仰天长啸?"

私人侦探翻了翻眼珠。"如果不是我事先弄清楚了,我会说你喝醉了,警官。不,当时我说的都不能说是个人,指的并不是非人类,我指的是对方是个小孩子。"

"一个小孩子?"

"没错,一个光着脚的印度男孩。他们说他战斗起来有如恶魔附身,身手灵活有如杂耍演员。"

艾博兰定定地看着他,突然严肃得就像周围一切都停止了运作,所有思绪都被他搁置一旁。

"你说杂耍演员?"

36

次日,幽灵站在竖井旁查看着工作进度。他捏着一本塞满备案表、用绳子系上的文件夹，里面有货单、日程表以及排给他的班表——马钱特几乎卸掉了他所有的经理人工作，全部都塞给了幽灵——做那些工作比他记忆里干过的任何事情都要更烦神，其中也包括跟着伊森·弗莱学习使用库克利弯刀的微妙之处。

一个工头走了过来，用衣袖抹了抹鼻子。"我可以敲钟换班了吗，辛格先生？"

幽灵看着他，视线却未落在他身上，他正集中精神试着习惯那些他以前没听过的词，尤其是"辛格先生"这个称谓。

"哦，可以。"他终于开口。"谢谢。"接着他看着工头抬手摸了摸自己的额发慢慢走远，似乎还不是很习惯接受这个突来的变化。那些人，他们一直都叫他"印度人"，直到他开始接手新的职位。但现在……辛格先生，一个满含敬意——甚至权力的称谓。因为，是的，尊敬不也是某种形式的权力吗？幽灵这辈子头一回明白了这种力量的诱惑力，还有那种对权力的不断追逐。因为金钱和影响力都会随着权力到来，或许最重要的是你将声名远播，这些事物和爱情、友情、家庭一般充满了吸引力，也许还更甚那些，因为它们宣扬的是自私自利，而不是仁慈的心胸。

没错，他允许自己做如是想，我也可以，在另一个世界习惯被别人叫做辛格先生。我会真心为此感到高兴。

确实，这种新的兴奋情绪汹涌而来时，他没有任何选择。

据马钱特所说，卡瓦纳坚持幽灵要注重装扮。哈迪递给他一捆棕色纸包，"拿着，伙计，这里有些钱和新靴子，还有一件新衬衣和外套。帽子也在里面，如果你需要的话。"那晚在隧道里，幽灵在麦琪的推荐下，试穿了他的新行头。

"喔，真是时髦，你看起来就是个十足的城里人。"当他穿戴整齐后她这么说道。"女士们都会跟在你身后——如果她们现在还没有的话。"

幽灵微微一笑，麦琪只觉得那抹笑让她小鹿乱撞，简直就像回到了她和幽灵初遇的那一夜，而现在她又和那时一样情不自禁地想：要是我能年轻个四十岁……

结果，幽灵却败在了一顶帽子上。他一直都不太喜欢他的铁路职工帽。待他再往隧道那边走走，他就会把它随手甩给哪个隧道居民。裤子也太短了，幽灵觉得这说不定是哈迪的恶作剧。但是惩戒者可能会很失望，因为这条略短的裤子其实刚好在脚踝上方，穿在幽灵身上刚刚好。他把靴子给了麦琪。在穿上它们之前她兴高采烈地扯掉了鞋带。她把旧靴子们甩给了那些隧道居民。

次日他回到工地，彻头彻尾地变成了另一个人。

工作强度很高。他全部的时间几乎都花在划掉马钱特给他的各种表格上的名字和号码上，与此同时还要保持各个轮班顺畅，或是负责联络多位工头，其中有些人比其他人更愿意接受"印度人的预约"。有趣的是，他发现只要用直白却温和的话语，再伴随着往办公室瞥上一眼，就足以让任何一个顽固的工头噤声。这不是规章制度所带来的尊重，他知道。那是恐惧。

尽管如此，他来这里的主要目的并不是沉湎于意识形态上的思考，或者学习新的工作技能。而是代表兄弟会前来探查，并且查明圣殿骑士到底在做些什么，在这方面他还毫无进展。首先，他的新工作让他忙碌不停；其次，他几乎找不到任何借口溜进放计划书的办公室。

有一天，他站在起重机旁边一个视角不错的有利位置，一抬头就看到克劳福德·斯塔瑞克和露西·索恩来到了这里，这两人都走过泥滩，然后消失在了工地里面。

他认为时机到了，于是踩着泥泞，借口送备案表去办公室——只是被史密斯和哈迪给拦了下来，两位惩戒者看守着内室的出入口。他们拿走了表格并将他驱离。看来，幽灵介入卡瓦纳的直接社交圈子还只是理论上的。或许他们还在试探他；确实，那一天之后不久就发生了一段插曲，对此幽灵至今依旧困惑不解。

那时正是个傍晚，幽灵在泥滩上靠近了马钱特。满载着弃土的蒸汽机车喧声震天，他大吼一声，让自己的话盖过这些噪音，幽灵试着把轮班表交给这位场地经理，就和他每一班结束时都会做的一样。

"一切正常，先生。"他边说着，边指了指身后忙碌得像蜂巢一般的工场：一堆工人挤在吊车前，装满泥土的桶摇来晃去，被愈见减弱的发灰的日光衬得黝黑、满脸污脏的挖土工扛着铁锹和铁镐，他们陆续离开的样子就像打了败仗被迫撤退的士兵。传送带却还在轰隆作响，一直都在轰隆作响。

但这一次，马钱特没有和平日一样去拿轮班表，而是耸了耸肩，指了指他们身后那间木制的工地办公室。

"那里，"他说道，"把东西放到计划表旁边，我之后会看的。"

他的眼中没有泄露分毫情绪。幽灵点头同意并走了过去。卡瓦纳不在那里。也没有哈迪、史密斯，或者另一位哈迪。只有幽灵踏进办公室，独自一人，心跳如雷。

他止住了脚步。这是个测试，这肯定是一项测试。考虑到马钱特可能会为他计时，于是他点起油灯便走向了计划表。

马钱特说得很明确了。计划表。

可以确定，在计划表旁边的纸卷，就是计划了。

将油灯放在桌面上，幽灵弯下腰检查起那些纸卷文件。要是如他怀疑那般这是个陷阱的话,那这就是它设置的方式,而且……那里,他看见了。一根黑色的毛发被放进了计划书里,如一根突刺一般。他的心猛地跳了起来,他用指甲捻起那根毛,暗暗祈祷这是他们设置的唯一陷阱,然后他展开了纸卷。

展现在他面前的是挖掘洞穴和铁路建造的设计图,但不是官方设计图。他见过官方设计图,他的工友们都伸长了脖子,仿佛查尔斯·皮尔逊和约翰·福勒正在介绍他们的孩子。这份计划看起来和官方设计图十分相似,但有一项极其重要的区别。官方设计图的右上角有大都会铁路公司的徽章,而在这一套图纸上却是圣殿骑士的徽章。

马钱特可能会琢磨他现在在哪儿。他快速扫视了一遍面前的图纸,视线立刻扫到了一块区域——实际上,他们现在正在挖掘那块区域。那里画了个圆圈,在圆圈之中有个更小一些的圣殿十字架。

幽灵卷起计划书,将毛发放回原处,灭掉油灯离开了办公室。离开时他脑中还清晰浮现着那些计划的图像,他的思绪飘回了数日前发生的一件事情,那天,他们搬来了一些箱子搭成临时的讲台。卡瓦纳站在上面,马钱特和惩戒者站在他的外套下方的位置,在小号的乐声中,他遗憾地宣布工地上出了窃贼,有些工人的工具被盗走了。

这番话引得众人倒吸了一口气。工人们重视工具犹如重视自己的家庭。某种情况下,犹是更胜。幽灵很早以前就习惯将他的铁锹埋在工地边缘的某个地方,只是对许多工人来说,他们的铁锹和铁镐不止意味着生计,还是他们的象征。当他们肩扛着工具走过大街小巷时,他们全都会昂首挺胸,路过的人便由此得知他们并不是浑身肮脏的乞丐,而是工作勤奋的人。因此,想到还有恶棍会寻思着偷盗工具,好吧，那些家伙还不如直接从他们嘴里偷走食物算了。卡瓦纳将那些人玩弄于股掌之间，他提议从现在起工人离开工地需被搜身，以此来降低大家的怨气。现在换班需要的时间比以前长了三倍，但至少工人们会安心一些，因为大都会铁路公司的人对此花了心思。

这骗不了幽灵，现在只有他知道这个规定的背后意味着什么。那是因为挖掘工作已经接近那个圆圈标注的位置了。结果已近在眼前，虽然他们已经给工人们下了严格的命令，必须上报任何异常的发现——同时也承诺会对发现的任何贵重物品都予以奖励——但仍有另一种可能，工人中有人偷走了他发现的东西。有可能圣殿骑士和刺客一样对这件圣器毫无头绪。他们现在想做到万无一失。

当然，接下来还有别的问题，不知放弃的艾博兰警官带来了一个小问题，他再次出现在工地里，而且根据马钱特所说，艾博兰一直在指控他。"别担心，"马钱特告诉幽灵，"我们会掩护你。"他们所暗示的"会掩护他"需要付出代价。

他必定要为此偿还他们。是的，他会偿还他们。

但眼下艾博兰又回来了，身后还跟着一拨人，其中有两个人他认识——一位是巡警奥布斯，一位是地方警长——另外两个他不认识——一名穿着时髦、习惯拉自己衣领的男人，第四个人是……

第四个人身上某些地方让幽灵感觉似曾相识。他仔细观察着，试着想起那个男人是谁，这时他感觉自己的大脑似乎运作得太慢了……

马钱特正朝他走来，待到走近之时，扯出一抹黄鼠狼般的笑向他招呼道。"喂，你过来一下……"

幽灵还在盯着那位陌生人，他站得离这群人稍远一些，这时也看向了他。当他们视线交汇时，他们互相认出了对方。

他就是墓地的那位保镖。

37

艾博兰看着他走过来。

那天早上他拽着他的新朋友私家侦探黑兹伍德,像阵风一般冲进了警长办公室,告诉警长他获得了一些关于那个印度人的新消息。

"把你跟我说的告诉他。"他对黑兹伍德强调着,后者脸上的表情则像是在暗示事情的变化发展太快,有些超过他的预想。上一分钟他还在自信满满地接触一个或许对找到这位印度朋友颇有帮助的线人,下一分钟他就被兴奋的艾博兰给拉到了地方警长面前。

果然,警长将他上下打量一番之后便将注意力调回到艾博兰身上。"该死的,这人是谁,弗莱迪?"

"他的身份是名私家侦探。这位私家侦探碰巧有关于那个铁路工地的消息。"

"噢,别提那该死的铁路工地。"警长叹起气来。"求你不要再提那该死的铁路工地了。"

"等一下,请等一下。"黑兹伍德对艾博兰和警长举起了手,样子像是要控制住一小群人那样。"我奉命寻找一个年轻的恶棍,他涉及暴力袭击一名贵族,他们正在等待正义得到伸张。我完全不知道任何关于铁路工地的消息。"

"这是一回事,伙计,这就是同一档事。"艾博兰向他保证道。"现在把你跟我说过的都告诉他,不然我也会告诉他,相信我,要是由我来说的话,一定会全无保留地说出来,或许还添加一些片段和细节,不过那不会影响到你或者你的雇主。"

侦探向他甩去一个勃然大怒的表情,接着转身面向警长。"正如我告诉——"他停顿了一下,声音中不掩轻蔑——"这位警官的一样,我受雇于身份显赫的绅士,奉命逮捕一个危险人士。"

"一个危险人士,"艾博兰滑稽地模仿起对方的口吻,"那只是你看法不同罢了。你不是说在疗养所除了那两人以外,还有保镖在吗?"

"确实如此。"

"然后他就可以辨认出那男孩。我们可以带他去铁路工地,然后让他辨认出袭击他和你的雇主的那个人。"

"我看我们可以这么做……"黑兹伍德小心翼翼地说道。

"而我们为什么要这么做?"警长在他桌子后面咆哮起来。"大都会铁路公司那个该死的卡瓦纳先生已经把我臭骂了一顿,而且这全都是拜你所赐,艾博兰,要是你认为我还打算再冒一次险——或者更糟,他会去告诉约翰·福勒和查尔斯·皮尔逊,接着警司就会来跟我唠叨——那你就大错特错了。"

艾博兰眨了眨眼。"我们的朋友值得你为他花点时间,警长。"

警长眯了眯眼。"是吗?"他向黑兹伍德质问道。

侦探点点头表示确实如此。他的确值得警长花点时间,而现下警长也有了些许动摇。事实是,这件事值得冒被再一次臭骂的险,不过这次他有替罪羊艾博兰了。

更重要的是,这次他们手上还有一个小小的切入点,警长夫人的生日就要到了。

所以他同意了。他同意若是他们能找来那名保镖,那他们就有充足的理由去那个地方找那名印度小伙,而现在那印度人正踏过泥泞朝他们走来。

该死,艾博兰想道,这小子发迹了。他步伐从容,穿着背带裤和领口敞开、露出脖颈的衬衣。在他走近他们时,他注意到对方依旧光着脚，裤腿正拍打着他的小腿肚。似乎所有人都被他深邃莫测的注视定住了，一动不动。

"巴拉特·辛格？"艾博兰开口道。"很高兴看到上次见面时你那些伤痕都已经痊愈了。"

幽灵基本上没有理会他们，他站在这一队人前抓着文件夹按在胸口，疑惑地把他们一个接一个看了一遍。艾博兰观察着他，当这个印度小伙的视线扫过保镖时，他提醒自己，关于这年轻人的事情，哪怕他们所说的只有一半是真的，那么他肯定是个非常狡猾，更别提还很危险的家伙。他已经准备好了，为了什么准备好他还不确定，但总之是准备好了。

"现在，"他朝幽灵说道，"如果你不介意的话，我们有些事要确认一下。"他悄悄摸着警棍的把手，接着把下一个问题甩给了保镖。"在墓地里袭击你和你两位雇主的，是否就是这个人吗？上去仔细看看。已经过了一段时间，而且现在他打扮得也很干净。不过要是你问我的话，这可不是一张会过眼就忘的脸，不是吗？所以，说吧，到底是不是他？"

幽灵把注意力转向保镖，对上了他的视线。那人很高，就跟那三名惩戒者差不多，但没有他们那般狂妄和傲慢。他是一个已经落魄之人，在墓地的遭遇改变了他，不过眼下他得到了一个机会，可以寻回些许失去的骄傲和自尊。

艾博兰的手指已经握紧警棍的把手；奥布斯也已经做好准备，惩戒者眯起眼站在他们周围，他们手掌张开放在身侧，准备好抓起身上藏好的武器，他们在等待接下来的命令和流血事件。

所有人都在等着保镖回答"是的"。

而出人意料的是他摇了摇头说道，"不，这不是那个人。"

38

"所以真相到底是什么?"艾博兰问道。

"我想我不明白你指的是什么。"

铁路工地的临时会议彻底破灭,艾博兰灰溜溜地离开了工地,接着回到局里以后,他在警长那儿又碰了一鼻子灰,于是艾博兰只得灰头土脸地跑去找那名保镖。

为什么?因为他一直在观察着那家伙的表情,此外他注意到巴拉特·辛格的表情里还隐藏着些别的什么东西。说什么狗屁不认识,他们根本就认识对方。他们之间……好吧,说来奇怪,虽然说来一股怨气,但艾博兰觉得他们之间有种惺惺相惜的感觉。

所以他下一步要找到那名保镖,这就不怎么难了。前一天他和黑兹伍德一起去找的他,这天下午他又在同一个地方找到了他:白教堂商业街的十口钟酒吧,一个妓女和骗子喜欢出没的地方,碰巧警官和落魄的前保镖都在此借酒浇愁。

"我认为你在试图保护他。"艾博兰说道。

保镖不发一语,执杯饮酒走向雅间内的酒桌。艾博兰跟了过去,落座在他对面。"有人付钱让你保护他——是这么回事吗?不会刚好是个穿长袍的家伙吧?"

沉默不语。

"或者说你保护他只是出于自己的良心?"艾博兰接着说道。此时男人抬头用悲伤的眼神看着他,于是艾博兰知道自己说对了。他继续诱导,"要是我告诉你我对那位印度年轻人另有看法呢?要是我告诉你或许前几天他也救了我的命,而且实际上,我并非要让他锒铛入狱,我只是开始想知道他会不会是一位行侠仗义的一方。"

一顿沉默后,保镖才耸着肩从喉咙里咕哝出声。"好吧,那没准你是对的,警官,因为你这么问我了,我才会告诉你他的确是正义的一方。他是个好人,一个比你和我都更好的好人。"

"说说你的看法吧。所以他的确是那晚在教堂墓地出现的人?"

"他确实是那个人,而且并没有'袭击'这一说。那时发生了一件错事——一桩我被卷入其中的、令我感到羞耻的错事——一件他后来拨乱反正的错事。那时我的两位雇主,两位贵族,正在踢打一名女人取乐,因为他们有能力这么做。我和我的同伴帮他们放风,我们的原则是不过问雇主做事的缘由和动机。"

艾博兰给他一抹笑表示认同。

"接着这位年轻人出现了,他是唯一一个对她的惨叫做出反应的路人,其他人只是熟视无睹而已。两位贵族没有停止他们的游戏,而他阻止了他们。"

"我从没见过什么东西动起来能有这么快,我告诉你:不管他是男孩、男人还是动物。他的速度远胜过我们所有人,当然也包括你。不过眨眼之间他就做到了,我们都是咎由自取;我们每个人,这都是我们自找的。"

"所以要是你问我在铁路工地为何不指认他,要是你说他是个正派人士的时候是真心诚意的,那么只要你在十口钟这个房间里问我,你就该知道在工地也好、警局也罢,就算站在法官面前我都会矢口否认,没错,他就是那个人,而且我还天杀地祝他好运。"

"他绝对就是那个人。"

马钱特与卡瓦纳在蓓尔梅尔街的旅行者俱乐部里与黑兹伍德面谈,

他们将他带到了吸烟室,那里可以俯瞰卡尔顿花园。

卡瓦纳是旅行者俱乐部的会员,是沃尔特·拉韦尔上校亲自点名他加入的,之后不久卡瓦纳就杀了他;马钱特作为卡瓦纳的左右手,对这间俱乐部也十分熟悉。另一方面,黑兹伍德则是兴奋不已,之后他可能会对他太太说,他"兴奋得就像带着两只鸡的猎犬"。像他这样的人没法习惯在蓓尔梅尔街的旅行者俱乐部这样的地方作乐,不过他嗅得到金钱的味道,此外或许还能找到解决这件烫手山芋的机会。说不定,要是他拿得出合适的筹码,他不光能得到解决这件事情的机会,而且还能挣得一些外快。

不过他当然没有忘记,现在他正身处一个奢华又颇有年头的地方,而且还需注意步步为营。

他们周围全是笑声,醉酒贵人们的高声喧哗,绅士们喝得更是酩酊大醉,不过很难想象卡瓦纳也会参与其中。他坐在宽松的皮制扶手椅里,双手分放在两边的椅把上,他穿着时髦的黑色套装,配上的是袖口和领口都闪闪发光的白衬衣。不过尽管他看起来和这群纨绔子弟与时髦人物无异,卡瓦纳散发的却是一种危险的气息,这种气质无言地诉说着当偶尔一位绅士走过向他挥手示意,他们的微笑短暂交汇时,他们并不仅仅是在问候,而是在相互表达敬意。

"你认为那个袭击你的客户的人,和我的雇员巴拉特·辛格是同一个人?"他向黑兹伍德问道。

"我很确定,先生。"

"是什么让你这么确定?"

"因为我听着马蹄声会找的是马,而不是斑马。"

马钱特听得一脸疑惑,卡瓦纳却点了点头。"换句话说,按照你的逻辑推断,他们肯定是同一个人。"

"确实如此——而且事实上我在之后与我们的保镖朋友谈过,很明显,出于某些只有他自己清楚的原因,他决定对此保持沉默。"

"那或许接下来我们应该劝劝那位保镖先生。"卡瓦纳说道,而此时黑兹伍德想的却是"钱",并且他想知道会不会有一部分钱能掉进自己的口袋里。

"告诉我,"卡瓦纳接着说道,"如果这位印度年轻人袭击了那位保镖,接着——什么?还有另外四个人?——在一场无缘无故的凶残袭击之后,为何保镖会想要保护他?"

黑兹伍德面露贪婪之色。卡瓦纳一个点头示意,马钱特便从衣袋里掏出折好的钱,并将它们放在他们之间的桌面上。

终于来了,黑兹伍德一边想着,心里一边鼓起了掌。"好吧,"他说道,"我只知道那些他们告诉我的,似乎是那位印度年轻人救了一位本是两名纨绔子弟玩物的受难女子。"

卡瓦纳点了点头,眼睛飞快地扫视了一遍有着木制护墙板的房间。他了解这一类人。"为了取乐,是吧?"

"听起来是如此。你那个家伙,那个印度男孩就像个托钵僧一样。他把他们大部分人都打倒在地,并且最终赢了,据他所说,那天晚上他们只能夹着尾巴落荒而逃。"

"我知道了。"卡瓦纳说道。他安静了片刻,直到周围的笑声都戛然而止。"那么,黑兹伍德先生,我感谢你的诚实,以及你提醒我们注意这件事。若是你将这件事留给我们处理,我们很乐意自己进行调查。说不定,当我们处理完成,假设我们的发现与你的猜测不谋而合,我们可以联手,这样我们就可以将害群之马连根铲除,并且你也能得到你想抓的人。"

当黑兹伍德一脸欣喜地离开后,卡瓦纳转向他的伙伴。"我们得说话算数,马钱特。我们应该仔细留意一下我们有趣的印度同事。"

39

次日一大早——很快这就成了他的一个习惯——艾博兰正在观察一具尸体。奥布斯站在他身旁,另外还有两名警官脱下了头盔默哀。他们都认识这名四肢大开躺在街头的男人,他的脸已基本不能辨识,眼角下方肿胀不已,整张脸上都是青紫的淤伤和划伤,碎裂的下巴以一个骇人的角度垂挂着张开。

他是那个保镖。

"很明显有人想要他闭嘴。"奥布斯说道。

"不。"艾博兰若有所思地答道,他凝视着尸体,一边思考着还有多少人将会死去。"我不认为他们是想要他闭嘴,我倒是认为他们想要逼他开口。"

在城市另一边,卡瓦纳端坐在他铁路工地的办公室桌子后面,马钱特站在一边,哈迪站在另一边。

在桌前,正坐在令人胆寒的高位直靠背坐椅里、面带严峻神情的是圣殿骑士团大团长克劳福德·斯塔瑞克和露西·索恩。跟往常一样,他们要求卡瓦纳给他们一份报告,后者承诺将那件圣器给他们,但很显然目前为止他还没有做到,并且一如既往,他们想要报告里有一些振奋人心的新消息。

"我们就快成功了。"卡瓦纳告诉他们。

露西叹着气,皱了皱眉,重新整理了一下她的裙子。斯塔瑞克的神情并无波澜。"上次你就这么说了,上上次也是。"

"我们就要成功了，"卡瓦纳强调了一遍，并没有被大团长的怒气所影响，"我们势必得成功。我们已经在圣器埋藏地点附近了。"

这时门上传来敲门声，接着另一名哈迪露了脸。"先生，抱歉打扰你们，不过皮尔逊夫妇已经到了。"

斯塔瑞克转了转眼珠，不过卡瓦纳举手表示不用担心。"介于他身体不适，皮尔逊更希望由工地上的挖泥工陪同，而不是来接受办公室的招待。他会和以往一样享受尊贵的参观之旅，不必担心。"

另一位哈迪瞥了一眼门外。"看起来没什么问题了，先生。就像您说的，他正在朝沟渠那边走去。"

"即便如此，"斯塔瑞克说道，"我相信我们的任务即将完成。索恩小姐和我就先行告退。期待下次我们见到你时可以听到一些振奋人心的新消息。"

待到他们离开，卡瓦纳便用他那双阴郁笼罩的眼睛看着马钱特。"他是个蠢货，他明知他的时间已经不多了。"

"他可是圣殿骑士团大团长，先生。"马钱特答道，随后附上一抹谄媚的笑，"暂时。"

"没错，"卡瓦纳说道，"暂时而已。直到我得到圣器为止。"

于是他任由自己露出一抹笑容，一抹淡淡的笑容。

就在卡瓦纳、马钱特和地铁公司与斯塔瑞克和索恩周旋的同时——幽灵刚开始他的轮班——皮尔逊正在做卡瓦纳所说的事情，挽着他妻子玛丽的手在工厂里做着一次小型参观之旅。

工人们都很敬爱皮尔逊，趁着这次特别的机会，他们精心准备了个计划向他展示他们的敬爱之意。在办公室台阶上，正在送斯塔瑞克和索恩去大门口的马钱特看着工人们纷纷围着皮尔逊夫妇，于是他皱起了眉头,似乎工地的工作已经停顿下来了,而他想不出理由会变成这样。看来肯定出了什么事情。他倚在栏杆上对另一位哈迪说道。"麻烦你去一下那边可以吗?看看那边发生了什么事情……"

40

这个下午,奥布斯·肖警官很难得地外出了。

不,严格意义上来说并非如此。首先,因为奥布斯经常下午都不在,其次,因为这并不是真正意义上的"下午外出"。至少没有丝毫官方批准的意味。用一种更精确的说法的话,应该是奥布斯·肖警官又穿上朴素的衣服逃避工作去了。

与往常一样,奥布斯的翘班行程里有板球这一部分。多数时候这意味着他会在绿衣人酒吧喝啤酒,而今天有些特殊。他将公事带到了罗德板球场,为了赶上一年一度的伊顿公学对哈罗公学的比赛。这天天气晴朗,值得花时间站在那里(尽管周围都是人,因为参观赛事的人将近一万),拿个派或是一瓶,要不三瓶啤酒,眼中满是黑压压的人头和女帽,以及在阳光下闪闪发亮的板球白色。

要知道,奥布斯对于板球并没多大兴趣,但是绅士的运动是过去他太太十分推崇的,所以派和啤酒——满足这两个要求是奥布斯人生的重心。

他想到了艾博兰。未婚的艾博兰,总是全副精力投入的艾博兰——目前为止,奥布斯能看出这两者之间的联系无法否认。

"你需要一位妻子。"某个下午他曾这么告诉艾博兰,不是在什么别的地方,就在绿衣人俱乐部。

"我需要的是一个更关心警务工作,并且不想脱离这份工作的警察伙伴。"艾博兰如此回答。

这话说得有些伤人。毕竟，他，奥布斯，跟弗雷迪一样已经参与到正在进行的案子里了，而且……

噢，不，就在他在场地中站定时，他想到：今天我不应该想弗雷迪。弗雷迪，闪开。为了表明对公事的思考已经结束，他开始全身心地投入到比赛和今日的气氛之中。他只是人群中的另一张脸，忧虑之色渐渐消退。

不过，他仍然在不停地思考。他控制不住。他的思绪回到了艾博兰和他都专注着的"处于多事之秋的铁路公司"上。两位警察曾问过自己到底是谁将保镖打死的。"他们中的其中一个施暴者来自铁路公司。"弗雷迪料定如此，不过这次奥布斯表示赞同。就像鼻子长在脸上那般显而易见，卡瓦纳和他的公司正在做什么见不得人的勾当。毕竟，他们可都不是什么好人，不是吗？贵族、实业家和政治家全是一群只会中饱私囊的家伙，如果你拥有足够凌驾于法律之上的影响力，那么打破律法就只是小事一桩了。

该死的，奥布斯想道。听我说。他已经开始像弗雷迪那样思考了。这种毛病会传染，就是这样。

但可能他们已经知道了——这是艾博兰说的。如果他们能让那保镖开口，那么卡瓦纳和他的公司说不定就会发现巴拉特·辛格就是墓地的那个小伙子。

"如果他是那个人，那跟他们有什么关系？"奥布斯问道。

"说不定毫无关系，奥布斯，说不定毫无关系。谁知道呢？"

毫无疑问这是道谜题。就像那些拼在一块的木刻板，你在手里翻弄它们，就是想知道怎样将它们拼凑成功。

思绪乱作一团，酒意上头，周遭观众洪亮的呼喝声，以及他未经批准就跑来运动场,或许还没人注意到他的开溜的事实,这意味着奥布斯无心留意有三个男人穿过人群出现在了赛场后方。

他们背对着围栏,双臂交叠于胸前,礼帽的帽檐拉低,试着摆出低调的寻常人的姿势。

那三人并没有从他们的帽檐下方观看比赛。他们的视线牢牢地聚焦在了奥布斯·肖的身上。

41

黑窖最后的居住者是大约三年前在这里呆过的贾亚迪普·米尔。尽管房间都有定期维护,阿贾伊和库普丽特还是会从会议室下楼清扫大厅,让新鲜空气从外面透进来,暂时驱走暗室中潮湿的空气,不然这个地方就只能闲置了。

与往常一样,阿贾伊会开玩笑地将库普丽特锁在房间里。

喀拉。

他蹑手蹑脚地跟着她,而且在她阻止他之前,他又这么做了,只是这次他并没像往常那样站在外面偷笑和嘲弄她,而是直接离开了走廊。

她耸拉着双肩,觉得无趣至极。他就不会对此厌烦吗?或许不会,因为阿贾伊完全就是个孩子气的混蛋,尽管事实上她家里已经有丈夫和一个小儿子,他还是有点爱她。就她看来,这样的男人真是单调乏味。

她恼怒地对着钥匙孔喊道,"阿贾伊,别玩了。"并怒骂他像只老鼠般偷看她。

屋外却是一片安静。阿贾伊已经离开了。该死。她希望自己别是撞上了他延长恶作剧时间的日子。他曾经将她丢在那里整整一个半小时。感谢上苍她很久之前便习惯去大厅的时候随身带着蜡烛了。

"阿贾伊。"她又喊了一次，声音在阴冷的石头之间回响。她将门弄得嘎吱作响，那些声响扩散开来，被黑暗吞没。"阿贾伊，这种恶作剧几个月前就该停止了。把门打开，好吗？"

屋外依旧鸦雀无声，她仔细一想，已经好一会儿没有听到阿贾伊的动静了。阿贾伊不是能静得下来的类型。就算他在楼上，她在楼下，他也会喊她，开些恶劣的玩笑或是俏皮话试她的反应。实际上，她最后一次听到自己弄出的动静如此之响，那是什么时候的事了？这里安静得你甚至能感觉到时间的流动。

屋外传来一道声响惊得她跳了起来。"阿贾伊。"她尖叫了一声，曲起手臂，做好了准备。

接着他出现了，脸孔出现在窗户上，朝她咧嘴而笑。

"那次我找到你了，库普丽特。你以为他们来抓我们了，是不是？"

没错，她是这么想的，她皱着眉放出了袖剑，并精确地控制了它的长度，以便当它穿过钥匙孔的时候，能正好停在阿贾伊的鼻孔前方。

库普丽特不仅是印度兄弟会最擅长用剑的人，她也是最擅长用袖剑的一员，而这一击正是完美判断和熟练掌握尺度的结果。

"厉害。"阿贾伊边从鼻子里哼出鼻音边说道。他被袖剑制住，心里清楚哪怕有一丝轻微动作，自己的鼻孔都会不保，一想到这里，神明保佑，她的袖剑可一直都磨得很利的。她一直都有给它上油和进行调整。"它可不会卡住，阿贾伊。"她一边这么对他说，一边收回袖剑，接着再向他扔去一个满是不赞同的眼神。"可不像我经常提到的某些其他人。"

库普丽特收好袖剑。"把钥匙扔给我。"她说道,接下来待他按照她的盼咐给了钥匙放她自由后,她便怒气冲冲地越过他走向屋门。

楼上他们已经锁好,并打算在晚上离开。库普丽特刻意无视阿贾伊,因为她知道这是比用袖剑顶着鼻孔更严厉的惩罚。

就像她每晚会做的那样,她将她那把平刃的宝剑放到了墙上的架子上,然后吻了吻自己的手指,抚摸了这些上好的印度钢铁,之后再走向会议室大门与阿贾伊会合。两名刺客说完离别话语后便滑到屋外锁上了身后的大门。

他们没有注意到,在街上往来的人群中有几张面孔正饶有兴趣地看着他们离开——并且跟在了他们后面。

42

真是精彩的一天,跟上万名观众一起离开运动场时,奥布斯这么想着。实话说,他很是愉快。愉快到他决定去卖花姑娘那里,舌灿如花地弄一束花来带回家送给玛乔丽,告诉他的妻子他爱她;愉快到他已经忘记了那个印度杂耍小伙,还有那个神秘消失的穿长袍的人;他可以说有点过于愉快了,以至于他没有发现有三个男人正在跟踪他,他们低着头,手插在衣袋里,以经典的普通人的姿态保持着低调。

他甚至愉快到想要朝那些不时爆出咆哮声的人打招呼,不过这个决定很快被否决了。他最好清醒一点,一点就好。接着他继续走,离开了大街,走进了安静的小巷,拥挤人群与嘈杂声渐渐消失在他身后,他加快了脚步穿过黑暗的巷道,那里不时响起的滴水声提醒着他,他需要去趟洗手间,于是他便躲进一条巷子里打算就地解决。

往往正是一些鸡毛蒜皮的小事,到最后却产生了和大事严重性相当的后果;像是一个人尿急,或是一只偷来的怀表时间慢了。

在实际看到什么东西之前,奥布斯便察觉到巷道里的光线有所改变,他那时候注意力还在自己的裤子上,他扫了一眼巷道一边的尽头,发现巷口站着一道人影。接着他回头看向另一边巷口:

那边站着另一道人影。

奥布斯抖了一抖。换作别的任何一天,这说不定就是普通的两个混混,这些巷道里的恶棍会祈祷那些可怜的灵魂喝得醉醺醺的,无力抵抗——当然奥布斯足以对付他们,不管他是喝醉还是清醒的状态。

但今天不是别的任何一天。另外他意识到这两个人分别堵住了巷道的两头,这就说明他们比普通的混混更可怕。

他们从巷道两头走向他。这时第三个人影出现在巷道口。绝望之中奥布斯希望他带着他的警棍,尽管他知道这并没有什么用。他朝着面前光滑的墙壁眨动着双眼,希望能有一面梯子突然从天而降,然后他又看向那些人,他们正朝他逼近。

在光线完全消失前的那一秒,他认出了那些朝他咧嘴狞笑的面孔,正如他预计自己会知道的那样。

库普丽特和阿贾伊穿着袍子大步穿过阿姆利则的街道,满脑子充斥着自己的想法——为何他们这么晚才注意到周围的人群就像是蒸发了一般,在他们前面的街上站了一列七个穿着棕色套装的人。

妈的。

他们四下看了看。街上空无一人。在他们身后是另一群穿着棕色套装的人，紧张的人群攒动着，就像扔进水中的石子激起的一波一波的涟漪。恐惧的气氛就在棕衣人从他们外套里摸出库尔克弯刀的刹那爆了开来。一打人对付两个人。

阿贾伊和库普丽特相互看了眼对方。她拉下头上的兜帽，露出一抹笃定的笑，他也做了同样的动作，接着他靠过去轻拍了她三下，捏了捏她的上臂，她回了一个点头作为应答。他们都明白接下来该做什么。

他们都在心里数着——一、二、三——然后动作一致地背对对方同时放出了他们的袖剑。这凸显出周围的一切有多么安静，连袖剑出鞘的声音都听得见了，也凸显出了那些棕衣人的自信，他们毫无退缩，看起来并不紧张。

他们中间的那个就是首领。他吹了一声口哨，转了转一根手指。棕衣人立刻便齐整冲了过来，每一队的队尾朝前，渐渐形成环状，企图将阿贾伊和库普丽特困在其中。

"就是现在。"库普丽特说完他们便动了起来。她猛地冲向左手边的天棚，他则冲向了反方向，两人都在棕衣人抓到他们之前赶到了各自的目的地。

当阿贾伊在墙上奔跑时，他将袖剑收了起来，当他够到一个窗台时，他光裸的脚牢牢抠着墙上的石头，借此用力撑起了他的身体。咬牙再努力了几下，他便上了屋顶，穿过这栋建筑物，

他跳进下方位于另一边的街道，接着狂奔进了一条巷道。巷道尽头就是阿姆利则街的其中一道街墙，它将大道分成了两边，阿贾伊向那边跑去，心里想着只要他翻过那道墙，就能顺利到家了。

可是他办不到了。棕衣人预料到了他的行迹,就在阿贾伊赶到巷道末尾时,他们意外地出现堵住了他。他脚下一绊,看到一柄弯刀寒光闪烁朝他劈来,他本能地抬起配有袖剑的手臂,放出袖剑予以反击……

只是,袖剑却没有弹出。

它卡住了。

43

奥布斯并不知道他现在身在何处,不过他也意识到这是他最不需要关心的问题。

他应该关心的,是他此刻正被绑在一间阴暗房间里的椅子上,除了固定在墙上的油灯跳动的橘黄色灯光外,他面前正站着三名惩戒者,皮笑肉不笑地盯着他,正准备开始他们的工作。

哈迪走上前去。他戴上黑色的皮手套,接着从他的外衣口袋里摸出一对铜质的指虎,套在了他的手指上。就在哈迪走向奥布斯,并将他戴着手套的手放到警察脸上,就像雕塑家测试黏土塑形时黏稠度的时候,另外两个人交换了一个眼神,双双后退进屋中的暗处。

接着他后退了一步,摆出职业拳击手的姿势,奥布斯认为此时没准闭上眼睛是个好主意,他也这么做了,真是有趣,因为他总是发现,在他离开家人的时候,要在脑海中描绘出他们的模样总是很难;这是他一直以来都希望做到的一件事——希望他们陪在自己左右。但他们此时却浮现在了他的脑海,就在攻击开始落在他身上的时候,他紧紧抓住了他们浮现在他脑海中的完美画面。至少在他将被人殴打之前,他看到了他们。

谢谢上帝给他这些许怜悯。

库普丽特头痛欲裂地醒来，眯眼看到自己正身处一间灰暗的仓库里：这里空旷、宽大，只有浇打着天花板的落雨声响和鸟儿们在屋椽上筑巢的响动。生锈的楼梯延伸至她头顶一座老旧的桶架。

她被人用不同寻常的方式制住了。她正坐在一张长木桌的一头，尽管她看起来就像一位正在等候晚餐的尊贵客人——撇开这项事实不说，你也不会试图捆绑你尊贵的客人。她的椅子正好被推到了桌子下方。她看不到自己的脚但能感到它们被绑在了椅子腿上。同时，她的手被皮条牢牢捆住，摆在了她前方，平放在桌面上。他们将她的姿势摆放得仿佛她正要做指甲修剪。

从某种意义上说，她是正要接受指甲修剪。在离她手指几英寸、故意让她看得到的地方，摆着一对钳子，这种生锈的钳子是专门用来拔指甲的。

她很懂这种刑罚方式。疼痛会层层累积。显然之前曾有位刺客在崩溃之前撑到了第五个指甲。

目前为止，她所知道的是仓库里三个棕衣人盯着她。当其中的一个人查看她的袖剑时，她咬紧了牙齿，如果这世上有哪件事会让她愤怒——不是被捕，不是将袖剑从她身边夺走，也不是被一群棕衣人嗤笑着告诉她，阿贾伊被像条狗一样在街上被宰了，而是她的袖剑被一群白痴摆弄。他们也拿了阿贾伊的袖剑。另一个圣殿走狗站在桌子另一头，将它拿了过来。

"这把卡住了。"他告诉他的同伙，他们顿时哄堂大笑。

但那是你不会用，你们这些蠢货，库普丽特暗暗想道。除非你们能用手腕将它滑出来，并且能精确地模仿阿贾伊，或是其他能够使用这个保险开关的人的动作，运用好肌肉和肌腱，不然老实说你们下半辈子都会浪费在找那个保险开关上，而且还找不到。

棕衣人的头目将注意力从同伙身上转向了库普丽特。"这是每个刺客的标准配备。"棕衣人首领的声音越过他的肩膀，随着他朝库普丽特走近而传来。在他身后的两个走狗厌烦了摆弄袖剑，随手将它们扔到了桌子上，她想要查看一下它们的状况，确认它们的位置，却无力做到。

她正在想着保险开关的事。

"喔，喔，她醒了。"审问者咧嘴笑道。"看样子是时候开始了。"

他拿起钳子，但接着佯装改变主意，又将它们哐啷一声丢回了桌子上。"没准我用不上这些东西，"他几乎是自言自语道，"我的意思是，我要审问的这个并没那么难搞。"

"三年前是你杀了贾亚迪普·米尔，还是他被流放到了伦敦？"这是个很直接的问题。

他盯着她，但若他希望从她那里得到任何回应，那么她就没法让他满意了。他继续说道。"你看，小美人儿，我们在伦敦有个同事，他是个曾在印度待过一段时间的英军军官，他对贾亚迪普·米尔的大名如雷贯耳，不过现在他在伦敦遇到了个更了不起的印度男孩，随之而来的另一件事是，他想要知道会不会这两人根本就是同一个人。对此你有什么想说的吗？"

她什么也没说，不过当他走到一边去拿钳子时，她正好能越过他的身体，看到并确定袖剑的位置。眼下她需要确定桌子的稳定性，并且她需要假装自己无助、愤怒，用力挣扎像是试图挣脱逃跑一般。那人投来好笑的一眼，但她却立刻弄明白了她需要的信息：这桌子并没固定在地板上，但是它很沉，沉到她几乎没法自己弄翻它。她需要帮手。

不过若是她弄翻了它,接着她说不定就能拿到其中一把袖剑。

"水。"她轻轻说了一句。

"不好意思。"审问者说道。他正在把玩手中的钳子,一脸深情地看着它们。"你说什么?"

她假装自己口渴到言语不利索。"水……"

他已经近到能拔掉她的牙齿了吗?她有两个机会这么做,这是其中之一。但如果她失手的话……

不。最好等一等,最好试着让他产生一种虚假的安全感。

接着,像是费了好大的劲,她才用审问者足以听清的音量说出了"水"这个单词,然后他笑容满面地走了出去。

"啊,我想这就是你说的。"他指了指片刻过后去而复返的一个人,他拿来一个大陶杯,然后放在了桌上。

她咧着嘴试着去够那个杯子,之后给了他一抹魅力十足的笑,对方笑着拿起杯子放到她嘴边,兴奋地想着这个美丽的女人已经完全在他的掌控之中,她是如此无助,以至于连喝口水都需要帮忙。噢,不知道他会有多享受接下来将发生的事情。审问者是个热衷于他的工作的人。

他精于此道,他是个专家,擅长带来……

痛苦。

他的胳膊上传来一阵剧痛。她用牙齿死死咬住了他的手,而且她不只是在咬他,她在吃他。噢,我的上帝,她在活生生地吃他。

他凄厉地叫喊起来。陶杯应声落地,却没有碎开。库普丽特将她的牙死死嵌进审问者手里,在尝到汗水和泥土味的同时,她的脖子也被掐住了,她用尽全力让他痛不欲生,并且用上了她所有的力气将他拉了过来。这时她也将所坐的椅子踢得歪向一边,将她全部身体的重量都放在了她的前臂上,准备用以重击审问者的腿部,让他失去平衡并加快他倒地的速度,以此让他摔在桌子上,要是等他撞倒桌子用脸弄破陶杯,加重疼痛就太好了,库普丽特这么想着,不过这不是她的主要目标,因为她现在要做的是……

用尽全力包括全身的重量,她终于弄歪了桌子,这时袖剑顺着桌面斜斜滑进了她等待已久的指间。审问者挡住了视线,所以她看不到它们滑过来,但她的手指摸到了其中一把,这时她猛地放开了她口中那只手,因她的一颗牙齿留在对方肤肉中而痛得喘起气来。她的牙齿间满是鲜血和撕烂的肤肉,不过眼下她毫不在意;她唯一关心的便是她拿了袖剑,摸到了保险开关。越过审问者她还能看到另外两个人交换了一个好笑的眼神,然后摸向了他们的库尔克弯刀,因为,毕竟,她还能做什么?她根本毫无机会。就算手里有袖剑,她依然被绑在椅子上,周围有三个大汉,以及一道上锁的门。她训练有素、聪明以及幸运,但目前没有幸运到能够得救。

他们清楚,她也清楚。他们都知道这件事会有什么样的结局:她会把他们想知道的都说出来,而且之后她便会死。

库普丽特对此当然也一清二楚。只是她拿到袖剑的目的,不是为了用在抓她的那些人身上。

她是要用在自己身上。

但她得先小小地感谢一下神灵,因为她有机会拿到一把袖剑,还让她的拇指摸到了保险开关,不过她做的事却有些奇怪:她将脸靠近了审问者的喉咙,后者正试图从她那里挣脱。她将脸靠近他的喉咙,就像是她正在仔细查看那个部位的什么东西,并且因为她手臂的位置,看起来好像她正在给他一个情人式的拥抱,将她的身体嵌进他的身体里那样。

抓她的人中的其中一人察觉到了她的意图，但为时已晚。她已经将袖剑架到了审问者的脖子上，她的视线仍然盯着他的脖子，接着她放出袖剑，刺穿了他，然后朝她刺去。

在库普丽特死之前她回想了自己的一生。她想到了家里的丈夫和小儿子，他们正迫切找寻着她的去处。她甚至想到了她可怜的老朋友阿贾伊——好吧，我很快就来找你了，老朋友——还有她想到了兄弟会并衷心祈祷它一切顺利，最后她满心沉重地希望，她为之奋斗的创造一个更好更公平世界的目标，在她死后依旧能够继续。

就在袖剑的剑尖刺穿了她的攻击者的喉咙，即将刺进她的眼睛和大脑时，库普丽特意识到，比起他们为她准备的死法，这个死法要好得多，但是她却疑惑这是否会是一种高尚的死法。她什么都没告诉他们，她希望这能算得上高尚。她希望委员会最后能裁定她是带着荣誉死去的。

44

两日后，在阿姆利则的港口，三个棕衣人拦截了一名刺客信使。

这三个人杀了刺客，确定他们拿到了原本打算寄到伦敦的信件，然后他们将刺客的尸体捆好，甩上了一辆装满猪饲料的大马车。

依照指示，这则消息被送给圣殿的破译员进行破解，这可能会花上他们大约一周的时间。

"十万火急，"翻译出来的信息这般写道，"任务或许已经失败。阿贾伊和库普丽特已死，或许死前还被严刑拷问过。建议立刻终止任务。"

然后，在信息末尾上写着："伊森，照顾好我儿子。"

45

艾博兰正在绿衣人酒馆里。不过今天他却没有喝酒，既没有闷闷不乐，也没有借酒浇愁。他去那儿是为了紧急任务。

"嘿，山姆，今天你看到奥布斯了吗？"

"好半天没看见他了，弗雷迪，"酒保答道，"不，我说谎了，早些时候他在门口露了个脸，接着去了罗德板球场看比赛。"

弗雷迪投以酒保一个困惑的表情，而山姆回他一个厌恶的神情。"要是你连伊顿公学和哈罗公学的比赛都不知道，那你他妈的还在这儿做什么？"

"好吧，看好你那点……所剩无几的头发。奥布斯去那里了，是吧？"

山姆突然拉长了脸，仿佛他说了太多不该说的。"呃，嗯……不。他在值勤，不是吗？"

这下换艾博兰恼羞成怒了。"看看，关于奥布斯，你说不出什么我还不知道的东西。他翘班了，对吧？"

山姆一把将吧台抹布甩上自己的肩膀，然后给了艾博兰一个在法庭上不愿起立时那种不甘不愿的点头。

"好吧，"艾博兰说道，"现在我们有些头绪了。他来这里是……哦，我知道了。他来这里换衣服，是吧？"

回答他的是又一个不情愿的点头。

"很好，"艾博兰说，他滑出凳子，准备出门，"等他穿好制服回来，告诉他我在找他，行吗？"

"该死,现在所有人都在找老奥布斯,是吗?"

艾博兰停下脚步转过身来。"再说一次?"

"我说了,今天好像大家都想找奥布斯说话。"山姆再次挂上忐忑的表情,仿佛他泄露了太多事情。

"给我说清楚一点,伙计。除了我,到底还有谁在找奥布斯?"

"就在他去看比赛不久后有三个家伙过来找他。"

"他们长什么样?"艾博兰问完就心里一沉,根据山姆给的他描述,似乎是那三个惩戒者。

再不考虑其他,他直奔去了运动场,但下一秒,当他逆行遇上鱼贯而出离开运动场的人潮时便悔不当初了。马车停了下来赶紧掉头。旁边,一匹马喷吐鼻息,躁动不安地刨起了马蹄。

黑压压的人群带来的压迫感,对于萨利阿姨的店主而言太过可怕,于是他手脚迅速地开始关起店铺。同时一些受到人群拥挤冲击的摊贩,一边从人群中奋力挤出,一边高喊着,该死的注意一下摊车啊,一边还有一些小手悄然伸出偷拿摊子上的商品。剩下的一些人则是忙着把马车推离人群,让小孩坐在肩上穿过充斥女帽和礼帽的人海。艾博兰感觉到有什么东西在拽他的衣服,低头一看是一只狗在如林的人腿间穿行。

人群气氛欢快热烈,所有人都度过了一段美好的时光。大多数人在贵族的儿子们进行一年一度的赛事时,都理所当然给他们欢呼打气,这点毫无疑问,艾博兰想道。有朝一日这些出身高贵的人便会做所有上层人会做的事情;掏空下层人民来填满他们的口袋,尽情取乐,并且毫不在乎这个过程中是否毁掉几条人命。

而且他也没找到奥布斯。他遇到一堆躺在路边的醉汉;遇到了一群想要卖火柴和花束给他的妇人;遇到了无数穿着亮丽的绅士和淑女,他们趾高气扬地睥睨那些醉汉和卖火柴的人。独独没遇到奥布斯。

他返回了绿衣人酒馆。

山姆还是摇头；没有更多的迹象能透露奥布斯的踪迹，也没有那三个男人的。

那几个人就是那些惩戒者，毫无疑问。要是奥布斯还不现身，他就得去拜访一趟铁路公司了。

不过还有一个地方可以去试试运气，他动身去往奥布斯在斯泰普尼的家，他跟他太太和两个孩子住在那里。

肖太太开门看到他的制服后松了一口气。"别告诉我，"她说，"你是弗雷迪·艾博兰？"

当他点头认同时她叫了出来。"喔，我们一直都有听说关于你的事情！孩子们，快来见见这位有名的愣头青弗雷迪先生。"

她双颊红润，但其他地方与奥布斯基本完全相反，他身体结实脚步矫健轻盈，永远面带紧张与困惑之色；她则是截然不同的类型，她一边笑容灿烂地说着欢迎，一边邀请客人进屋，同时激动地整理自己的头发。

有两个孩子，一个男孩一个女孩，都在五六岁左右，他们跑过来后顿住脚步，抓住他们母亲的裙摆，然后用孩童特有的那种不加掩饰的好奇眼神看着他。

艾博兰心里已经沉甸甸地写满对奥布斯的歉意，在看到这个画面后，这种歉意又加重了些许。要是能让他和奥布斯所爱的事物隔上一些安全距离，事情便会轻松很多。要是艾博兰担心的事情成真，那么看到他们这般情形，只能让事情变得更为沉重。大多数时候他都很嫉妒奥布斯那样的人，会为了太太和家庭回家，但现在这种时候却并非如此。当你看清自己会留下何种结果的时候，便不会了。

"我恐怕不能久留，肖太太，"他说道，极不情愿地婉拒了他受到的热情欢迎，"我只是想问问你是否知道奥布斯现在何处？"

笑容从她面容褪去，迅速取而代之的是一抹焦虑。两个孩子也感染到了母亲紧张的情绪，紧紧揪住她的裙摆，瞪大的眼睛里写满恐惧。

"没有，早上他离开之后就不知道了。"她说道。

"他去罗德板球场了？"

她咬住了嘴唇。"我也说不清楚。"

"我知道他去运动场了，肖夫人，但是比赛已经结束，我想知道他是否已经回来了。"

"说不定他又去绿衣人喝了一杯？"

"对啊，"他说道，"没错。恕我失礼，我现在就出发回那边，祝你们全家愉快，还有如果你能让奥布斯知道我在找他的话，那真是感激不尽。"

接着艾博兰就动身了。离开这里。以防万一，他赶回了绿衣人酒馆，山姆却还是摇头否定，保险起见，艾博兰又赶回了局里，值班的警察也一脸狐疑摇头否认，虽然他知道奥布斯翘班了。最后，艾博兰去了铁路工地，他站在围栏边朝工地张望。工事还在继续：炉火一如每晚那般还在燃烧，火盆也在泥滩里熊熊点燃着。就在艾博兰等在那里的时候，一辆蒸汽火车从轨道远处驶来，木制起重机这时动了起来，更多的挖土工开始疯狂卸起了那些弃土。

但艾博兰看的重点不是这些。他一直盯着办公室，他盯着那里直到办公室门打开走出一个手拿文件夹的印度伙计。

很好，艾博兰边想着边感到了安心。出于某些原因，他直觉认为只要这印度小伙在附近，奥布斯就不会受什么伤害。

"他的确是正义的一方。他是个好人,是比你和我都更好的好人。"

接着艾博兰看到了更让他安心的景象。随后三位惩戒者也走出了办公室,三个人都在,跟往常一样。要是他们在这里,那么他们就不会去别的什么地方,去伤害奥布斯。艾博兰很想知道,或许他们的道路和他自己的十分相似。说不定他们去过绿衣人酒馆,然后被派去了罗德板球场,那里的人多得足以阻止他们。

是的,他边这么想着边转身离开围栏,将工地抛诸脑后。是的,事情就是这样子的。希望现在,奥布斯已经安全返回他充满欢声笑语的家……

他的女房东住在一楼,在他刚露脸的时候她就迎了上来。"忙碌的一天哪,警官?"她开口道。

"你说对了,夫人。"艾博兰边说边摘下头盔。

"忙到没空告诉我你有个包裹要接?"

他看向她的视线变得锐利。"一个包裹?"

"三位绅士送来一个巨大的包裹,他们是这么说的。那肯定是个相当沉的包裹,因为要他们三个人合力才能送上去……"

艾博兰已经猛冲向了楼上。

那些混账让尸体坐在了艾博兰家的一把椅子上,摆出了就像他在等他回来的样子。他们将尸体留下以作警告。

他们硬生生打死了他。他几乎已面目全非,全身肿胀,青紫交加,双眼紧闭,铜质指虎弄出来的伤口还在不断渗血。

"噢,奥布斯。"艾博兰颤声喊了一句。

他们算不上朋友,但……等等,是的,他们曾经是好友,因为朋友之间就是会相互支持。你可以去向他们寻求建议,他们会帮你用不同方式思考事物。而奥布斯在这一点上为他所做的,比一个朋友应做的要多得多。

在他意识到这一点之前,他已双肩颤抖得不住掉泪。"噢,奥布斯。"他被泪水沾湿的嘴里不断重复着这句话,他想要伸手抱住他,他的朋友,但同时他又拒绝去想他们到底对他做了什么,他的身体被摧残得就像一块软绵绵的肉块。

这时涌上他的脑海的,是奥布斯曾经在绿衣人酒馆给他讲音乐厅笑话的样子。他为一个贫民窟女孩默哀的样子。奥布斯的问题是他的同情心过于泛滥,他对于这个世界投入了太多的同情。

他想要知道奥布斯在将死之际是什么样子。他们肯定对他进行了严刑逼供。他们可能已经知道墓地那个印度小伙的事情,所以奥布斯可能会跟他们说些什么呢?或许会说穿长袍的男人的事情。好像这件事眼下至关重要似的。前几天艾博兰才告诉自己这些杀人行为必须被制止,紧跟着这件事就夺走了另一条宝贵的人命。

或许奥布斯是对的。或许这些事根本就无解。或许你得时不时学会接受。

一时之间,他只是站在他的朋友、奥布斯·肖身旁,肩膀耸动,不停落泪。

"对不起,伙计,"他一遍又一遍地重复着,"我他妈的对不起你。"

这时,奥布斯睁开了眼睛。

46

数个月过去了。五月时,财政大臣格拉德斯通宣布自己的初次地铁全线探访之旅圆满完成,而且他感到十分愉快。他与其他几位大都会铁路公司的要人一起，其中包括约翰·福勒、查尔斯·皮尔逊以及卡瓦纳走访了整条地铁线，全长大约四英里，从帕丁顿的毕晓普站开始，一路穿过了隧道和其他半完工的车站——埃奇韦尔路、贝克街、波特兰路、高尔街、国王十字站——最后到达城里的法灵顿街。这场旅行大概花去了十八分钟。

格拉德斯通的支持对于大都会铁路公司十分重要，尤其是现任首相帕默斯通一直对于这项工程嗤之以鼻，宣称自己有生之年只想尽可能待在地面上，对于这分支持你就得万分感激。不过幸好，格拉德斯通的支持对于这项工程起了推波助澜的作用，不然他们迎来的就将是其他公众持温和怀疑和冷淡的态度，最坏的情况甚至可能演变成厌恶和反对。

尽管如此，大都会铁路公司的声誉却是每况愈下，次月，下水管道爆裂。砖墙里贯穿伦敦那条"发臭的黑河"的管道已经老化并逐渐破损，隧道里的积水与秽物已高达十英尺，修补工程将整个铁路工程的完成时间推后了数月。

后来，七月末的一个清晨，一辆大都会铁路公司的卡瓦纳先生所有的四轮马车驶出了工地，载着它的主人前往圣凯瑟琳船坞。

那里已经停着一辆马车，正在等待一条将要来这里卸货的大船，三个身着棕色衣服的印度人，其中两人护送另一人，他们被移送到了这辆大马车上，然后没有丝毫耽搁地往大船那边赶去。

陌生人坐到了卡瓦纳对面，松开了他的外套，一副对七月天的热度十分抵触的模样。

"你好，阿贾伊。"卡瓦纳说道。

阿贾伊冷漠地看着他。"你承诺了给我钱、住处和一个在伦敦的全新开始。"

"我们还承诺了交换你所有关于贾亚迪普·米尔消息的好处。"卡瓦纳继续说着,然后拉了拉灯芯绳,这时坐在后面的哈迪甩起了缰绳,驾车返回工地。"那就拭目以待,看看我们双方是否都能遵守协议的条款,如何?"

没过多久马车便停在了工地外,阿贾伊直接探头看向窗外。按照安排,马钱特将毫不知情的巴拉特·辛格带到了百码之外的另一边围栏的指定位置,距离正好让阿贾伊能够看到。

"那就是我们的人。"卡瓦纳说道。

"他怎么称呼自己的?"阿贾伊问道。

"他现在叫巴拉特·辛格。"

"那他身上一定发生了不少事情。"阿贾伊边说边拉上窗帘并坐回他的座位,"因为这个人就是贾亚迪普·米尔。"

"很好,"卡瓦纳说,"那么现在你何不跟我聊聊所有关于他的事情?"

当帮派分子需要一些消息的时候,他们往往会耍一些花招。他们称这招叫"两只鸟"。帮派分子会将两个可怜的家伙带到屋顶,然后将其中一人从屋顶上扔下去,让另一个人眼睁睁地看着。

两只鸟。一只飞翔,一只惨叫。

库普丽特光荣死去的时候阿贾伊就在门外。他已经看到了摆在他眼前的将来:世上最痛苦的指甲修剪护理或是死亡。

接着他向他们亮出了他的条件。他们可以对他用刑,如果他们尝试了并运气好的话,因为他一定会拼死反抗,而且如果他们的拷问成功的话,他们会得到他们所需的情报,但除此以外不会再有其他,而且他们永远都不能确定他们得到的是否是真实的情报。

但是……如果他们满足他的要求,那他便会把他们所想知道的一切都说出来，并且附赠上更多的情报。

于是圣殿只能宣称阿贾伊已经死在了巷道里，这名刺客——现在应该说是一名前刺客、一名叛徒——已经被送到了伦敦。

在铁路工地外他遵守了自己的承诺，把一切都告诉了卡瓦纳。他告诉他们，那个他们以为叫做巴拉特·辛格的人，实际上就是贾亚迪普·米尔。他告诉他们贾亚迪普之前曾因为缺乏勇气的失败而被关押了起来，而整个故事最让卡瓦纳感兴趣的部分，是阿贾伊告诉他，贾亚迪普被送来让伊森·弗莱监管是为了一项任务。这件事他毫无所知。

"一项任务？"卡瓦纳若有所思道，他重新用兴味十足的眼光审视起幽灵。"说不定，是一项需要掩人耳目的任务？"

卡瓦纳的思绪跳到了两名惩戒者给他的情报那边。两个哈迪和史密斯在拷问了奥布斯·肖警官后带回来消息说，就是穿长袍的男人杀了罗伯特·沃，眼下再加上最新的情报，事情看来就要水落石出了。

真是讽刺。他们的新成员，杀了一个叛徒来讨好他们，还违背了自己的意志——甚至还不用为这桩刺杀负责。

总而言之，结果是让人满意的，卡瓦纳想到。他很久以前便决定除掉克劳福德·斯塔瑞克并从他手里夺得大团长的位子，等他得到了那件圣器，那他就会成为不止是伦敦，更是圣殿骑士团整个已知世界中最有力量的人，那时他要做的第一件事情，便是摧毁他的城市里剩下的所有刺客的反抗势力。

不过眼前，他就有一个机会可以同时完成两件事，戴着饰有羽毛的帽子登上大团长宝座，并且以那件圣器来证明他适合这个位置而且他需要赶快举行一个仪式来表达对于骑士团成员的敬意。噢没错，这是最恰当的做法。

"现在轮到你遵守承诺了。"阿贾伊提醒道。

"是的,轮到我了。"

马车门这时打开了,哈迪站在门外。"我承诺过给你财富和在伦敦的栖身之地,而你也将会拥有它们,只是有个条件。"

立刻他便警觉了起来,做好了被骗的准备,脑海中也开始思考起逃跑的线路,阿贾伊小心翼翼发问道:"没问题,什么条件?"

"继续告诉我们所有你知道的兄弟会的相关消息。"

阿贾伊松了口气,至少他们留他一条命了,他可以有大把的时间逃跑。

"一言为定。"他说。

47

数月过去了,这期间奥布斯一直待在弗雷迪家,由弗雷迪照顾他直至恢复健康。奥布斯少了几颗牙齿,说话也跟以前不一样了,尽管还有些不利索,身上还有别的伤,但他还活着。关于这个他有很多想说的。而且他还是个好伙伴,艾博兰很快就发现了,且对于这点他也有很多想说的。

一天晚上,大约在拷打事件后两周,艾博兰为奥布斯带了炖汤,放在他身旁的桌子上,他想着他该是睡着了就打算离开,却不想猛地看到了他友人那布满泪水的脸孔。

他清了清喉咙,然后低头看向自己穿了袜子的脚。"呃,你还好吗,老伙计?你是做噩梦了,是吗?想起了之前发生的事?"

奥布斯龇牙咧嘴地点了点头,接着从那参差不齐的牙齿中挤出声音,"我全告诉他们了,弗雷迪。虽然他们花招不多,但我却惨叫得像只雏鸟。"

艾博兰耸了耸肩。"祝他们好运。希望他们知道了比我们知道要来得有用。"

"但我告诉了他们,我全告诉他们了。"奥布斯抽泣着缩起身体,青肿未褪的脸上皱成一团,满是羞愧。

"嘿,嘿。"艾博兰轻声安慰着并坐在了床垫边缘。他握住奥布斯的手。"没关系,伙计。不管怎么说,你这都是出于别无选择。而且你看,一些迹象表明我们那位穿袍子的朋友能照顾好他自己。"

他静静地保持着那个姿势坐了一会儿,为他们之间的相互宽慰感到感激。之后,艾博兰在离开前喂奥布斯喝下了炖汤,并叮嘱他的朋友他需要好生休养。

这时,奥布斯已被列入失踪者名单里了。传言说他"失踪,被推测是厌倦了警务工作而永远消失在了绿衣人酒馆里",不过艾博兰清楚传言与事实的区别。他清楚袭击的重点是为了传达一个信息,出于各种目的,他需要这个警告。他再也不会去工地了。可巧的是地区警长却给了他另外一条巡逻路线,偏偏派他去了铁路工地附近。"只是为了防止你以身涉险。"他来传达消息的时候这么说道。

你在这件事里插了一脚,是吧?艾博兰这般想道,眼藏愤怒看着桌后的地区警长。但他依然走完了巡逻路线,当他下班回家脱掉制服、查看了奥布斯的状况后,他无视了来自其他人的警告,返回了铁路工地。每个晚上,他都隐藏在暗处。他孤独的警戒着某种他不知道的东西,但他依然是一个警戒者。

奥布斯此时能起身了,尽管动作还不能太大,接下来他们两人会坐在壁炉前闲聊。艾博兰会聊接手的案子。他对此正火气十足。奥布斯说的全是他的家人,而更多说到的则是,他何时能再与他们重聚。

"不，奥布斯，我很抱歉，"艾博兰告诉他，"那些家伙把你扔下等死，你却又死而复生的话，他们肯定会来斩草除根的。你得待在这儿直到事情完全结束。"

"但什么时候才能结束呢，弗雷迪？"奥布斯说。他在椅子上疼痛难忍地动了动。除了脸颊上被铜指虎打出的纵横交错的伤痕外，他的脸上没有显露出任何痛苦的迹象，他的体内因重击而内伤，屁股也还痛着，不过似乎并无大碍。他现在走路还很困难；就连长时间坐着都很难受，每次他疼得龇牙咧嘴的时候，他都会想起那间不知名的黑屋，和打在他无力反抗的身体上无休止的拳头重击。

奥布斯再也不会提起那次拷问，不过感谢那几个惩戒者的大意，还有艾博兰对他的生死的关注，他会对此永记在心。另一方面，要是不与他心爱的人共度人生，那他的人生会是什么样呢？

"只是你怎么觉得这整件事——不管这究竟是什么'事'——就要结束了？"他说。

艾博兰走向壁炉，然后对他的朋友露出一抹悲伤的笑。"奥布斯，真相是我并不知道，我真的不知道。但是记住我的话，虽然我不能说已经掌握了局面，但我已经很接近了。时机到时我自然会弄清楚，我向你保证，我们不会错过将你送回家人身边的机会。"

为了保险起见，他们决定不让他妻子和孩子们知道他还活着，这也意味着他们四个人正生活在痛苦煎熬之中。一天，艾博兰和奥布斯搭着警用马车去了一次斯泰普尼，他们把车停在街上，好让奥布斯能从窗子偷偷看一眼他的家人。大约两个小时的时间对他来说太久了，他们不得不离开。

艾博兰带着慰问金和礼物前去拜访他们。他把奥布斯的制服送了过去。那一刻肖太太眼中的光彻底熄灭了。她说那次拜访对她而言太过痛苦,每次她一看到艾博兰站在门前的台阶时,她就知道大事不好。"因为我知道只要他活着就会跟您一起出现。当我看到您只身一人时,我就知道他没有。"

"他可能还活着。"艾博兰告诉她。"希望总是会有的。"

可她已听不进去了。"您知道最糟糕的是什么吗?连可以下葬的尸首都没找到。"

"我知道,肖太太,我真的,真的无比抱歉。"艾博兰说完便逃之夭夭,庆幸他能够逃离这种沉重的悼念气氛,偏偏被悼念的那个人不但没死,还在艾博兰的家里舒舒服服、暖暖和和地休养。于是他为自己不得不说谎而感到愧疚。

这是为了更长远的好处着想。这是为了他们的安全,为了让卡瓦纳和他的公司相信这件事已被处理妥当。不过这依旧不能制止愧疚之情的蔓延。

48

"你将被引荐进圣殿骑士团。"卡瓦纳说。他、马钱特以及两名惩戒者——哈迪错过了——他们令幽灵放下手边工作,并将他带到挖掘现场一角,实际上是要召开一个临时工作会议。

"谢谢您,先生。"幽灵说道。他低着头,厌恶起此时的自己。当他的视线转向卡瓦纳时,他在对方眼中读到了一些难解的情绪,像是一种似笑非笑的嘲讽。

"不过在这之前,我有个任务交给你。"

"是的,先生。"幽灵答道。他保持着一副不解的表情,心里却在打鼓,脉搏也在加快,他想着,时机已到。

卡瓦纳示意他的手下不要有动作,他拽着幽灵的手臂并将他拖出人群,走向围栏边缘。幽灵可以看到那边停着的卡瓦纳的大马车。正在照顾马儿的是哈迪,他简短地抬头看了他们一眼,复又回头继续他刷洗马鬃的活计。

远离噪音,卡瓦纳总算不用再吊着嗓子拉高音量说话了。"我接下来要说的话是只给圣殿骑士知晓的信息。你还未加入骑士团,所以公平地说,我不该向你透露这些,不过你已经在我的工程里证明了你是个人才,而且你的任务我们或许该说它'具有时效性'。换句话来说,这个任务得在委员会碰头批准举行你入团之前完成。我是个相信直觉的人,要是我的话就会立即行动。我对你有信心,巴拉特,我在你身上看到了很多和我相似的地方。"

幽灵允许自己沉浸在成就感中。之前他所做的所有事情,在隧道中居住数月,学着适应巴拉特·辛格这个角色,所有的一切都是为了迎接这个时刻。

卡瓦纳继续说道。"你被卷进了这件事里,说不定你已经猜到了,拜我所赐,但事情并不是你表面看起来的那样。铁路当然会修完,而且一定会完美完工,但实际上不管你相信与否,背后支持这项工程却是个不可告人的动机。"

幽灵点了点头。

"伦敦的圣殿骑士相信这条路线下方埋着一件远古圣器。精确锁定它的位置是一项苛刻的任务。让我们这么说吧,至少在我看来,露西·索恩对于自己在骑士团中显赫的地位并非全然满意。当然表面上看不出来。"

"露西·索恩,先生?"

卡瓦纳飞快地瞪了他一眼,幽灵不得不紧张地咽了口口水。这位主事者是想要趁他不备抓他吗？

"迟早，"卡瓦纳说，"你会给执行委员会带来乐趣的。暂且你只需要知道露西·索恩位列骑士团的高级干部，她的任务就是找寻圣器。"

"这个……圣器，先生，是用来做什么的？"

"好吧，你看，这是一个写在纸卷上的问题，不是吗？它们的定义极其模糊。我恐怕其中的细节只能凭借想象力来弥补了；那些纸卷上只简单写明了那些得到它们的人会拥有强大的力量。并且没准你并不意外，因为我便是想要得到圣器的人之一。站在我这边的人，都会有幸见证那一天的到来。"

"希望我有这个荣幸，先生。"幽灵说道。

他看向大马车停着的位置。哈迪正从马车的载货箱里取替换的马刷，但是当幽灵看着时，他从箱子里拿了个别的东西塞进了自己的口袋里。

"好吧，就跟我说的一样，这得仰赖你们的努力。"卡瓦纳说。

两个人稍微走得隔开一点距离，幽灵一直紧盯着哈迪。这个惩戒者看起来似乎已刷洗好了马匹。现在他在查看指虎。接着他离开马车所在的地方走向大门口，撞开一个挡路的卖火柴的女孩，并踢开了一个靠在门柱上带着铁路公司员工帽子的挖泥工掩人耳目。

"取决于什么，先生？"

"取决于你的任务完成的出色程度。"

哈迪已经走出泥滩差不多五十码远了。

"那么那个任务是什么，先生？"

"你要去杀了查尔斯·皮尔逊。"

最近他们察觉会面有些冒险，特别是幽灵又是个做事喜欢滴水不漏的人，但这次有些不同。

这次会面表明事态的严重性在加剧，并且他需要伊森的建议，于是在改变了马里波恩墓地里墓碑的位置之后，这两名刺客在伦斯特花园碰面了。

"为什么？"伊森问。"为什么要杀死皮尔逊？"

"委员会这么要求，卡瓦纳先生就这么说了。"

"就他们的口味来说，皮尔逊这个慈善家当得过头了，嗯哼？老天，他们甚至都不让他看到挚爱的铁路竣工。"

"卡瓦纳还说了些细节，大师。眼下，在水管爆炸事件之后，工程已经重启，他想要向皮尔逊先生展示从国王十字站到法灵顿街站这条线已经完全可以运行。还有，他还弄了一辆全新的马车来炫耀，而且他计划火车开到法灵顿街站再返回。但在这趟旅程的最后，当皮尔逊先生和太太返回他们马车的时候，我就要对他出手了。"

"但不包括皮尔逊太太？"

"不。"

在一段长长的沉默过后，幽灵再次开口说道："你怎么看？"

伊森深吸了一口气。"好吧，这不是个陷阱，他们没有道理要除掉你；他们可以把你叫去办公室干掉你。这是试探。"

幽灵手心里都是汗。他艰难地吞咽着口水，仿佛回到了阿姆利则自己那温暖的家，重新品尝着恐惧的滋味，亲眼看着利刃插进达尼尖叫着的口中，回到了那个鲜血和金属寒光闪烁的月夜。

他必须集中全身的力量才能说出下一句话，尽管说出它们会让他痛不欲生，但他还是说了。

"如果那是一次试探，那我确定失败了。"

伊森闭上眼哀伤地回答："我们已经如此接近了，贾亚迪普。"

他的话音近乎呢喃。

幽灵点点头。他太渴望看到那件圣器，数年以来他都一直梦想着能亲眼看到那神秘的光芒。但另一方面……

"这件圣器也可能就是件普通的装饰品。对于它蕴含的潜在力量，就连圣殿骑士都无从得知。"

"那些纸卷十分晦涩。这就是重点。它们都是经过漫长的岁月流传下来的，因此我们的祖先认为他们自己比我们更聪明。"

"没错。他也差不多这样说的。"

"他的洞察力很敏锐。或许他也指出了，不管是不是件装饰品，圣器的实际力量并没有它们在感觉上的价值来得重要。没错，隐藏在地底之下的圣器的确有可能只是件古代的装饰品，最大的作用只是吸引老太太和心志不坚的小孩子罢了。但是几个世纪以来，刺客与圣殿骑士都在争夺圣器，我们都听说过它们的强大力量；科依诺尔钻石、阿尔莫林的伊甸苹果释放出的神秘力量……有没有可能，说不定那些传说被传颂得过于夸大了？毕竟，没有一件圣器被证明拥有足以决定战争胜败的力量。而那些秘卷夸大和深奥的程度完全相当。"

"我的双亲……"

"你的父母就是一个例子，他们让你趴在膝上，反复和你讲述那些圣器拥有非凡力量的故事。"他看向对面的幽灵，对方也回视他，不是很确定他听到了什么，于是干笑了一声。"伊薇很像你。她对于圣器的迷恋就跟你对于那颗愚蠢钻石的迷恋一样。"

幽灵压下怒火，不发一语。

"这是种痴迷，你看出来了吗？对于圣器的迷思。圣器所持有的是一种魔力。刺客或是圣殿，我们都在忙于向众人传播思想，而且我们都各自认为我们的思想可以拯救世界，但有一件事情我们达成了共识，那就是这些圣器所带来的知识中包含了关于第一文明的秘密。看看你身边……"他指了指他们正坐在其中的这间假房子,那些地下火车穿梭的隧道——地铁——很快便会在其中行驶。"我们拥有蒸汽的力量。很快我们还会拥有电力。世界正在以难以置信的速度进步。二十世纪已经近在眼前,而二十世纪就是未来,贾亚迪普。科技将会被用来造桥,造隧道和铁路——同样的科技也会被用来制造战争中的武器。这就是未来。除非你想看到人类被暴政和极权所统治,不然我们就必须为我们的孩子和后代赢得这个未来,终有一天他们会坐下来捧着故事书,读着我们的英勇事迹,并感谢我们拒绝将他们送进专治统治之中。"

"换句话来说,贾亚迪普,我们必须不计一切代价获得胜利。这意味着你要去杀死皮尔逊,而且任务继续,直到我们拿回圣器。"

好一番演讲。幽灵心领神会。

接着他却说了:"不。"

伊森火冒三丈地站了起来。"你这该死的家伙!"他咆哮了起来,在这寂静的夜里听起来格外响亮。接着他却闭上了嘴,转身离开蒸汽孔,看起来怒气冲冲,视而不见地看着屋子前面的假砖墙。

"我不能就这样冷酷地杀掉一个无辜的人,"幽灵强调,"的确,你知道吗?所有该发生的事情都会发生,还是你对于圣器的渴求,已经让你变得像我父亲那般盲目了?"

伊森转过身来指着他。"他不是唯一一个盲目的人,我亲爱的孩子。我好像记得,你认为你自己已经准备好了。"

"我现在已经更有自知之明了。我很清楚你在要求我做一件我办不到的事情。"

他的话中有些许哽咽,伊森心里柔和了一些,他看着这男孩盈满全身的绝望；一个以杀戮为事业长大的男孩，却无力下手。当我们哀悼一个人无力杀戮时，他再一次想到了这个世界何其残酷，这件事情何其骇人。

"告诉卡瓦纳你打算使用吹管。你可以告诉他你是在孟买学会的使用技巧。"

"但是，师父，我不能杀一个无辜的人。"

"你无需动手。"

49

这晚，就在伊薇·弗莱的父亲正与乔治·韦斯豪斯在书房密谈时，她本人正屏着气蹲在书房外面；两个人正用极其低微的音量交谈，以至于伊薇几乎没法听到门那头的谈话。她把头发拢到耳后，继续努力听着。

"就是明天了，伊森。"乔治说道。

"是的，明天。"

"如果顺利的话，那么圣器……"

"他们说，他们就要得手了。"

"哦，那他们一定是按逻辑推理来说的。毕竟，隧道就要竣工了。"

"那里有成打的作业隧洞，还有改道的水管和供气总管需要安装。还有无数的挖掘工作需要完成。另外，谁说的河谷水管爆炸那件事不是他们做的？"

"这倒是真的……"

就在这时，楼下正门处传来的敲门声将伊薇吓了一跳，她刷地站了起来，微感困惑，随后再溜下楼去应门。他们家没有仆佣。伊森不允许这么做,他认为雇用仆役有违信条理念。这就是为何幼小的伊薇得亲自去应门。

门口的台阶上站着一位穿着棕色衣物的年轻印度人。他可真英俊,她偷偷想着,不过一些难以说明的情绪破坏了他好看的脸孔,他面带些许疯狂与焦虑,从略矮一些的灰色台阶上打量着她,眼神却未真正聚焦在她身上。不过当他递给她一封信的时候,他喊出了她的名字。

"伊薇·弗莱。"

她接过了这张折好的信件,信封上写着:伊森·弗莱亲启。

"告诉他阿贾伊曾经来访,"台阶上的男人开口说时已打算转身离去,"告诉他,阿贾伊对不起他,他会在来生再与他相见。"

伊薇欢快地哐啷一声关上了门,将那奇怪又神出鬼没的男人关在了门外——接着撒腿奔向了她父亲的房间。

下一秒整栋宅邸都骚动了起来。

"雅各布,"伊森大喊着冲出书房,同时前臂伸直,在上面配上袖剑,"给你自己准备武器,你跟我来。伊薇也是。乔治,快来,没时间了。"

他展开信件的时候一片惊慌,只因上面只写着一行编码,而他们没有时间破解。但是阿贾伊——带着难解的歉意而来的人……确定这不是一直在黑窖做着保卫任务的同一个阿贾伊吗?因为要是这人在伦敦,伊森就会先得到通知……但既然如此,那还会是别的谁吗?

他们四人都冲到了街上,伊森还在装配袖剑,同时将左轮手枪塞进枪套里并套上外袍,两个孩子头一次看到父亲这般,皆兴奋不已。

"他往哪个方向去了,宝贝?"伊森问向伊薇。

她指了指,"朝百老汇大街那边。"

"那看来我们运气还不错。百老汇那边在进行水管工程，他应该会改道奥克兰车道。伊薇、雅各布、乔治，跟上他。如果运气好的话他应该会把乔治认成是我，而且不会怀疑，我会绕到他前面去。去，快去。"

两名年幼的刺客和乔治动身朝百老汇街方向赶去。伊森跳上对面邻居家的外墙，他仿佛只是在半空中踩了一下墙便已上了墙顶，翻了过去。

在他面前的是一座延伸开来的占地宽广的花园，对此他还曾小小地嫉妒过。他一直都很好奇他的邻居这座花园到底多大，现在他知道答案了。很大，是他自家花园的一倍大。他隐身于黑暗之中，从花园这头跑向那头，一边弹出袖剑砍掉了那些下层的灌木。藏于那些叶子后面的是一堵墙，但他轻易就攀了上去，之后落到了另一边的通道上。

四下寂静，就连那些常出现的水滴声也没有了。他静静地听了一会儿，分辨出了一些从远处城里传来的声音，直到一道由远及近、规律且砰砰作响的脚步声冲他右边而来。

太好了。伊森起身悄无声息地沿着走廊冲到了尽头，在阴影处等待着，再次仔细聆听起来。

奔跑的脚步声越来越近了。很好。阿贾伊看到了追赶他的人，现在他正在想办法躲避。他全部的注意力都集中在跟在他身后的人身上。

水管，松垮的砖墙，窗户边缘——然后伊森站在了邻近建筑物的屋顶上，在他身后的是被月光照得很是明亮的夜空，只是他很清楚，他的猎物此时并无暇抬头查看。他几乎是在正在巷道里奔跑的人的正上方，而且在这场短跑竞赛中他正遥遥领先，冲向这幢建筑物的尽头，然后跳到另一栋建筑物成倾斜状的屋顶上。

他在屋瓦上停住脚步，低头看向下方的街道，然后看到一个穿着棕色外衣的人影跑进了巷道里，同时还在不时回头查看身后。

伊森·弗莱长袍翻飞，冲向屋顶边缘，接着跳到下方的鹅卵石路上，坐在了一个木箱上，用手支起下巴，等待着阿贾伊的到来。

50

阿贾伊发现情况的时候已经太晚，几乎没有反应的时间，尽管他是位前刺客，且他仍然认为自己是，当下却立刻评估起了情势，并拔出了库尔克弯刀，查看起伊森·弗莱的位置和姿势——他的身形很放松，他惯用的那只手正垂放在身体一侧。看到自己的对手放松到可以毫不费力地攻击他的弱点，他决定直接攻击那个位置——他必须动作迅速，而且若他判断准确的话，还得下手果断。

不过，当然，他的判断失误了。这般判断伊森早已预料到了，就在阿贾伊的弯刀寒光闪烁地劈向他时，年长的男人已经从下巴下方弹出袖剑，分毫不差地挡住了对方的攻击。阿贾伊的刀在半空中被挡住时，伊森一个刀剑旋舞，只听阿贾伊一声惨叫，伊森一个向下砍的动作就把阿贾伊的手砍了一大半，然后夺走了他的武器。

弯刀砸到地上，紧接着的还有阿贾伊手上的一大块肉。伴随着难忍的疼痛和迷惘，他反应迅速地低下身子转了过去，将他的刀踢回了巷道里，接着沉身躲开另一波攻击。

伊森追了上来，几步追进了小巷，心里还没从认出阿贾伊这件事上缓过来——阿贾伊，是阿贾伊，他该死的怎么会在这儿？——这时对方已摸到了兵器，他跌跌撞撞的，血流不止的那只手紧紧揪着胸口，另一只未受伤的手则从鹅卵石路上捡起兵器。

"这场打斗你已经赢不了了。"伊森喊道。这时阿贾伊听到了一些动静,身后的巷道里蹿出了另外三个人,他转过身去看到出口已被堵住,复又转回来面对伊森,心里很清楚,大势已去。

"为何你会来我家?你又为什么要袭击我?"伊森语含威胁地上前两步。"我不想再伤害你,可是如果情势所迫,我也不会再手下留情。"

阿贾伊又一次看了看身后再看向伊森,他站直了身躯,双肩却抖个不停,在一声仿佛从心底深处发出的沉痛哀泣后,他开口说,"对不起,我对不起你,对不起库普丽特,对不起我所有曾经做过的事情。"

接着他举刀割开了自己的喉咙。

51

稍后,孩子们上床时满脑子还想着一个喉咙里喀喀喀着血,躺在被自己的血染红的鹅卵石路上的男人的样子,乔治和伊森此时已经返回了书房。他们俩都为所发生的事情而震惊,并且也为那些没有明确答案的问题所困扰,所以在他们开口说话之前,两人先灌了两杯伊森最棒的高地威士忌下去。

(这时,伊薇已经下楼来偷听了……)

"事态有了新发展了。"乔治开口说。

"你可以这么说。"

"最操蛋的发展。"

伊森眼中空无一物。他正在思索是否要给阿姆利则那边传个信。

告诉他们或许刺客人手短缺——以及库普丽特还有什么消息?

他说,"我觉得从好的方面来看,至少双胞胎已经准备好让他们吃苦头了。"

乔治干笑一声,这时他的朋友的眼神看向他。"这封信——"他拿起信件——"我们要破解它吗?"

片刻过后,他们便坐在了书房的桌前,面前摆放着信件和几本翻开的刺客的解码书。阿贾伊的文字解读出来了:位置暴露,必须舍弃。一个朋友。

"'一个朋友'指的是躺在离奥克兰车道不远处的那具尸体。"乔治放下信件。尸体很快就会被发现。两名刺客无时无刻不想听到一声来自警察的高叫。

"外面那家伙死有余辜。"伊森说。

伊薇蹲在外面,边听边想着那死有余辜的阿贾伊。她记得在读到过的刺客编年史中有一位死于同一种方式和类似原因的人,叫做艾哈迈德·索非安。

"死有余辜。确实。看起来是如此。"乔治说道。"信条的叛徒。但是他跟我们的敌人吐露了多少?他都知道些什么能告诉他们?你给我的消息几乎都滴水不漏;我想象不出他能告诉他们些什么。"

"这么想,乔治,要是你和阿贾伊一起,你可能已经知晓了大部分实情。但若没有另外一个人呢?不可能。"

"即便如此,你也得立刻通知你的幽灵。"

伊森深思地绷紧了面容。"我不确定。我很了解幽灵。他会因为思虑过度而放弃任务。"

"好吧,是信件里写明要这么做的。"乔治倾身向前,面容上写满不解。"听到你这么说,我简直难以置信,伊森。如果你通知他,而他决定继续任务的话,最好的结果就是他会为自己的愚蠢和过度乐观而愧疚,最坏也只可能是有自杀的倾向。如果他放弃则就是做了正确的事情;如果我们用大脑思考,而不是被我们的愿望所驱使,那么这样的行动才是我们应该选择的。不管怎样,我们必须告诉他,这样他才可以有所选择。"

伊森摇了摇头。他已经决定了。"我相信幽灵。我相信他能照顾好自己。最重要的是,我相信他能取回圣器。"

"那么你也必须相信他能做出正确的决定。"

"不,乔治。对不起。我不能那么做。"

这时从远处传来了熟悉的警笛鸣叫声。

52

一个激动人心的日子就这么来临了。大都会广告公司在前一晚的报纸上登了一个广告,宣布今夜将是铁路史上的一个新开始:查尔斯·皮尔逊将要在重新开放的国王十字街到法灵顿街这一条线路上进行一段旅行。不止如此,他还会在封闭式车厢里进行探访,广告中最后一句话还描述了地铁如何奢华。通知上说,其他铁路公司的要人也会一并出席,公众也会被邀请一起来见证这次盛世——只是他们只能待在围栏之外观看。

民众都会前来参加。就算挖掘工作已经将他们的生活变成了满是噪音和泥土的地狱,关闭了道路和各项营生,就算事实上数以千计的贫困伦敦流浪汉已经不再和富裕阶层发生明显的冲突,就算实际上这项工程已经超时一年,且费用到目前为止已经花了一百三十万英镑。

大家还是会来。

他们雇了一队木匠在国王十字车站修建竖井里的楼梯。不同于四个月前从毕晓普路出发的格莱斯顿的首次火车旅程，国王十字街的地下车站还在修建。明年才会建成，用来辅助拥有十年历史的主要车站，车站两边都会修建三角墙，并配备屋顶和矮墙。临时委员会指出当前在工程中应该在合适的平台建上台阶、售票亭、墙上设置报摊，还有修建通到车站尽头的人行天桥。

但目前为止，这里还不过只是个在地面上挖的难看的大洞，为了安置铁路公司的高级要员和他们的妻子，楼梯正在加紧建设，现场也搭置了木板做成临时的平台，工人晚上也要上工，油灯会挂在沟渠上方照明，竖井里面也是。

空气中弥漫着兴奋的情绪。午夜的铃声响起三次就意味着换班，但这时也意味着没有再下一拨的轮班了。工人们兴高采烈地离开。他们会驻足观看，当然，前提是他们都待在围栏的一边，不过他们同样被欢迎去酒吧喝酒打发他们的空余时间，叫上两杯盐渍鸡，怪味橘子或是旭日初升，或跟他们的家人一起畅饮，这都取决于他们。不管怎样，两年之内，伦敦西北不会再有工具的叮当作响声，不会再有蒸汽引擎的轰鸣，也不会再有摇晃的皮革桶在天空出现。更不会再有不断发出吱吱响声的传送机。

工人并非故意从工地上缺席。"我们想要那些大亨看到的是得体的工人，而不是一群该死的乌合之众。"马钱特说，因此招募了一班"假扮"工人的人。乍一看这组新的三十还是五十人的挖土工穿起挖土工颇有历史的服装还挺像模像样，可近看的话就会发现他们比他们应扮演的人物要更机敏和认真。另外，当他们站好等待那些要人来临时，没有人说笑或是嘲笑，没人摆出随意懒散的姿势或是随便去抓别人的帽子，或是临时起意玩个板球比赛之类的。幽灵很清楚这群气势十足的挖土工并非泛泛之辈,他们是圣殿骑士的人。

当夜幕降临,他便清楚地想到了另一件事。他不光是自己不会随意取走一个无辜之人的性命,他亦不会允许其他人这么做。

53

艾博兰已听说了行车展示之旅的消息,不过他还是先赶回家去看奥布斯。"你觉得你可以去吗?"他问他。

"不,弗雷迪,要是你介意的话你可以亲自去。好好招呼一下那些老伙计。你会穿制服去,对吧?"

艾博兰低头看着他。"我想我们的朋友应该都忙着自己的事情,无暇他顾。另外作为一名警察,我自有穿过人群的办法。还是有些人必须得遵守法律的。噢,还有一件事。"

艾博兰从写字台抽屉里拿出一柄海军用的望远镜,喀拉作响伸缩玩弄了起来。"我觉得我可能会需要这个。"他说。随后他离开家,走进温暖的九月的夜晚。实话说,对于将奥布斯一人留下他感到有些愧疚,毕竟,不久之前,他艾博兰还是两人之中更焦虑的那个,还是奥布斯一直陪着他帮助他走出阴影。艾博兰要怎样偿还他的人情呢?确实,他无以为报。当他开始调查卡瓦纳正在做什么不可告人的事情时,那些大人物火车之旅的消息就已经让他可以无动于衷了。他猜到这是一个骗局,某种贪污行的障眼法。束手无策是他当前最大的问题——他不知道该如何让奥布斯重回他的家庭。

沉浸在自己的思绪之中,他走上了一条交通拥挤的车道,空气中满是往来不断的马匹和车辆发出的声音。一辆巴士开了过去,里面的上层挤满了人,艾博兰看来他们头顶像是长满了烟囱。远处大烟囱不断用厚重的黑色浓烟污染并装饰着东边尽头的天空。

就如预料的一样，国王十字街的人流十分密集，他庆幸自己穿了警察的制服，这让他可以轻易挤过人群并穿过围在场地周围的栅栏。自己真是个伪君子啊，他这么想到。情势需要的时候还是利用了自己的优势。他周围挤满的普通群众都被这些事情吸引住了：孩童坐在父母肩上的家庭，观光客，穿着套装的男士和戴着女士礼帽的女士——他们都流露出满满的期待。艾博兰将那些人抛之脑后，身体站得笔直，双手搭在栅栏柱子上，看向对面场地的样子就像狱中的囚犯一样。

这里跟以往有些不一样。竖井所在的位置，他能看到一截木质结构的向下延伸的梯级。整个现场都已整理得焕然一新。货车与马车都整齐地停靠在远处工地尽头，也再没有成山的废土等着被搬走。这里只余一个空的泥土平台，一列玻璃工正在提供照明，接着沟渠那边，油灯高挂上方让那里看起来漂亮得简直像座露天游乐场。

至于隧道那边，那里大部分都被遮住了。能花那么长的时间在地上挖个洞的事情现在真的也就只是建铁路线了。除了最靠近新建阶梯的一个短直道，其他所有一切都在等待着覆盖工程。艾博兰看向旁边，定定注视着一截真正的地下铁路。

他们在那儿，正是那些人让这一切发生的：多位大都会铁路公司的大亨他都认不出来，除了几张熟悉的脸孔：卡瓦纳，马钱特，两名惩戒者，史密斯和另一位哈迪（这个是重点，还有第三个人，有魅力的哈迪？）你们不得不对这些人渣甘拜下风，他想道。不管他们在做什么勾当，不管他们在谋划着什么，不管他们在进行什么以地铁之名做挡箭牌的犯罪，他们都已经做到了。他们建成了这条铁路。

跟他们在一起的是印度小伙巴拉特·辛格。艾博兰拉开望远镜看向那张绝对英俊的脸孔。他今天有些许不同,警察这么认为。他的眼神中透露出紧张。艾博兰一直将望远镜举在眼前查看,直到介绍结束,大队人马开始离开平台,走向新建的梯级,铁路公司的人在他们走过的时候给予了一阵短暂而礼貌的掌声。

他们走到了梯级那边,下去之前却先迎来了一帮工头。查尔斯·皮尔逊夫妇迎了上去。巴拉特·辛格为他们做介绍的时候,他们互相握了握手。

握手结束,卡瓦纳脱帽向他们致敬和表示感谢,并送他们离开。巴拉特也跟着一个工头离开,但艾博兰看到卡瓦纳突然出手抓住巴拉特的上臂,反而拽着他走向梯级的方向。

接着他们走了下去。脱帽致敬的工头们走了开去,铁路大亨们则边讨论着他们的怀表,便等着轮到他们,一排挖土工依旧待在原地——一个仪仗队,或者说仅仅只是一队保镖——

带着充满紧张的沉默开始向下走去。直到从隧道中传来一声蒸汽引擎的呼啸,火车司机为引擎添加燃料所产生的大量烟雾穿过盖住下方的木板缝隙。

火车就要出发了。

栅栏前方是一段围篱,那些大亨的马车就系在那里。车夫们或站在那里聊天,或是抽烟或是照顾马匹。

这般场景并无什么异样,但即便如此艾博兰还是举着望远镜,眼也不眨地盯着。出于某些原因他很肯定他看出了些许异样,就好像他走进了一个熟悉的房间,里面唯一的一件家具却被移走了。

然后他猛地僵住了。他是有多蠢才会这么久都没注意到?一个身穿白袍的男人,就那样堂而皇之地站在栅栏处,紧盯着隧道里的一举一动。

54

幽灵已经看到了未来。他将被引荐成为圣殿骑士的未来,他们越是信任他,他就越能打入他们的内部,他对于刺客而言就越发有价值。

这意味着他们不会放他走。就算任务结束,他们也会想法留下他,他很可能也会因为查尔斯·皮尔逊的无辜枉死而陷入自责的炼狱,最后无法离开。

他还没准备好下手,所以他决定当卡瓦纳让他退下时,便去停放马车的围栏处告诉伊森他的决定。然后他就退出。

如果有需要就卸了伊森的武装,若有必要就弄伤他。但他现在就得去了结这件事。

只是卡瓦纳并没有让他退下。相反这位主事者却拉着他走下了那些台阶——"你知道,我改变主意了,我真的觉得你应该看看这个。"——接着他和其他人一起走了下去。

他给他的老大回了一个诧异的眼神。我应该要赶紧就位。但卡瓦纳却只用一个不必担心的摇头赶走了他这个想法。为什么?他的脑子里激烈交战起来。后面还有时间吗?卡瓦纳这是在玩什么游戏吗?这整件事是为了试探幽灵的勇气吗?

或者有别的内情?

临时平台上停着一个火车头和两节车厢。队伍走向前面那辆,卡瓦纳则领路进入。

"如你们所见,我们最新款的车厢特别宽敞,"卡瓦纳边说,边热情欢迎皮尔逊夫妇进入,"隔间和扶手绝不会让头等舱乘客感到拥挤,这些铺有皮软垫的椅子会让我们二等舱的乘客全程最大限度上享受到舒适。"

"没有窗子呢。"皮尔逊太太用略带惊慌的声音说道。

"啊,是的。"卡瓦纳答道,"地下的火车无需窗子,皮尔逊太太。另外,头等舱乘客可以享受煤气灯照明。这些煤气都装在车厢顶部盒子里的长印度橡胶包里,当我们完工,你们就会看到煤气灯可以轻而易举地提供足够阅读早间晨报的光线。"

他们坐了下来,皮尔逊夫妇和卡瓦纳坐在远处,其余人均坐在后面,那里有一扇门可以走到第二节车厢。

皮尔逊重重拍了一下他的手杖顶部,兴奋地敲打着地板。火车司机出现在敞开的门口,用戴着手套的手比出了一个胜利的手势,向这些名流绅士咧嘴一笑,接着关上车厢门走向火车头。煤气灯灯光闪烁,但隔间依然昏暗,就如卡瓦纳之前所说的一样。

随着一声咔锵作响和一阵缓慢的晃动,火车动了起来。

幽灵察觉到马钱特正在观察他,史密斯和另一位哈迪也在盯着他。这些人盯着他的模样就是饥肠辘辘之人在盯着晚餐一般。哈迪的缺席——到目前还没有解释——开始让他心里感到困惑。在另一节车厢车尾,皮尔逊夫妇和卡瓦纳一直在有礼貌地交谈,而幽灵并没有在听。他一直在思考他那些伙伴的注视背后隐藏着什么样的恶意。

火车喷着大股黑烟,停在了法灵顿街。片刻过后,火车司机打开了车厢门,进来仔细查看每位乘客,同时也从皮尔斯夫妇口中得到了关于这次顺利行程的各种赞美。稍过了片刻,他们又将乘车返回国王十字街,皮尔逊先生这时摸向衣袋,想看看怀表确认一下行程时间。

但是……

"我的表。"他边喊边在口袋里笨拙地摸索着,却始终找不到它。

火车这时再次响了起来。

"怎么了，亲爱的？"皮尔逊夫人问道。卡瓦纳假意关心地靠了过来。幽灵开始感到些许惊惧，他暗暗期望这位伦敦的律师不过只是将表放错了地方，但他总觉得这件事没那么简单，而且他隐约察觉不管实情如何，他都被卷了进去。

现在车厢里所有人都在看着皮尔逊，看着他拍打自己的腹部。"不，不。我的表和表链肯定不见了。"

"你最后一次捏着它是什么时候，亲爱的？"为了盖过引擎的噪音，皮尔逊夫人只得提高音量问话，她的声音听起来就像是随着火车的晃动在颤抖。

"我不记得了。"

另一位哈迪在车厢尽头喊了起来。"你在平台上的时候拿着它呢，先生——"他朝幽灵咧嘴一笑，然后继续道——"要是您不介意我这么说的话，先生，因为您拿出来看了看。"

"噢，那很好，那我就松了一口气了，那它一定在某个地方……"皮尔逊在地板上拄了拄手杖，双脚微颤着跟火车的晃动边做着斗争，边站了起来。

"查尔斯，坐下，"皮尔逊夫人责备道，"卡瓦纳先生，如果能麻烦您请您的手下帮忙找一下那只表……"

"当然可以，夫人。"就在马钱特和两名惩戒者穿过车厢去找寻怀表时，幽灵脑中又开始了天人交战，绝望地试图赶紧找出一个解决方案。他偷偷地查看了他的外衣口袋，巧的是那只表就在他身上，然后他抬眼看向两名惩戒者，发现他们正冲他得意地笑着。

不，他们没必要把表栽赃给他。还不是时候。

"不，这里没有表。"马钱特一边抓住车厢稳住自己的身体一边说道。

幽灵一动不动地坐着仿佛在透过望远镜看整个事件。卡瓦纳正在尽忠职守地按着他的剧本演戏，一副假惺惺地帮可怜的皮尔逊找怀表的画面跃然浮现。"那么我必须得要求检查一下你们的衣袋，"他说，"不，还有更好的办法……最好所有人的衣袋都检查一下。"

他们照做了。他们装模作样地走了过来。幽灵现在已紧张得近似僵硬。他知道事态会如何发展，却无力更改。

他感到喉咙上就像有一根绳子越勒越紧。"噢天哪，先生。"史密斯还是另一个哈迪惊呼了起来，不过已无所谓了，反正陷阱早已设好。"我想我可能已经找到皮尔斯先生的表了，就在年轻的巴拉特的口袋里。"

史密斯将表拿给皮尔斯，后者证实了确是他的表之后便一脸懊恼的神情看向幽灵，随后再将他的表放进了裤袋里。与此同时，卡瓦纳站了起来，一脸愤慨，表现得就像他深陷于信赖之人背叛他的最糟境地之中。"这是真的吗？"他怒视着幽灵。"是你偷走了表？"

幽灵沉默不语，只是无声地瞪着他。

卡瓦纳转向他的贵宾们："皮尔斯先生和夫人，我向你们献上我最诚挚的歉意。这样的事情可谓前所未闻。我们会逮捕巴拉特。皮尔斯夫人，可否容我派一名手下陪您去隔壁车厢，远离这个小偷呢？我担心他恼羞成怒之下会做些什么。"

"没错，亲爱的，"皮尔逊说道，脸上浮现担忧之色，"你应该过去。"

马钱特在车厢摇晃中起身走向皮尔斯夫人，他朝她挤出一抹狡黠的笑，然后伸出手，引领她离开接下来马上就会迎来的混乱局面。她像只羔羊般温顺地离开了，在走过幽灵身边时，她怯生生地，略带困惑地看了看对方。

现在车厢里只剩他们了。

后来,当火车停在国王十字街站时,卡瓦纳拔出一把刀柄上镶嵌着珍珠的匕首,一下捅进了皮尔逊的胸膛。

55

卡瓦纳打开车厢门喊来火车司机,为这次顺利行车向他道贺,并告诉他乘客很快就要下车。

接着他又关上车厢门走回皮尔逊双腿微微抽搐着躺倒的地方,他就快死了。卡瓦纳重重地将匕首按进他的心脏之后再拔了出来,皮尔逊连吭都没吭一声;在后面一节车厢里他的妻子并不知道事实上是大都会铁路公司的人将他刺死的。

料定幽灵会有什么动作,两名惩戒者牢牢地抓住了他,将他摁在了坐椅上。卡瓦纳笑道,"噢,我的天哪,"他说,"这个年轻的印度暴徒杀死了查尔斯·皮尔逊。"他在皮尔逊的身体上擦干净匕首,然后将它盖好,接着看向幽灵。"你绝不会这么做的,对吧?"

幽灵看着他,试着露出无动于衷的表情,但却觉得为时已晚。

"'吹管',很好,"卡瓦纳说,"我喜欢这个。你告诉我你打算用吹管就告诉了我所有我想知道的东西。我也告诉了哈迪先生所有他需要知道的东西,他已经带了一队人马前去抓捕,或者我该说是前去刺杀,你的朋友,我的敌人,伊森·弗莱。总之我已经可以说是再无烦忧了。"

引擎吐出蒸汽时,火车似乎减速了。幽灵想到了伊森,与生俱来的战士,伊森,多人作战的专家,但粗心大意的伊森极容易犯错。

"他必死无疑,贾亚迪普,你也一样。啊,让你吃惊了,是吗?我知道你的名字。不光知道你的名字,还知道你的弱点,我还知道你的保护者将要接手你没有勇气去完成的任务。我恐怕一切都已经结束了。你的游戏玩得不错,但你输了。皮尔逊先生已死,刺客组织也将要灭亡,而我拿到了我的圣器。"

幽灵再也无法遮掩自己惊讶的表情。

"啊是的,我得到圣器了。"卡瓦纳笑了起来,沉浸在志得意满的情绪之中。"或者我该这么说——"他捧起皮尔逊的手杖——"我现在得到它了。"

他举起手杖,幽灵看到把手上有一个直径三英寸左右的青铜色的球体。"这个。"卡瓦纳说着,眼中燃烧着异样的光彩,他的牙齿紧紧咬住嘴唇,乍看一下露出了一道怪异又扭曲的充满爱意的表情。"这就是圣器。数周之前工人们便找到它了,他们把它作为尊重的象征送给了皮尔逊先生。皮尔逊先生对它爱不释手,于是他将它做成了手杖的把手。但皮尔逊现在已经与天使一同离去,他再也不需要手杖了。"

站在停靠马车的围篱处,伊森·弗莱看着那些显贵走下梯级,并且对于他们带走幽灵感到十分困惑——他试着赶走心底的忧虑,感觉到事情有点不对劲。

接着他看到火车离开国王十字街站时喷出的浓重烟雾,他只能等它之后从法灵顿街站返回,于是他无声地站在那里,等着皮尔逊夫妇的出现,坚信事情还是在按照计划方向发展。抱歉,皮尔逊先生,他想着,然后他从衣袍下摸出吹管。

一道视线从马车缝隙中传出,盯上了伊森。有人在盯着他,那人抽出一把在月光下寒光闪烁的匕首,笑起来的时候,口中有一颗金牙。

走近之后,艾博兰看到他并不是唯一一个走向围篱的人。从人群之中走出一队工人,他们也在朝那边走去。他停下脚步,举起望远镜,倾身靠在栅栏上,镜头对准那个白袍男人。他站在原地,并未察觉危险将至,依旧极其显眼,或者另一种意义上的不显眼。艾博兰看到他身侧拿着个什么东西,那看起来像是……我的老天,那是根吹管吗?

立刻他便将望远镜转向马车处的灌木丛。那些挖土工还在靠近,并且……

艾博兰屏住了呼吸。除非那人不是他的老朋友哈迪。那位惩戒者背对着他,但毫无疑问就是他。艾博兰看着哈迪盯住一个工人,然后朝他眨了眨眼。

陷阱就要设好了。

艾博兰开始加快脚步走向围篱。他不再关注那个白袍男人,也不再在意他们是否为正义而战。他现在关心的是将奥布斯的问候传达给哈迪,接着他将警棍握在手里,一路挤过人群,之后他跳过了围篱栅栏。他一路从那些正在休憩的车夫们中间冲过。当迎面而来的一个工人看到他走近时,对方立刻转向后方,假装身后像是有什么让他感兴趣的东西,这时他便再一次庆幸起他的警察身份。此时他离哈迪只有几码远了,而对方还在看着那个白袍男人。他跟那个白袍男人之间的共通点就是他们都认为自己是猎人,而不是猎物,这就是为什么艾博兰能从身后靠近哈迪而不被察觉。

"不好意思,先生,我能问一下你在停放马车的围篱这里有什么事情要做吗?"

"我有事情,"哈迪边说边转身,"反正不管要做什么都他妈不关你的事——"

他永远没法把话说完了。

接下来发生的事让他永远都没法再把话说完了,因为艾博兰用他的警棍用尽全力挥出一击,这一击不是一位遵纪守法的警官该做出的,但艾博兰已经不再像个遵纪守法的警官一样思考了。

他想的是这一击能造成的持续数周的剧痛。他想的是铜质指虎所造成的伤痕。他想的是一个男人被留下来等死。他使尽全力挥出这一棍,下一秒哈迪便吐出了一大口血和牙齿,然后重重倒在了地上。

艾博兰看到在他右方一个孔武有力的挖土工,手上握着一根金属棒朝他走了过来。接着别的挖土工也走了过来,不过透过马车间的缝隙,艾博兰看到那个白袍男人朝这边瞥了一眼,现在他注意到了自己身后的骚动,神情紧张地转过身来。就在这时,艾博兰感觉到挖土工的棍棒朝他的太阳穴打来,挖土工放倒了他,一阵眩晕袭来,他的眼前一片模糊,脑袋疼得嗡嗡作响,几码之外哈迪已经站了起来,下巴歪出了一个不自然的角度,眼里全是怒火——一把匕首划破黑暗,正向艾博兰靠近。

艾博兰翻身一躲,随后却发现他被挖土工的腿脚给制住了,他抬头看向站在他身旁的男人,他手中正握着一把匕首。

"他是我的。"哈迪说道,尽管他的伤导致他说的话像是"哈似沃德",不过挖土工明白他的意思,便住了手,哈迪这时低下头来,他的脸上像是戴了一张用血做成的面具,他靠向艾博兰,手肘弯向身后打算用匕首刺他。

"住手，"白袍男人的声音响起，哈迪猛地停下了攻击，因为他感觉到了刺客袖剑的机械声在他脖子的位置响起。

"叫你的人退下。"伊森说道。

他们听到了增援奔跑而至的脚步声。

哈迪用他坏掉的下巴和牙齿说出的词句模糊不清，但伊森·弗莱听懂了他的意思，于是他放出袖剑捅穿了哈迪的脖子，立刻一道血河便从他的下巴下方喷涌而出。同时伊森的另一只手抽出了他的左轮枪。一声枪响响彻夜空，挖土工这时押着艾博兰溜走了。伊森旋身。他的左轮枪响了一声又一声，越来越多的尸体倒在了马车边。第一声枪响时群众便已受到惊吓，而他们的尖叫声又惊到了马匹，惊恐不已的车夫纷纷摔到了地上。

伊森将敌人清扫干净，不过攻势早已减弱，所以他赶紧冲向艾博兰躺着的地方。"我是伊森·弗莱，"他边说边帮艾博兰从地上站起来，"看起来我欠了你一个人情。我不会忘记这个人情的，艾博兰警官。兄弟会必将偿还你这份人情。现在，若你允许的话，我还有些急事要去办。"

之后他跃过栅栏，踩过泥泞，直冲向竖井。看到这横冲直撞的身影一记重击击碎了木板冲过来时，身着华服的人们便已吓得四散逃离。更重要的是这一队挖土工在隧道边上也看到了他过来，但挡在他和梯级之间的阻碍只有四个人，他并不在意，接着他从衣袍下翻出吹管。他边跑边从腰带上抽出两根飞镖，用牙齿咬住它们，拿起吹管装上第一根飞镖，上膛并射出。

最近的那个人被装满了毒液的飞镖射中脖子倒下了。出于对皮尔逊的敬意，伊森装备的是一种极为昂贵的毒药，无痛且见效极快。除了脖子上的一抹刺痛，他什么都不会感觉到。要是他早知道会拿它们来对付圣殿骑士，那他就会把它们换成便宜货了。

他再次上膛，射出第二根飞镖，又一个人倒下。等到第三个人的时候，伊森咒骂着从外衣下面抽出短弯刀冲了上去。他的嘴里喷着唾沫，而且个子又矮，伊森毫无悬念地挡住了第一下攻击，他预测到了一记毫无威胁的铲子攻击，接着上前一刀刺进对方身体，再将刀拔了出来。他迅速地转身闪过这个将死之人最后咳出的一大口血，同时看到了最后一个人。这家伙更厉害，动作更快，更难对付。这家伙也是拿着短弯刀，又一次狠狠劈砍过来，伊森格开了攻击，送出两记重击后再收剑回鞘。

其余挖土工正在逼近，但他先到目的地，且没有受到那些阶梯的干扰，他沿着这些笔直的木头往下冲去，直到他的靴子踩在临时平台的木板上，在那里停着一辆火车。那火车初看之时并无异样。

接着他感觉到了地面的震动。一声轰鸣，一阵不容置疑的震动，足以晃到他脚下不稳。这些在未完成的隧道上方充作天花板的木板开始碎裂。

在车厢内，幽灵眼睁睁地看着卡瓦纳弯腰用手杖撞击地板把它弄坏，然后他把球体从手杖上扯出来，然后便将手杖扔到了一边。这位洋洋得意的主管大笑着举起圣器查看起来。他贪婪的眼睛从黄铜球体一直看到幽灵；两名惩戒者看得目不转睛，就连幽灵都感觉到空气中出现一种难以言喻的震颤，就像圣器找到了它的崇拜者，它正打算向他们大显神迹。他想到了光影奇观、深不可测的知识和理解——接着看到了死亡和毁灭，以及战场上猛烈的爆炸，他想知道对于解放这个世界他到底贡献了什么。他的任务是夺回圣器，至少也要阻止它落入敌人之手，但他失败了。

"你感觉到了吗?"卡瓦纳叨念着。球体在他手中似乎开始发光,没错,除非他们全体出现幻觉,他们都感觉到了。

四周开始嗡嗡作响。

突然连着隔壁车厢的车门呼地打开,马钱特回身冲了过去,将那扇连接门用力关上,隔开了皮尔斯夫人,很显然皮尔斯夫人还在疑惑他们到底何时下车。

"伊森·弗莱来了。"马钱特上气不接下气地说。几乎是立刻,球体中的能量便强烈地鼓动着增加起来。

"什么?"卡瓦纳喊道。

"皮尔逊夫人说想透透气,于是我便打开车门,然后我就看到伊森·弗莱站在台阶上面。"

"他看到你了吗?"

"他背对着我。他背朝着——"

车厢门打开了。就在这时,卡瓦纳电光火石之间回身抽出匕首,而门口已传来一声短促的惨叫。

伊森,幽灵心里默念着。但车厢门口倒下的是火车司机的尸体。

他们都感觉到了。大地在晃动。晃动愈发明显,而卡瓦纳看着握在手中的物体,眼里全是可怕的、沉浸于力量之中的痴迷。是幽灵的错觉还是它简直几乎是夸张式的——发出了更强烈的光?看着我。看着我能做的一切。

然后整个世界都崩塌了。

56

这场塌陷导致周围的一切都动了起来。尽管隧道撑了过来,但车厢顶上的临时屋顶却四分五裂，哐啷作响地撞向下方的车厢。屋顶裂开后碎片纷纷掉进了车厢里，而这给了幽灵迫切需要的机会。他猛地从惩戒者手里挣脱开来。

"伊森。"他大喊，然后冲破车门冲进了隔壁车厢，皮尔逊夫人正高举双手叫得惊恐万状，待看到幽灵出现便叫得更是尖利。

他猛拽住敞开的车厢门，跳到平台上——几乎是撞向了伊森·弗莱。

"杀了他，"卡瓦纳叫喊的声音仿佛是从地狱深渊被硬生生地拉扯出来一样，"把他们全杀了。"

两名惩戒者冲向了车厢门，挡住了前面的路，后方正好挖土工们也应声赶来。另一位哈迪摸进他的上衣里面，拿出一把左轮枪瞄准幽灵。

幽灵沉稳且坚定地面对他，心底虽希望自己手里能有把剑，不过依然赤脚站得稳稳当当，当他跳起来时仿佛踩在空气中一样，他一脚踢掉了左轮枪，随之而来的另一脚攻击踢到对方下巴上，踢得他的头朝后仰去。

武器离了手，两个男人都仰面朝天倒在了地板上，但幽灵更先反应过来，再次出腿一踢，不过这次是踢到了另一个哈迪的下巴下方，骨骼碎裂声响起，这意味着他不是死了就是残了。

不过不管是哪种结果对幽灵来说都无所谓。

这时伊森那边正跟史密斯对打得热火朝天。第二位惩戒者抽出一把长长的匕首，胡乱挥砍过来，想着肯定有那么一下能打到刺客。当然，伊森轻巧地躲了开去，他感到自己前臂上的武器已经在跃跃欲试，于是下一秒他便将袖剑送进了那家伙的脖子里。

突然之间地震的强度加剧，这时卡瓦纳走出了车厢，跑到了平台上，站到他们面前。他的匕首还插在火车司机身上，只是他现在已经不需要了。他现在不只手握圣器。它不光在发光，而且好像不时还在颤动。

相距二十码远，就在卡瓦纳拿着圣器出现在自己面前时，伊森和幽灵交换了一个惊恐的眼神，仿佛他要将它献祭给神灵，四周响起了像是烂木头挤在一起发出的嘎吱声，猛然间如洪水般倾泻而来。远处的观众由于突来的地震而尖叫不已——这场地震正在不断加剧，此时在发光的圣器背后，卡瓦纳一脸癫狂，他的眼神变了，他花了一生的时间，为了野心与堕落埋葬了他的人性，现在他的眼睛已经没有人性之光了。

他没有注意到马钱特正从旁边向他靠近。

他没有看到马钱特已经从火车司机的尸体上拿回了珍珠柄匕首。

"克劳福德·斯塔瑞克在此送上他的问候。"这名书记官一边在他们旁边摇摇欲坠的竖井上叫喊，一边将匕首插进了卡瓦纳的腋窝。

这位主管因为疼痛瞪大了眼睛，也为这突发的事件感到震惊和不解。几乎是立刻，圣器规律的脉动逐渐减弱了下去，这时他也跪倒在地，上衣前部几乎被鲜血浸染成了一片深色。他把目光从马钱特转到两名刺客，然后向前倒去。或许在最后关头他恢复了一点自我，足以让他反省自己所做的邪恶之事，接着他便在含糊的窒息声中离开了这个世界，他的肺被鲜血填满，卡瓦纳被自己的血呛死了，幽灵希望那个不知名的印度士兵正在地狱中欢迎他的到来。

挖土工一窝蜂地冲向平台，在他们身后马钱特刚要抢走圣器——伊森·弗莱向前跳去争夺圣器，接着下一秒，掉下去的一块木料点燃了其中一节车厢顶部的供气管线，大都会铁路公司全新的封闭式车厢顷刻之间便陷入一片火海。

57

伊森和幽灵猛冲进隧道里面躲避。他们身后一片火海，到处都一片嘈杂，混乱不已，片刻之后，爆炸的余波已经渐渐平息，这时他们听到马钱特对挖土工叫喊——"抓住他们！快抓住他们！"——于是他们拔腿就跑，朝着西边奔回帕丁顿站。

"我有些事要告诉你。"伊森边跑边说。他们在伸手不见五指的列车轨道上全力奔跑，脚步咚咚作响，敏锐的感官领着他们尽可能快地穿过隧道，很快他们便发现自己到了伦斯特花园下方的蒸汽孔，安全起见他们爬了上去。他们十分确定那帮恶棍挖土工被远远甩到了后面，甚至都不需要去查看上面的情况。

有好一会儿，两个人之间一直都寂静弥漫，两个人都疲累不已，且还没从刚刚发生的事情之中回过神来。

"你要跟我说什么？"幽灵问道，他调节着呼吸，肩膀挺了挺后又耷拉了下来——他战战兢兢地等着即将听到的话。

伊森叹了口气。"那件事都是我的错。"他说，"已经有人警告过我了。"

"'警告过'是什么意思？"

伊森告诉了幽灵阿贾伊的事情，然后看着他被悲伤打击得摇摇欲坠。

"你怎么能？"幽灵最后挤出这句话。

伊森一脸凄凉。"我觉得这样做最恰当。"

"你判断错了。"

沉默再一次降临，伊森轻柔地开口打破了沉默，"我是唯一曾作出错误判断的人吗？他们是怎么看你的，贾亚迪普？"

幽灵的面容染上怒色。"任何我做的事情都是为了帮助我的伙伴。难道这不对吗？难道这不就是刺客之路吗？"

"没错。但如果你用这些借口来原谅自己，那你也必须得原谅我，因为我做的所有事情是为了全人类的利益。"

"你和他一样都痴迷于圣器。"

"即使如此，那我也是执著于不要让它落于错误的人手中，而刚刚我们也亲眼见到了，我知道我这么做是对的。"

幽灵以为自己会在圣器上看到璀璨的光影奇观，或者是一个漂亮的护身符。但相反，他觉得自己看到了完全不同的东西。

"不过，它现在已经落入错误的人手中了。"他说道。

"不会很久的。"

下方这时响起一道喊声。"来吧，伙计。我们需要赶到隧道那边。"

"这个区域很快就会被清空。"伊森说完，泄气地击打起地面，"但圣器现在一定在送给斯塔瑞克的路上了。"

幽灵并没将他的话听进去，就让伊森去盯着他的圣器好了，他再也不想蹚这趟浑水。他在想的是刚刚听到的指令。"隧道"。圣殿骑士知道麦琪——他们知道透过麦琪就能找到他，而透过他就能找到伊森。或许得到圣器并非他们全部的计划，他们还想要借机除掉刺客组织。

"我必须去麦琪那里。"

"我必须去追回圣器，"伊森说，"就像你的良知命令你去隧道那边，而我必须去圣器那里。"

"你去追你珍贵的圣器吧。"幽灵说完便飞奔离去。

伦斯特花园距泰晤士隧道隔着好几英里，再加上圣殿骑士已经先坐上了马车，不过幽灵脚程很快，他意志坚定，而且对路径十分熟悉，所以一个小时之内他就赶到了。

但即使这样，也为时已晚。马车已经停在八角形大理石门厅的隧道竖井旁边。无数人影在周围乱转，一些人举着火把和油灯。他看到一些跑动的人影，听到了惨叫声，毫无疑问还有金属棒和警棍掺杂着怒吼和痛呼的打斗声。隧道里的居民已经习惯他们的避难所遭到入侵，却并不习惯像这样的暴力，出于这样的恶意或者纯粹的目的。

那么他们是为了什么目的？

为了抓住麦琪。

但他不会坐视不理。在这里，他绝不能失败。

这里一地的混乱狼藉，但越过成堆的尸体，幽灵看到了另一个哈迪。幸存的这位惩戒者一手拿着他的左轮枪，一手按住自己受伤的脸，站在马车边，大声喝令："抓女人，抓老女人。"马钱特不在这里，幽灵想，伊森是对的：圣器已经被送去给克劳福德·斯塔瑞克了。祝你好运，伊森。你做了自己的选择。

冲过外面的小规模打斗，幽灵冲进了八角形大厅。在哨岗上看来，现在打斗正处于最激烈的状态之中。他在一堆人影中看到了麦琪的灰发，那些人中有一部分是隧道居民，有一些是暴徒。她正高叫着咒骂那些圣殿恶棍，他们粗暴地推搡着她，打算将她推到旋转栅门那边。隧道居民们试图救她，但他们基本手无寸铁。圣殿骑士那边棍棒和刀子漫天飞舞，反击的叫喊变成呼痛的惨叫，从玻璃上反弹回来。幽灵觉得他在人群之中的某处看到了私人侦探黑兹伍德，但那张脸孔转瞬即逝。下一刻他意识到另一个哈迪的催促似乎停了下来，接着他就听到一道声音从身后传来，说着，"很好，你这个小混球……"

另一个哈迪是个右撇子,所以他右手装备了韦伯利手枪。

幽灵将两个因素都考虑了进去,同时他放低身子转过身来,一头撞进了哈迪惯用使枪的手臂里,他高兴地听到空气在离他的头六英寸左右的位置划开,半秒后他听见了枪响。这时一道惨叫乍起,一个圣殿恶棍倒下了,少了一个需要对付的人,他想他弄断了哈迪的手臂,然后他摸向他挂在腰上的短剑,一剑插进了他的心口。

另一个哈迪揪住幽灵,此时他们的眼睛相距不过几寸,幽灵静静地看着生命之光慢慢在这家伙眼中熄灭——他感觉到了自己心底的些许波动,半是恶心半是绝望,以及夺人性命后整个人的无尽空虚。

麦琪看到了他。"巴拉特!"她在旋转栅门那里的打斗中尖叫起来,圣殿恶棍在混乱之中转过身来,看到幽灵就在他们老大身旁,后者已经断了气,倒在了马赛克地板上,他正在朝他们靠近,要发动攻击。

幽灵将匕首从一只手扔到另一只手,误导着第一个冲上来的恶棍。勇敢的家伙,但也很蠢。

下一秒他便已经倒下,现在幽灵已经有了两把刀,一把短剑,一把短弯刀,然后同时用它们拉开了第二个攻击者的喉咙,接着转身,用短弯刀反手一刺,将第三名攻击者开膛破肚。他是用剑高手,精于杀人。只是他对此并不自豪,简单来说,他只是精通于此。

这时麦琪已经被隧道居民救了回来,带回到台阶上的避难所,也许圣殿恶棍们知道游戏已经结束;也许在看到他们的三个同伙如此迅速地被一个光脚的印度小伙给干掉之后,也让他们因此决定谨慎才是真英勇;又或许是另一个哈迪的死带走了他们不知为何的士气,因为这时一道喊声响起，"撤退，伙计们，撤退。"打斗骤停，恶棍们冲出大厅，冲向他们的马车。

一时之间整个大厅空空荡荡，然后是外面的区域，接着隧道里的攻击也完全停止了。

幽灵抖动着肩膀大口喘气。他任由短剑和短弯刀从手上滑落到地板，沉闷的撞击声响彻室内，然后他走向旋转栅门，爬了过去，走向下方的台阶。

圆形大厅里挤满了人，看到他走下来的时候大家开始齐齐欢呼。

"麦琪？"他问了一个他认识的妇人，她朝他指了指隧道方向。

"为了安全，他们把她带到那里去了。"她说完后在他脸上偷了个吻，然后拍了拍他的后背。

隧道居民们还在不停欢呼，他穿过圆形大厅走向隧道，将人群、震惊和战斗引起的兴奋情绪全都抛诸脑后。

他已经决意离开兄弟会，而且他也不会与伊森·弗莱见面了。就让刺客和圣殿继续斗下去吧，他要和他的人民一起留在这里，这里就是他该待的地方。

这时一道念头闪电般击中了他。为了安全，他们把她带到那里去了。

谁为了安全将她带走的？

他记起来在打斗中看到了私人侦探的脸，于是他拔足狂奔起来。"麦琪！"他吼叫着，向隧道里他们共享的铺位冲去，她就像是隧道里的母亲一样，总在那里生火分汤，接受众人表达的喜爱。

他在那里找到了她。

她倒在了地上。

不管是谁杀了她，那个人都刺了她好多次，毁了她的罩衣。她灰白的发丝上沾上了点点血迹。

她的眼中常常充满怒气、欢笑还有热情,而现在全部归于死寂。

他们贴了一张纸条在她胸口上:我们认为债务已经偿清。

幽灵蹲了下来抱起麦琪。他用大腿托起她的头,然后很快隧道居民们便听到了他充满悲伤和绝望的号啕大哭。

第三部 大都会崛起

58

刺客乔治·韦斯豪斯守着克罗伊登铁路站场。他瑟缩地站在岔道旁,既湿且冷、百虑攒心。

云层倦怠地垂挂低空,那是笼罩全英格兰的一块棺材布吗?又或是悬在他一人肩头?风暴正酝酿,他心想。指气象,也指局势。

时间是1868年2月,距离大都会地铁惨案已经过去了五年半。事败后,他、伊森·弗莱和幽灵各自退避:幽灵选择了自我禁锢,悔恨而自责地躲回泰晤士隧道;乔治留在克罗伊登,以便未雨绸缪;伊森则全身心投入培养新一代的抵抗力量——老辈刺客已经让失败和沮丧所侵蚀,后辈不会有这种负累。他们将是雄心勃发、热情充沛的一代,将有全新的做事方法。

多可惜,乔治想,伊森看不到他们大展拳脚的一天了。

数周前伊森刚过世,年仅四十三岁,而走之前他胸膜炎缠身也有些日子了。乔治陪伴在病榻前多时,眼睁睁看着老朋友委顿下去,像藤上的葡萄一点点干瘪。

"乔治,把圣器找回来,"伊森曾坚决道,"派伊薇和雅各布去。伦敦的未来如今在他们手里。双胞胎、你还有亨利——只剩你们几个了。"

"快别说话,伊森。"乔治说着,泪水刺痛了双眼,他靠向椅背以掩饰。"你会在这儿继续领导我们的。你是个不服输的,伊森,就像那克罗伊登地底的阴间列车,不分日夜隆隆开过,谁都整不垮。"

"我也想啊,乔治,真的想。"

"再说了,委员会还未批准这个区域的任何行动。他们觉得我们太弱小。"

"有没有准备好我最清楚,委员会懂什么。我们准备好了,亨利会负责后勤补给,雅各布和伊薇上阵行动。"

"那你还不赶快好起来,亲口把这些话告诉委员会?对不对?"乔治责备他。

"对的,乔治,对的……"

然而话音淹没在一阵剧烈的咳嗽里,用来掩口的细棉布拿开后,上面赫然是斑斑血迹。

"当时我们就差一点,乔治。"另一次伊森说。他身体越发差了,一天更比一天羸弱。"圣器近在咫尺,就像你我现在的距离那么近。差点就拿到它了。"

"你尽力了。"

"那就是我尽的力还不够,乔治,行动终究失败了。我组织了一次失败的行动。"

"有些事不是你能掌控的。"

"我辜负了'幽灵'。"

"他自己也犯了错。这一点他接不接受我不知道;他的错误是否部分导致了行动失败,我也说不上来。但失败既成事实,如今我们就必须集中精力,重整旗鼓。"

伊森转过头,望向乔治,而乔治除了硬着头皮不让自己再退缩,什么都做不了。诚然,伊森作为刺客的成就永远不会如阿泰尔、埃齐奥或爱德华·肯威那样代代传唱,但无论如何,他都是兄弟会的荣耀,哪怕他低落沮丧,也散发着生存的渴望。在伊森身上,你永远能感到一颗自我交战的心,拉扯着他一会儿朝这、一会儿朝那,但始终向前求索,永不止歇。

然而,他曾经生机勃勃的亮泽肌肤,如今苍白枯槁,曾经热烈灼灼的明净双眼,如今无神凹陷。伊森不再求索生命;他漫漫跋涉,一路走向死亡。

第一步,他遭受了流感侵袭;之后流感看似痊愈,但胸痛和持续的干咳随即驾到。当他开始咳血,医生被请上门,诊断出了胸膜炎。本杰明·富兰克林死于胸膜炎,医生不动声色道,威廉·华兹华斯也是。

话虽如此,这病本质上是胸腔感染,医生安抚家人。只要病人静养,炎症完全可能自行消除。太多罹患过胸膜炎的人最终康复如初。

只是不包括本杰明·富兰克林和威廉·华兹华斯而已,就他们没挺过去。

结果,也没能包括刺客伊森·弗莱。日复一日,胸膜炎在他皮肤上写下它的判决,每新添一笔都更加浓重;他的咳嗽声,是从胸腔深处涌起的吱嘎乱响,代表着肺部已不再正常运作,旁人都不忍卒听。那声音响彻整栋房子。伊森搬到了顶楼住——"我是病了,但我绝不做双胞胎的累赘。"他如是说——咳声却穿透楼梯向下传去。楼下的房间里，双胞胎闻声忧心忡忡，两人紧咬嘴唇，视线低垂，偶尔抬头对瞥一眼，借此相互打气。

很大程度上，观察孩子们的反应，就能整理出一则父亲每况愈下的可怕故事：起初见他病倒，他们只是翻翻白眼，仿佛他故意夸大病痛，只为享受鞍前马后的服侍；然后是一系列无声交流，越来越焦虑，因为那时已经再明显不过，他的病不是几天甚至几个礼拜能康复得了的。

之后有段时间，咳嗽声一响，两人便浑身一颤，眼中盈满泪水；到最后，他们的表情仿佛在祈祷一切快点结束，这样父亲就不必再遭罪了。

他限制两人来卧室探视的次数。固然孩子们甘愿日夜守候床前，就像他曾寸步不离地坐在爱妻塞西莉身边。或许正是因为那段经历，才令他深信一个人不该在深爱之人的病榻旁度日。

只不过有时，如果他感觉够好，他会召唤他们来房间，叫他们收起脸上的愁容（他他妈还没死呢），指挥他们如何带领新的先锋部队，抵抗圣殿骑士。他告诉两人，自己已经写信给委员会请求行动许可，征询双胞胎开展任务的具体时间。

伊森知道自己时日无多。他知道他即将离开这个世界。他像一名摆布棋子的选手，无法亲自坐镇指挥最后一击，只求将整个局设好。

这也许就是他补救的方式。

让他恼火的是，委员会拒绝给予他祝福；实际上，委员会拒绝对伦敦的形势做出任何决断，除非他们获取新的消息，能证明采取行动是值得的。僵局。

这天晚上，乔治前来探望。他们如常交谈了一会儿，随后乔治在温暖惬意的顶楼房间内沉沉睡去。倏地，他惊醒了，仿佛有第六感刺得他一个激灵，却发现伊森躺在一旁，双手叠放胸口，闭着眼、嘴唇微张，一道细细的血线从唇角向下延伸，印在汗水濡湿的床单上。

带着无可名状的沉痛心情，乔治走到遗体旁，将他在床上安置好，拉起被单披到伊森下巴底下，并拿出自己的手帕，擦去朋友嘴边的血迹。"对不起，伊森，"他边做边说，"对不起，我不该睡死过去，我本该陪在旁边送你最后一程的。"

他蹑手蹑脚下楼，在厨房找到了双胞胎。伊薇和雅各布已经穿起刺客装束，仿佛昭告从今往后他们就要接过火把。他俩整晚都是这副打扮，各自兜帽拉起，坐在空空的餐桌两侧，和过去几周如出一辙般沉溺于忧伤的无声对谈。二人中间的木桌上立着一根蜡烛，烛光缓缓摇曳。

他发现两人手拉手，从帽檐底下对视，或许他们已经知道了，或许他们感到了刺激乔治醒来的同一种力量。他们的目光转向厨房门口，落在他身上，眼中映出沉痛的领悟：父亲的死讯。

没有人说话。乔治只是陪他们坐着，待黎明破晓，他离开弗莱家，处理通报委员会的事宜，告诉他们一位兄弟会成员殒灭了。

吊唁纷纷传来，但遵照刺客传统，葬礼安静而不起眼，仅有乔治、伊薇和雅各布几个参加——除了三名哀悼者和一位帮伊森下葬的牧师，再无他人。尘归尘，土归土。

接下来一段日子，他们仿若活在地狱边缘。直到有消息传到乔治耳朵里，大都会圣器离他们又近了。他无暇寻求委员会的行动许可，后者多半又会要他提供更多细节。可朋友的心愿他再清楚不过。伊森曾亲口嘱托。

伊薇和雅各布都准备好了,他们将直接行动。

59

克罗伊登铁路站场隶属费里斯钢铁厂,此地火车头吞云吐雾、车厢哐锵作响、制动阀吱嘎呻吟,就在这么一个黑沉的环境中,乔治自故友葬礼后第一次和双胞胎见面了。

每次聚首,他都暗叹两人出众的外貌:雅各布继承了父亲的人格魅力和那双眼睛,眼神里同样跃动着俏皮,又不乏坚毅;反观伊薇,活脱脱是母亲的翻版,甚至出落得更漂亮。她傲气地扬着下巴,面颊点缀了雀斑,精致的眼眸透着探寻精神,嘴唇丰润却极少爽朗大笑。

雅各布戴了一顶礼帽,伊薇褪下的兜帽放在肩头,衣袂在风中翻飞,各自剪裁合体、恰到好处:七分收腰长大衣敞开着,内层马甲细看其实衬了护甲,特制的靴底落地无声,鞋头精巧地包了铁。前臂处,金属拳套和袖剑为一体,对此,两人均驾驭娴熟(伊森曾说伊薇比雅各布更胜一筹)。铰铁手套也可用作指虎,舒适地包裹着他们的手指。

空中弥漫着风雨欲来的紧张气氛,乔治蹲伏于一节车厢背后,双胞胎穿过站场一径往这边走来,被他尽收眼底。基于两人的容貌和装扮,几乎很难有比他们更显眼的身影了。多亏其父亲教导有方,一如他本人是隐匿在人群中的高手,他的后代也不逊色。

碰面打过招呼,他们交流了几句之前没机会说的伊森相关的话题。眼下这项工作,乔治已预先通过书信告知二人,也警示了此行的后果。伊森生前很少对双胞胎谈及1862年失利任务的核心,那枚伊甸碎片。

毕竟这不是什么兄弟会历史的光辉一页。任务尚未开展,他们只知道那东西的力量异常强大,容不得轻慢,其余也说不上来。

这一次,将是两人的涂血礼。

他们蹲坐下来。雅各布照例玩世不恭地斜戴礼帽。身为二人中较鲁莽的那个,他棱角毕露,缺少耐性,讲话时带了高声大嗓的街头习气。相较而言,伊薇更缜密和文雅,但她柔和的外表下隐藏了钢铁般的内心。

"钢材就从这里运出,"乔治指指厂房方位,"管事的圣殿叫鲁珀特·费里斯,我们的第一个目标。目标二是戴维·布鲁斯特爵士,那玩意儿就在他手上。你们觉得应付得来吗?"

双胞胎年轻热切、天不怕地不怕,而当乔治一转头,发现他俩不约而同蹿上一节车顶时,他想或许他们也不缺智谋。

"女士们先生们,"他微笑道,"快来看啊,不可阻挡的弗莱双胞胎,考文特花园每晚精彩上演。"

伊薇对他使了个眼色,示意他别担心。"说真的,乔治,实验室的平面图我仔细研究过,每条路线都记牢了。"

"而我需要的全都在这儿。"雅各布说着亮出袖剑。

听到汽笛鸣响,他转过身。

"雅各布……"乔治开口。

"我会带着你的问候给费里斯的。"他一面说,一面和伊薇注视列车开过岔道,向他们驶来。他们伏低身体,等在自己那节车厢顶上,随时准备跃过去。

"伊薇……"乔治又说,语气不无告诫。

"回头聊,乔治,我们得赶火车。"伊薇说完,两人奋力一跳,优雅而不引人注意地落在过路列车的顶部,如同展开捕猎的野猫。最后朝乔治挥了挥手,任务便正式启动了。

"两个小无赖,但愿信条指引你们。"乔治冲他们喊,不指望对方能听见。他目送二人远去,心中百感交集:嫉妒他们优雅而协调的年轻身体,又担心伊森判断出错——或许双胞胎还没准备好战斗,尤其是如此事关重大的任务。

但更多的还是希望——希望这对不可思议的年轻刺客,能够力挽狂澜。

60

"可怜的家伙,没见他这么怕过。岁月不饶人啊!"伊薇顶着机车头的轰鸣,大声对雅各布说。

"伊薇·弗莱,"雅各布责备道,"你这是从哪学的?"

"你从哪学我也从哪,雅各布。"她说。两人对视一眼,凭借超自然的感应,默默缅怀记忆中的父母,心里清楚如今他们只剩下彼此。

"玩得开心。"雅各布末了道。铁轨领着他们越来越接近钢铁厂,穿针引线般经过黑压压的工业大楼,这里烟囱林立,涌出呛人的滚滚浓烟。雅各布从头顶一把撸下礼帽,压扁藏进外衣,动作熟稔地拉起兜帽。伊薇也将兜帽扯过头顶。他们已做好准备。

"别死了。"她对弟弟说,眼见他即将离开,心脏不可控地跳到嗓子眼。他蹲在车顶,十指张开撑在身体两侧。此刻列车和钢铁厂并排,森冷的深色砖墙飞速向他们靠过来,车厢在轨道上朝墙体微微倾侧,雅各布顺势跃起——动作仍是干净利落。他落到厂房二楼的窗台上,一秒后翻进了窗。

她望着他身影消失。再次相见,该是他沾了鲁珀特·费里斯溅出的血,乘着爆炸巨响逃离钢铁厂的时候。眼下她单膝跪地,护套包裹的双手撑住车顶,风拍打着她的兜帽,而列车沿轨道径直往克罗伊登郊外、远方的造船厂驰去。根据乔治发来的图纸,那里就是收藏圣器的实验室所在;若消息确切,戴维·布鲁斯特爵士正对它进行研究。她对圣器了解多少?当然了,通过古老的卷轴,她也收集了点滴信息,但这类卷轴往往语焉不详。可她父亲在行动中真真切切地亲眼见过它。他描述过它是怎么发着光,仿佛从使用者体内抽取能源,将某种黑暗而原始的东西转化成实质性的毁灭力量。

"别摆出这副表情,伊薇,"他光火地补充,"这东西不值得向往,也不该私藏。它如同一件战争武器,必须极端谨慎地对待,不能放任留在敌人手里。"

"是,父亲。"她顺从道。但如果内心足够坦诚,她会承认碎片对自己的吸引力超过了潜在的危险。不错,是该忌惮它、敬畏地对待它。可即便如此……

列车前进的方向上,造船厂出现在地平线,开始一点点变大。她于是侧身横爬过车顶,直至来到一扇活板门前。伊薇手指发力将它撬开,片刻后落入车厢内部。她把兜帽拉下,一口气吹跑脸上的碎发,打量着周遭环境。

四周都是标有"斯塔瑞克工业"字样的板条箱。

克劳福德·斯塔瑞克。提到这个名字,她父亲就会陷入苦恼沉思。此人是圣殿的大团长,她和雅各布誓要推翻的对象。无论乔治怎么讲,也不管委员会同意与否,双胞胎都心意已决:完成父亲遗愿最好的方法,就是把克劳福德·斯塔瑞克从现有位子上拉下来,夺回圣器的同时,剪除他的左膀右臂,阻挠其商业运作——一步步让斯塔瑞克名誉扫地,最终送他上绝路。

此刻，车厢门开了。伊薇躲了起来。进来一个男人：一个如镶嵌在门框中、黑暗里摇摇晃晃的身影。是个壮汉，她想。他燃起火绒，点亮一盏灯以便在暗中视物，光线照出的身形果然魁伟。

"在哪儿呢？"他回过头，对着一个她看不到的同党说，"布鲁斯特的货呢？"

布鲁斯特。这名字她刚听过。她蹲踞在黑暗中等待。面前的男人将是她第一个目标，第一个活生生的暗杀对象。她屈起手腕，感受前臂部位袖剑令人安心的分量，机栝安静流畅地一环环扣动。她提醒自己，所受的训练全都是为了这一刻，同时却又回想起父亲常说的话——再多训练，都不足以让她准备好夺走一个大活人的性命。"这将抹杀他的一切过往和全部未来，将令他家人悲恸、忧伤如潮涌，将可能带来冤冤相报，影响波及多年。"

她父亲清楚，准备好和准备好之间是不同的。

伊薇准备好了，可她真的准备好了吗？

她必须。她别无选择。

男人骂骂咧咧，怪同伴是个胆小鬼。伊薇躲在木箱后，双手将兜帽拉过头顶，从这个象征性的动作中汲取力量和慰藉，然后弹出了袖剑。

一切就绪，她低低吹了声口哨。

"谁在那儿？"来人说着，把提灯举高了些，朝车厢内走了两步，和伊薇的藏身处并排。她屏住呼吸，伺机而动。她的目光从手中袖剑移向守卫耳后的一点，利刃将从那里刺入，滑进颅骨的孔隙直捣大脑。迅捷无痛苦的死亡……

也仍然是死亡。她重心挪到前脚掌，身体稍稍蹲起，单手撑地保持平衡，袖剑手完成瞄准。

他是敌人,她提醒自己。圣殿图谋暴政和迫害任何与之目标相左的人,而这个男人跟他们是一伙的。

他可能罪不至死。但他只能死,为了比他和她都更重要的事业,这才是关键。

一念至此,她从藏身的箱子后出击,袖剑直刺目标。受害者几不可闻地闷哼一声,从喉咙深处发出最后的动静。她轻轻扶住他的尸体,放倒在车厢肮脏的地面上。

她揽着死者。这名陌生人。你是我的第一条人命,她在心中无声祭奠,为他合上眼睛。

"刺杀从来无关个人恩怨,"父亲是这么说的,接着又改口,"极少有关个人恩怨。"

她松开手,任对方躺在地上。这无关个人恩怨。

现在,她想,趁着火车即将停靠实验基地,我需要制造点混乱,来个声东击西,要是能把车厢跟车头分开……

车厢外站着之前那名凶徒的同僚。他打着瞌睡,被她轻松结果。父亲一直说这类事慢慢就容易了,他没说错。她几乎没有分心多想第二个受害者,也没精力去合拢死者的双眼并为他祈福;她留他倒在原地,径自朝车头移动。进入下一节车厢,她掩身藏好,躲开了一对闲聊的守卫。

"戴维爵士和索恩小姐谈得怎样了?"一个说。

"她三天两头气哼哼地过来,不是么?"他的同伴答道,"我押五个先令,事情进展不如她的意。"

"戴维爵士那老爷子的日子看来不好过。"

露西·索恩。这名字伊薇自然听过。就是说她和布鲁斯特在一块儿了?

她等守卫经过，快速穿出最后一节车厢，来到车头和车身的连接处。时间不多了，人们很快会发现她留下的尸体。她庆幸自己戴了铰铁手套，于是两腿分立，伸手去够连接栓的拉环。

风呼呼刮过，脚下铁轨向后撤去，她发力低吼一声，扭开了拉环。

伊薇潇洒地攀上车头，望着身后的厢体分离开去。身边传来叫嚷，船厂的人奇怪为什么列车会脱节，纷纷奔过来一探究竟。这时她已爬到车头顶部，查看起周围的环境来。列车车身吱嘎响着，车轮碾过铁轨缓缓停下，制动阀尖利地啸叫，金属摩擦发出哀鸣。在她一侧，泰晤士河的进水湾水面闪着幽光，另一侧是乱作一团的造船厂，密布着吊车、铁路支线，一排又一排办公楼以及……

很有意思的事情。

她平趴下来，几乎彻底隐形，率先映入眼帘的便是两个熟知的身影：戴维·布鲁斯特爵士和露西·索恩。他俩刚盘问完众人这场突然的骚动是怎么回事，正转过身继续朝一辆马车走去。车门边一动不动站着名车夫。

伊薇从火车头跃下，欣慰自己这出障眼法效果显著，更让她愉悦的是，空中悬浮的浓烟久久不散，像一块裹布包住这片区域。工业化也是有好处的，她想着，藏在场地边缘的阴影里跟梢两人，仔细审视这对目标。

露西·索恩穿着一身黑。黑帽子、黑色长手套、黑衬裙加臀垫长裙，纽扣严实地扣到脖子。

她很年轻，一脸凶相抵消了原本姣好的容颜，倒是和她的阴郁装束相得益彰。灯光昏暗的船厂中，她的步伐拂动起如船帆般层层悬垂的烟雾,如同一道黯影。她就好比驱逐光明的黑暗。

戴维·布鲁斯特爵士在她身边亦步亦趋,年龄恐怕是她的三倍。他留着长长的腮髯,一张脸上写满紧张。尽管按岁数他是露西·索恩的长辈,看起来却畏畏缩缩的,像被她身上弥漫的黑暗所吞噬。他作为万花筒的发明者而为世人熟知,还创造出一个伊薇只知道是叫"透镜式立体镜"的东西,不知道干什么用的。此人生性慌张,要么就是这会儿显得慌张——露西·索恩的在场令他诚惶诚恐,他跌跌撞撞跟着她的脚步,用哀怨的苏格兰口音道:"再要两个礼拜,我就能搞定这个器物。"

露西·索恩怒斥道:"你的实验行动太可疑,已经惹来了不必要的关注。我给了你充沛的时间去获取结果,戴维爵士。"

"没承想您指望我像条小猎犬似的工作个不停。"

"我提醒一句,这是你对骑士团的义务。"

布鲁斯特气结地嘟哝:"索恩小姐,您这是把我当赛马那样赶啊。"

他们走到马车边。车夫摘下三角帽,深深鞠了一躬,为露西·索恩打开车门,后者冲他倨傲地一点头,就算打过招呼了。她登车坐下,在位子上整理裙摆,最后从敞开的车门里对布鲁斯特临别赠言:"戴维爵士,我明天再过来。如果你还没解开器物的秘密,就不要想什么狗啊马的了,我直接丢你去喂狼。再会。"

说完,这名圣殿教徒便向车夫示意。他得令关门,对布鲁斯特轻慢地眨了眨眼,回到前头,驾着马车载露西·索恩离开了船厂的混乱。

马车驶远,伊薇见布鲁斯特难以置信地喟叹一声,随后他的注意力被身边一伙人吸引。伊薇也将视线投向那里,看到几名守卫押了一个衣着艳丽浮夸的男人朝空地这头走来,俘虏还在大声抗议。

"各位大人,我只是想在外面转转看看。"

"谁派你来的?"其中有个圣殿侍卫道。

另一人搭腔:"一定是格林手下哪个间谍。"

布鲁斯特已大声对他们下令:"带他去审讯,然后送来我实验室。"

伊薇注视着他,随后目光转向头顶。天穹黑沉,乌云压顶,空气中的紧张一触即发,一场暴风雨几乎注定。看得出布鲁斯特也这么想,他正掉头走开。同一个方向上,有样她先前没注意到的东西。那是一根金属杆,固定在船厂的泥地上。大概是什么避雷针?布鲁斯特抬头又瞥了一眼积聚而来的云层,撒腿跑起来,抛下外头乱哄哄的场面,消失在一栋建筑内。当先的雨点已然落下;人们还在努力将车头和车厢重新拴到一块,同时调查起事故原因。

而这场混乱的罪魁祸首伊薇只微微一笑,便跟在布鲁斯特身后溜进大门。第一声惊雷就在这个当口炸开,天空被耀眼的白光点亮。

进楼后她贴着墙,远远避开灯光照明的范围,同时触发了袖剑。她遵照一直以来接受的教导,视线缓缓移动:将空间切分成一块块,目光逐片梭巡,辨识敌情、找出弱点区域。学会如一个羽翼丰满的成熟刺客那么思考,就像现在这样。

只不过眼前的情形颇出乎她意料。

61

她原以为会见到一间实验室。根据乔治·韦斯豪斯提供、她在克劳利镇仔细研读过的那套图纸——脚下的地方,这个点上——应该就是实验室了。

然而不是。她置身一座环形仓库内,这里像一间门厅,全无实验室该有的设备。没有敌情。

没有弱点区域。

什么都没有。

不对,那是什么?对面那扇门后传来呼喊,她飞快地扭头瞥了一眼外面的船厂,雨势滂沱,工人还在互相赌咒喝骂。伊薇关上大门,横穿底楼,来到第二扇门前,这一扇是虚掩的。

她站在那儿,控制住呼吸,小心翼翼地透过门缝窥视。里面的景象正如布鲁斯特所命令:审讯。圣殿手下们把那花花公子模样的俘虏绑在椅子上,问话刚进行到一半。

那人或许以为,自己会被带到某名位高权重的绅士面前,对方会因卫兵粗暴的态度而对他再三道歉,在自家办公室内为他呈上白兰地和雪茄,末了解雇一圈手下,以示惩戒。哪有那么走运,他们把他往椅子上一手,五花大绑起来,接受魁梧保镖连珠炮似的逼问。

"大人,请问您,"他说,"一名绅士难道不可以在铁轨边闲逛吗?"

"那你是怎么闯进实验室的?一般人根本找不到入口。"其中一人咆哮。他背对着伊薇,而她看见他抽出一副黑色的皮手套。囚犯的目光从手套移向审讯者的脸,不过,若他是想从中找出一丝仁慈或同情,只能说他找错地方了。

"您希望我详加解释哪一部分,大人?"

这下他语气中带着哀恳,无疑是预感到些许不祥。

"谁让你来的?"问讯者厉声道,戴着护套的手一松一握。伊薇听到另一个人咯咯笑起来,像是期待看场好戏。

"啊?就我自己,大人。我靠两条腿走来的。"

第二名恶棍出现在伊薇的视野，两人把受审者挡住了，她看不到。"让我来，把他手指往轧扳机一塞，这小子就老实——"

"先不用，"前一个人阻止了同党，"还用不着。"他重新专注在囚犯身上。"是不是格林？"

"什么格'零'格'一'的，我不明白。"椅子上的男人说。

"亨利·格林。"一个伊薇看不见的人道。

"哦，亨利·格林啊……是哪位？"

看不见的男人出言威胁："你的小命岌岌可危……老实坦白，不然我这位耍刀的朋友就要得逞了。你回去什么也得不到。"

伊薇听到清晰可辨的匕首出鞘声。

当然了，她不会允许这种事发生。她屈起金属拳套包裹的手指，弹出袖剑，踏进房间直面那些人。

他们一共有三个。至此，任务已演变成对她技巧的严苛考验。这次算什么考试？一对多么？

她心里揣摩着、盘算着，忽然出击，步伐灵巧地靠向右侧一名邪笑的恶棍，却在最后一秒出人意表地伏低身体、刀锋向上挥动，割开了当中那人的胸膛。她就地一滚起身，一刀当先，猛扎进右侧圣殿的护胸甲。剩下那个动作最慢的审讯者刚来得及拔剑，伊薇已经抬腿后拉，用加固过的靴子送出一记高踢。

该死，她想，目睹对手向后跌去。外套阻碍了踢腿的幅度，她未能断送他，只是令其失去了平衡。与此同时他已经缓过神来，抽出武器，趁她稳住身体、作势迎击的间隙，他冲杀了上来。她低估了对方的老到奸猾。

愚蠢，愚蠢的门外汉。伊薇把头一偏，及时避开兵器和自己脸部的亲密接触。她快速撤步防御，同时左手轻拍右前臂，收回袖剑。接着她朝他前伸的手臂内侧一钻,用一个半似舞步半似拥抱却无比致命的动作,一拳往他脸上揍去,袖剑同时触发,刺入了他的眼窝,结束了战斗。

鲜血、脑浆和眼球内的液体顺着他逐渐失力的脸部肌肉流下,他的身体重重倒在地上。她将血水从剑刃上甩去,让袖剑弹回,回身面对椅子上的男人。后者打量着她,眼神疑惑却不失轻快。

"啊,真心谢谢你,"他说,"他们正把我教训得不轻,忽然间——能想到吗?——你就来救我了。"

"隐蔽的实验室在哪儿?"她问。方才搏斗过的那些敌人正慢慢死去。临终前喉咙里发出的杂音、靴子摩擦砖石地面的声音,这些生命迹象最后的微弱爆发成了他俩对话的背景。

"给我松绑,夫人,咱俩让他们连本带利地奉还。"被捆的俘虏讨价还价道。

伊薇跨立在他身前,握起拳头向后拉开。他表情扭曲,既惊恐又狐疑。他目睹了袖剑的锋锐,目睹了伊薇的战斗英姿。他可不想亲身尝试。这人被漂亮脸蛋骗过多次,每次都误以为自己很安全,可不能让教训重演。

"我时间紧张,"她说,以免刚才的表态还不够明显,"这就告诉我。"

"在地下,"他咽了口口水,用下巴指了指环形建筑墙体上的一块板状物,"要钥匙才能打开。我的被卫兵搜走了,不要脸的变态。"

"谢谢。"她边说边直起身,打算离开。

"现在能给我松绑了吧。"

她摇摇头。"你自己惹的事,相信你自己能脱困。"

她走开了,而他仍在身后喊:"别担心夫人,我参加嘉年华会那阵子学过一两招，现在还记得。"

那就祝你好运了，她心道，从另一扇门离去，寻找身上可能有钥匙的卫兵。

感谢上帝，圣殿卫兵嘴巴并不严，她藏身于走廊的阴影里，偷听到两人正聊着她要找的钥匙。

"你在干嘛？把钥匙在口袋里放好，不然索恩小姐让你有苦头吃。"

"我们干脆下楼过一把眼瘾。我要看看那什么圣器。"

我也要，伊薇·弗莱想着，又取到一条性命，拿了钥匙。

她回到环形厅，并决定如果钥匙真能开启墙板，那她就去放了那个人，不过决定迟了一步——他已经不在了，椅子翻倒在地，绳子丢在一旁。她绷紧了身体，提防他突然跳出来偷袭。

然而没有，他已经走了。她转而集中精力观察那块墙板，一番摸索，终于进入了建筑内层的密室。

里面潮湿而阴暗。暴风雨的声响基本被隔绝在外。但不知是什么原因，感觉上自然力量反而在这里最为肆虐。

怎么会这样？她想到那根避雷针似的东西，想象能量被引导往此处地下。也许实验室需要这些能量？

接下来迎头撞见的景象，让她确定自己猜对了——风暴确实被引导至此，而她站在这股力量的正中央。

换言之，圣器就在附近。

62

石板地从门口她的脚下延伸开去，前方豁然开朗，形成一处有着巨大拱顶的地下空间，设备桌上摆了一堆科研仪器，被特斯拉线圈和若干竖起的引雷针所包围——并随着注入能量的加剧而不断震颤。

这是超负荷了？实验室顶部吊着几块平板，用密密麻麻的绕绳加固。那上面雷电光星四溅，哔剥爆裂，整个场所被闪光镀上了一层荧白。

房间另一头是根巨型管状物，似乎用于观察实验，她看见圣器就摆在里面。玻璃台经过了加固，一侧站着戴维·布鲁斯特爵士和他的助手，两人正凝神注视里面那枚圆球，像只金色的苹果。哪怕隔那么远，伊薇仍然被定住了脚步。她年复一年孜孜以求的伊甸碎片，如今在这里、在眼前，出现了真家伙。

伊薇站在门口，闪电弧光骤然将她照亮，但两人却由于埋首工作，完全没有注意。她蹑手蹑脚前进，一面还在为苹果的样子着迷不已，一面开始偷听布鲁斯特和助理的对话。

"我的天，它在蓝光照射下彻底变成了透明的！"科学家惊叹。

布鲁斯特和之前判若两人：他不再弱小、不再瑟缩于露西·索恩的阴影里。在自己擅长的领域，他得以重新主掌大局，自信也恢复了，便忍不住贬损索恩几句。"那个作威作福的女人，"声音盖过了引雷针的嗡鸣、特斯拉线圈的滋滋电流和自动机械有节奏的轰响，"要我说，就该把这倒霉催的圣器带去爱丁堡。"

"我说实话你别介意，这主意糟透了。"同伴回答。

"为什么？这是上帝的苹果，又不是她的。我要拿去公开展出。达尔文将再无立足之地，带着耻辱流放去见鬼的加拉帕戈斯群岛，跟他心爱的雀鸟双宿双栖。"

"索恩会割了你的脑袋的，然后斯塔瑞克再把你剩下的尸体挫骨扬灰。"同事道。

"知道吗，雷诺兹，冒点险说不定值！"布鲁斯特高声道。

"戴维爵士,你不是说真的吧。"

"开个小玩笑,哈哈。雷诺兹,我们一旦解开圣器的秘密,骑士团掌管伦敦就将成为定局。刺客必败,而将来你只会在故纸堆里找到达尔文的名字。"

她慢慢靠近,来到一块空地,进入了两人的视野范围。她看见苹果在发光。更亮了,被越来越密的火花雨点亮。

是时候把东西变成她的了。

她触发袖剑,展开攻击,助手的身体从血染的钢刃尖端滑落,布鲁斯特这才注意到她的存在。他看了看死去的同事,又看了看伊薇·弗莱。他眼神急切,大脑拼命运转,想闹明白这不速之客哪冒出来的。

随即,伊薇跃起杀了他。

"你该躺下休息了,戴维·布鲁斯特爵士。"她边说边将他放倒在地。

"可还有太多东西等着我去发现。"他眼睑颤动,呼吸变得断断续续。

"别怕。"她对他道。

"我不怕,上帝将庇佑我。"

"我会继续你未竟的实验。"她说着,忽然明白了摆在自己面前的道路。她对圣器的研究始于父亲在克劳利镇的图书室,如今她将继续下去。她将把查找圣物的下落视为己任,借其力量为人类造福。她将利用它给人们带来好运,而非厄运。

"你阻止不了斯塔瑞克。"布鲁斯特道,她一并跪倒在地,让他枕在自己膝头。"索恩小姐已经发现了另一枚伊甸碎片,比这个更强大。"

"那我会把它一块拿过来。"伊薇说,此生从未那么坚定。

"我们都是这样，为了获得不属于自己的东西而疲于奔命，"布鲁斯特道，"这就是人性。"

说完，他断了气。伊薇取出手帕，按照父亲教诲的传统——他说是为了向阿泰尔本人的羽毛仪式致敬——将它轻放在布鲁斯特伤口处，让它饱浸鲜血。然后她折起手帕，塞进外套。

下一刻事态陡变：卫兵三人，冲进了实验室。

伊薇站起来，发动袖剑准备搏斗。突然间，电流强度骤增，圣器仿佛因为新鲜的力量涌入而鼓胀起来——接着炸开了。

伊薇立刻钻下玻璃台，底部基座保护了她不受伤害。卫兵就没那么幸运了。他们身上扎满横飞的碎片，躯体竟似消融在残屑和血雾中。横梁、绕绳和平台从高处崩塌。伊薇连滚带爬地起身奔向大门，背后是一串连锁反应，引雷针爆出团团火焰，机械设备"嘭"地发出沉闷的巨响，也爆炸了。

她跑出门，庆幸自己汇入了奔逃的人流，而在一声声爆炸中，船厂被彻底撕裂。

63

"那边爆炸了。怎么回事？"

按照计划，她回到铁路站场与雅各布会合。他看起来也在任务中大打出手，两人均是浑身浴血。

"伊甸碎片引爆了，连带着把厂房炸飞了。"伊薇讲完她这边的经过，最后总结道。

雅各布唇角翘起："是说那块被吹得天花乱坠的魔法金属？我好震惊啊。"

她翻了个白眼。多少个念书给他听的夜晚，多少次传述关于圣器的知识。这番功夫算是白费了。

"你自己不重视碎片的价值，不等于——"

两人眼看着要为吵滥了的话题再争起来，乔治·韦斯豪斯出现了。"都还顺利吧？"年长刺客讥讽道。

"除了有一点点……节外生枝。"伊薇羞赧地说。

"实验室炸了，"雅各布对双胞胎姐姐挑起一边眉毛，接话道。要怪就怪她喽。

"而你把一列车弄脱轨了。"乔治·韦斯豪斯提醒他。

"哎哟，是不是这样啊？"伊薇说。

雅各布耸耸肩，"好吧，火车自己出的轨，我只是正好在车上。反正目标我已经杀了。"

这么说，费里斯钢铁厂作为圣殿掌控下的产业、一间童工雇佣机构，其主人鲁珀特·费里斯已经死了。

"布鲁斯特也从世界上消失了。"伊薇道。

"那样的话，即便你们弄出点乱子，任务总算还成功。"乔治说。

"伦敦那里怎么办？"雅各布问。伊薇瞥了弟弟一眼。对她而言，这个傍晚让自己有所顿悟，为她今后指了一条明路。雅各布是否也一样？

"什么怎么办？"乔治态度谨慎。

"我们留在这儿是浪费时间，"雅各布道，示意他们身处的铁道站场和这片郊外。伦敦市区是那么近，却又遥不可及。

"你跟我同样清楚，数百年来伦敦都是圣殿的地盘。他们势力太强，还不宜采取行动。有点耐心吧。"

看着亡友的信念在双胞胎身上传承下去，鲜活而坚定，乔治不禁意识到，伊森和他们想的一样。

"可圣殿又发现了一枚伊甸碎片。"伊薇道。

乔治耸耸肩。"戴维爵士死了，他们有也不知道怎么用。委员会将指引我们，给出理性的建议，换做你们父亲也不会有二话。回头克劳利镇见。"

望着乔治离去，双胞胎均心头一沉，多少有些怨气。熊熊热情被乔治当头浇灭，还搬出委员会当挡箭牌。当然他俩都心知肚明，父亲即便再世，也绝没有赞同远方刺客长老的道理。两人也清楚，对乔治·韦斯豪斯或对那个混蛋委员会，自己一点都没有要听话的打算。

一列火车铿锵着缓缓驶过，拉响了汽笛。

"那还耽搁什么？"雅各布朝列车点了点头，"伦敦等着解救，忘了克劳利镇吧。"

"父亲会希望我们听……"

"噢，父亲。你可以在伦敦继续发扬他的遗志嘛。"

"解救众人，让他们不用再世代受到圣殿治辖，要知道，雅各布·弗莱，你的主意或许没错。"

"那，我们走？"

"好，走。"

说完两人跑了起来，跳上了开往伦敦的列车。

那里，他们将见到亨利·格林，传说中"守望伦敦的刺客"。

两人对他的过往真相一无所知。

64

大都会地铁事件后，幽灵在泰晤士隧道内又住了一年多。

只要他还在,就能继续给地道的居民带去心理安慰,尽管较真而论,他只是挂名的首领,没做过什么实事。那一年大部分时间里,他或坐或躺,呆在属于他的一隅,悼念麦琪以及夺取伊甸碎片未遂而造成的全体死者。他咒骂这场延续不知多少年的追寻,刺客也好,圣殿也罢,他们对圣器的执念一律令他嗤之以鼻。

伊森下地道探望过,可幽灵把他的老导师赶走了。他完全不想见伊森·弗莱。

乔治也来过,向他解释兄弟会仍需要安插一个人在市区。"如果你爱这么想,就当它是另一项卧底任务吧,贾亚迪普。一份更适合你天分的工作。"

幽灵轻笑出声。多年前在阿姆利则,伊森·弗莱可不是对他说过一模一样的话?更适合他天分的工作。看看结果成什么了。

"你只需要建立一个新的假身份,完毕。对你的要求就这么简单,"乔治说道,"无须潜入敌方阵营。恰恰相反,我们的期望中,你的隐蔽程度只要不被人揭穿老底就好,再严密反而不利于拉拢间谍、组织起线人的消息网。你将成为一个情报站,贾亚迪普,信息的收集者,仅此而已。这方面你很有一套,"乔治指了指隧道深处,"人们信任你。他们愿意信你。"

幽灵双手叠放膝上,抬起原本埋得深深的脑袋,"我不是当领袖的材料,韦斯豪斯先生。"

乔治席地坐下,这个动作令他表情扭曲,但为了和贾亚迪普并肩而坐,他克服了身体里一把老骨头的抗议。无意中,他与当年黑窖里伊森的所作所为遥相呼应。

"你不用成为领袖,至少不是传统意义上的领袖,"乔治说,"我们只要求你鼓舞人心,我们知道你现在就能做到。兄弟会需要你,贾亚迪普。当年如此，目前也一样。"

"我辜负了兄弟会。"

乔治不耐烦地哼了一声，"噢，快别自怨自艾了，伙计。你要负的责任不比伊森或我更大。包括委员会也难辞其咎，正是他们放任不管，才导致敌人肆无忌惮地扩张。求你了，帮我这一次。你不至少考虑一下吗？"

幽灵摇了摇头。"地道这儿需要我，比任何一个战场都更需要。"

"这条地道很快将不复存在，"乔治对他说，"至少将不再是现在这个样子。东伦敦铁路公司已经买下了这里。看看你周围，已经没人了。不再有行人，不再有小商贩兜售，除了走投无路的，谁都不在此地过夜了。只剩下你和三五醉汉，而他们不过靠睡觉消磨时间，直到他们有胆回家、扯谎骗老婆自己工钱被抢了为止。原来这里的人需要你，这没错。可他们不再需要了。真心想侍奉同侪的话，就献身于信条吧。"

幽灵拖延着做决定的期限。他照例独自沉思，直到几个月时间过去，又来了客人。

真奇妙，因为在这条隧道里，幽灵有太多个夜晚梦见过他们、梦见过家乡，以至于父母真的出现在他面前，他还当这也是个梦，一个白日梦，一个阿尔巴兹和琵亚拉站在他面前的幻梦。

分别差不多有五年了，他们仍如记忆里那般熠熠生辉；两人身后，隧道的晦暗仿佛逐渐隐去，他们像是自己会发光。他们站在他面前，身披印度兄弟会的丝绸外袍，昏黄柔和的灯光下，母亲装点在鼻尖的花饰、鼻翼至耳垂间的细链都晶莹剔透。难怪一上来他以为自己在做梦。两人容貌超凡脱俗、宛若天人，仿佛回忆的美好被直接赋予了肉身。

幽灵察觉到他们身后暗处还藏着人影，并认出了乔治和伊森。那就不是了——不是做梦——他手忙脚乱地爬起来，双手撑着隧道潮湿的墙面，试图稳住身体。突然起立造成的晕眩、身体感到的虚弱、长期的内心折磨，加上与双亲重逢而喷涌的情感，这一切令他摇摇欲坠，两腿发软。父亲走上前搀住了他。伊森也迎上来。随后，四名刺客带着贾亚迪普走出地道。

走出黑暗。

65

他父母在伯克利广场的寓所暂住下来。幽灵记忆中多年来首次睡上了床，吃到了丰盛的伙食，还得到了母亲的亲吻，每一吻都如同接受祝福。

与此同时，幽灵和父亲间的气氛剑拔弩张。逮捕贾亚迪普、把他扔进黑窖那些人里，有没有阿尔巴兹的一份功劳？阿尔巴兹做了什么——又或者，怎么样的不作为——才导致儿子被宣判死刑？

话没有问出口，答案自然也给不出。狐疑和不信任持续着。因此，幽灵自然而然和母亲亲近起来，她成了老一代刺客与桀骜新一代之间的纽带。是她告诉儿子他不能回阿姆利则。

现在不行。也许永远回不去了。他在那现身会引发太多疑问，无论如何，基于兄弟会的利益，他留在伦敦是最好的。

这些决定背后，幽灵觉察到伊森·弗莱和乔治·韦斯豪斯的小动作，可他知道母亲也赞同，米尔一家出现在伦敦已经冒了风险，将贾亚迪普带回家更将严重放大这一风险。

他当然考虑过离开。可他仍是一名刺客，人不可以背弃自己的信仰。幽灵见过圣器可怖的潜在力量，知道应该取回它。先前的失败并不能改变这一点。

伯克利广场的这段日子如同泡在蜜糖里。有一天，母亲邀幽灵散个步，就他们俩。漫步于伦敦人熙来攘往的街道，本地居民看他母亲的时候眼睛都发直了，好像她并非来自异国，而是另一个物种。她穿一袭素净无华的绫罗罩袍，和本地人的臀垫长裙、鲸骨束身衣、笨重的帽子和花式繁冗的阳伞形成鲜明对比。尽管如此，没人及得上他母亲半分美丽。他未曾像此刻那么自豪过。

"我想，你很清楚韦斯豪斯先生和弗莱先生的一系列行动吧？"两人边走，她边说道。她双手自然垂放体侧，双肩打开，下巴骄傲地扬着，以同样的尊严面对每次注目礼。

"他们要我成为另一种人，母亲，我做不到。"

"你恰恰正是他们要你成为的那种人，"她坚持，"那就是兄弟会的荣耀。"

回忆往昔，有那么片刻他忽略了自己的骄傲，垂下头颅，"不，我不是，恐怕我永远成不了。"

"啊，住嘴，"她嗔怪，"这是什么混话，我们养大你，就是为了让你张开双臂拥抱失败吗？看看你现在的眼神，除了认输还有什么？要是你再这么自怜下去，恐怕我很快会耗尽耐心。"

"自怜？是吗？你觉得我在自怜？"

她偏头微笑："也许有一点，亲爱的儿子，是的，就一丁点。"

他思考了一会儿，酸不溜丢地回答："明白了。"

他们继续兜风，朝着市内稍微破落的区域走去，路上人迹开始稀落起来。

"我伤你感情啦。"她道。

"没哪个孩子会觉得自己无病呻吟。"他承认。

"你才不是那种人。这次远道来看你,我发现我的儿子已经长成大人了。"

他半带讽刺地哼了一声。"都成大人物了。甚至没能力通过自己的涂血礼。"

"你又来……"

"抱歉,母亲。"

两人走过蜿蜒的小路,进入白教堂区范围,最后站在一间小店门口。母亲停下脚步,转身将儿子的脸捧在掌心:"你已经比我高这么多了。"

"是,母亲。"

"瞧,你现在是个男人了。男人就该准备好放下幼稚的自命不凡,把那些自我鞭笞、愧疚、负罪感等等充塞你大脑的有害情绪统统抛掉,迎接命运的下一阶段。"

"你是这么期望的吗?"

她松开手,半转过身笑笑,"啊,贾亚迪普,你这才想到问我。亲爱的、美好的贾亚迪普,在我体内长大,被我带到这个世上,由我亲自抚育,试问哪个母亲会梦想自己的孩子长大成为杀手?"

"是刺客,母亲。一名伟大的刺客,不是杀手。"

"要做一名伟大的刺客,你不用做一个伟大的杀手,贾亚迪普。这是我现在对你的期望,也是为什么我们在这里。你已经实现自我和解,即将开展新的生活;我负责欢迎你进入新生活。"

她指了指两人面前的店铺。他视线转向它,橱窗污腻,里面全是积满灰的小摆设、小古董,各种便宜货。

"古玩店?"他对她说。

"对一个像你这样的好奇脑袋来说，正合适。"她道。

"要我当店老板啊？"他闷闷道。

"进去瞧瞧怎样？"

她从外袍里掏出一把钥匙，不多时，两人跨入拥挤的店内，整个环境莫名令人心灵松弛。店铺看过去进深很深，幽朦而神秘。关上门，两人就和外面街道的喧嚣隔离开来。阳光从脏兮兮的窗户透入，灰尘在光柱中飘舞，小物件堆得高高的，其的遮挡令光线柔和不少。各色摞叠的商品几乎把货架撑爆，具体形状一时却难以分辨。他立刻喜欢上了这里。

但话又说回来——只是一家店。

"如果没记错，拿破仑曾说英格兰就是一个小店主的国度。"母亲微笑。她看出他动了心，他对这一方天地太喜爱，不会轻易放过它。"那么，开一爿小店是再恰当不过的了。"

他们穿行于货架间的狭长走道，架子被各种想得到想不到的饰物器皿压得吱嘎响，这排塞满了蒙灰的书籍，那头累着层层瓷器，眼看吃不了重量快散架了。他见玻璃底下压着干花，意识到拜母亲在阿姆利则的教育所赐，自己还叫得出它们的名字。她注意到他的视线，两人随即对视一眼，而他琢磨着，这些物品是怎么被精挑细选、仔细摆放好的。母亲显然之前来过这里。两人行至一条长长走道的尽头，她又指了指某件东西，猜他或许会感兴趣：一个摆满发条齿轮的托盘。他一见便兴奋起来，仿佛回到记忆朦胧的童年，自己埋头钻研拆开的钟表和发条玩具。不远处有张办公桌，大堆水晶球压得它吱呀作响，简直像一帮穷酸的占卜师刚刚到访。孩提时他如何对这些算命者着迷，他也还记得。

她领着他来到店铺后部，那里从屋顶到地板是一整面厚窗帘，穿过去,他被带进里间的工作室。她端起一本植物标本册,递给他:"拿着。号称是英式消遣。"他翻开发现内页是空的。

"留给你去填满,"她说。

"还记得在家的时候,我常跟着你收集花花草草,母亲。"

"每朵都有对应的花语,你明白的。"

"你一直这么告诉我。"

她轻轻笑了。见他放下册子,她示意周围的环境,"觉得怎么样?"她问。

望着母亲,他感觉满溢的爱快把心脏撑破。"我很喜欢。"他答。

工作室的一张桌子上叠放着衣物,其上是一卷文书,她依样拿起来,给到他。

"这是房契,现在归你了。"

"亨利·格林,"他展开纸卷念道,"今后我就叫这个吗?"

"你一直喜欢亨利这名字,又穿格林绒的衣服,"琵亚拉道,"另外,这也是一位英国店主该有的英国名。欢迎来到新生活,亨利。你在这可以管理城中刺客的抵抗力量,掌握整张信息网。谁知道呢?也许在此同时,你还能卖掉几件奇怪的古玩也说不定。好了……"她将手伸向薄薄的那叠衣服。"你终于可以骄傲地穿上这个了。"

照顾孩子的矜持,他换衣服时她背过身去,末了转回来慈爱地细细打量。他站在那儿,整个人仪表堂堂,仿佛在发光,一身飘逸的绸袍滚了金边,配合皮质斜挎带和一双软底鞋。

"不用再光着脚,贾亚迪普,不,应该叫你亨利了,"母亲说,"那么,这幅画面还差最后一笔便完美了……"

她探手去够一只同样放在桌上的盒子。亨利见过一模一样的,知道里面装着什么。他伸出手去接,心中既感激又惶恐。没错,是他原来那副袖剑。他将它绑在腕部，享受亲密接触的感觉，那么多年了，终于。

他不再是幽灵，现在他是亨利·格林。

66

说回双胞胎。

"两名刺客，"站在俯瞰都市的屋顶上，亨利说道，"个子一般高，一男一女，双十年华，笑得一脸淘气。你们一定就是弗莱双胞胎了。"

他立刻仔细审视两人：是的，他们笑起来非常"伊森"。除开这点，他俩似乎融合了不同的特质。雅各布：骄傲、没耐心，一点点不修边幅，亨利对他的第一印象好坏参半。另一边的伊薇却……

"那么你是？"她发话。

衣角飘动在轻风中，他微微鞠了一躬。"亨利·格林为您效劳，女士，"他顿了顿，"很遗憾听到二位的父亲逝世的消息。"

"谢谢，"她悲伤地垂下眼帘，然后再次迎向他的目光，有一会儿他仿佛沉溺在那凝望中，不愿浮回水面。

"关于克劳福德·斯塔瑞克，你有什么好跟我们说的？"最终雅各布道。亨利略有些不爽于甜美魔咒被打断，不怎么情愿地把注意力转向伊薇的弟弟，重新打量起他。

"依我之见，委员会希望听到点新鲜消息。"想着还有正事要谈，他敛容道。

"为了给所有市民一个更好的未来，伦敦必须得到解放。"伊薇开口说。信念点亮了她的面庞、在她眼中跃动，令其原本的美貌更添光彩。

"谢天谢地,委员会审时度势,派你俩前来帮我们。"

"对,谢天谢地。"雅各布的腔调亨利熟悉。有些年轻主顾以为他只是个什么都不懂的印度裔店老板,他们都这么对他讲话。

他不以为意,继续道:"我这恐怕没什么好消息。当今,圣殿在这儿的基础架构是整个西方世界最成熟的,而斯塔瑞克便是它的掌舵人,其影响力覆盖全伦敦,横跨各个阶层、区划、各家工厂和帮派……"

雅各布洋洋自得。"我一向认为自己可以当个杰出的帮派老大,铁腕而公正、严格的着装规范,把那些没权没势、鱼龙混杂的边缘人整合到同一名号底下。就是这样,伊薇。咱俩可以召集人马来我们这边。"

伊薇熟练地甩给他一个鄙视的眼神:"哦?就像你召集橡溪酒馆的打牌搭子,然后扔进河里?"

"这不一样。谁让他们打惠斯特赢了我的,"他眺望远方,"我已经布好局了,我们要叫'黑鸦帮'。"

"你下棋的水平历来和打牌一样臭,"她说着,偷瞄亨利一眼,仿佛替弟弟道歉。

"你有更好的计划?"雅各布说。

她目光流连于亨利,感受到了同类的气息。"找到伊甸碎片。"

雅各布嫌弃地怪叫一声。

"好啦,"亨利清了清嗓子,"你们争完了的话……"

67

稍晚,亨利带他们去了店里。母亲给它揭幕之后的几年中,生活一成不变。古玩生意谈不上兴旺,但也无妨,卖小玩意并非他的主要目标。借助日渐壮大的线人圈子,他的另一项业务——收集圣器相关的研究、监视圣殿的动向,可谓蒸蒸日上。乔治·韦斯豪斯没看错人,亨利利用与生俱来的天赋,当初和地道居民亲如一家,现在则争取到了白教堂区穷人与无产者的好感。几乎在不知不觉间,他已栽培了他们:提供一点保护,让若干放高利贷的尝尝教训,教一名拉皮条的认识到错误,提醒家暴的父亲担起责任。他软硬兼施,格斗技巧渐渐荒疏,倒也如鱼得水;他从来就不是位战士。和游荡在伦敦东区的其他帮会不一样——和雅各布期待组建的"黑鸦帮"蓝图也不一样——他的组织并非建立在力量和拳头规则之上,也非等级制。他的运作要温和亲善得多。领袖不止赢得他人的尊重,更赢得敬爱。

"这些年,我多少也在城中建立了人脉。"他说出口的只有这么多。

"太棒了!"伊薇答,"集中支援,我们派得上用场——"

"集中支援?"雅各布笑话她,"不,我们需要的是接管斯塔瑞克控制下的帮会,削弱他的势力。"

"你眼光太短浅了,"伊薇有些气恼,"斯塔瑞克的影响渗透了社会角角落落。我们得先和他势均力敌。"

"我懂你的意思,伊薇。所以才要建'黑鸦帮'。"

她摇了摇头,重复了一遍老生常谈的原则。"别搞什么'黑鸦帮'。我们需要的是确定伊甸碎片的下落。"

"不。我们需要从斯塔瑞克手上收复伦敦。只要告诉我刺杀目标……"

"不行。"

"怎么?"

"时机还不成熟。"

"我来伦敦不是淘旧货的。"

"'先了解舞步,再谈成为舞者。'"她搬出了他们昔年时常听到的警句。

"哦?所以父亲扔下的东西你还去捡起来?"

"总有人要去的。"

68

"啊,弗雷迪,见到你真好。"

艾博兰来到奥布斯·肖夫妇位于斯泰普尼的家中。他坐在客厅,回想起有段时间肖太太和两个孩子给予他最温情的欢迎,他则发疯般希望能给他们带去好消息。

现在也是如此,只不过这次……

"要来杯茶吗,弗雷迪?"

不等他回应,肖太太已经起身走开,留两个男人坐在一块。

"嗯,"奥布斯重复了一遍,"见到你真好,弗雷迪。弗雷德里克·艾博兰警长,没想到啊,'愣头青弗雷迪'总算成年了,哈?我一向知道你行的,兄弟。我们这些人里,要说谁能在警队出人头地,那必须是你没跑的。"

奥布斯如今在斯泰普尼绿地开一家肉铺。艾博兰很快发现有个屠夫朋友益处多多。在发展联系人方面,广泛交结的确是真理:艾博兰在警队干得不错,一个叫伊森·弗莱的人把他介绍给了一个叫亨利·格林的人,艾博兰认出这个格林就是挖掘工地的印度小伙。他发誓不泄露其真实身份,也乐得缄默。伊森·弗莱毕竟救了他的命。他和亨利都跟卡瓦纳一伙有账要算。在艾博兰的认知里,他们这样的铁定算盟友了。

说来可笑,大都会地铁工地的真相到底为何,艾博兰从未参透。按艾博兰的想象,伊森所谓的"强大器物"大约是种武器,由它引发了一场爆炸。那东西能派什么用场,他一无所知。不过卡瓦纳是死了,死的还有他三名副手。另外那个办事员?唔,他转投到第三方旗下,事态从这开始变得复杂;一言以蔽之,伊森说那是他们的世代死敌:那些人混在平常人里行动,却密谋强行夺权,左右人类的命运。

艾博兰知道这么多就够了。这些足以说服他不再追根问底,因为他深深地信奉——有些不可控力站在更高的位置操控着我们——它与奥布斯的狂热信念极其吻合:在某些时候,事情并没有答案。

于是,弗雷德里克·艾博兰接受了那些无法改变的事,可他也立志为能够改变的那些事奋斗,并且为自己可以区分两者的差异而心存感念。与此同时,现实表明亨利·格林在白教堂区建成了一支可靠的线人团体。艾博兰加入进去,有时作为情报的受益者,有时作为提供者。

换言之,现状可谓互惠互利。从大都会乱战以来第一次,新官上任的艾博兰警长感到自己有了突破,为世界做了点好事。

啊,他甚至认识了一个女人玛莎,他们相爱并结婚了……到此为止,很不幸地,好运走到了头。

"弗雷迪,出什么事了?"奥布斯说。见到好友凄凉的表情,他嘴角的笑容消失了。"你只是来走动走动,没别的吧?没什么要和我说的对吗?你和玛莎……你俩没闹崩吧?"

弗雷迪将置于膝盖间的双手绞在一起。这些年他变得擅长伪装。有时候他得以深入白教堂区,全凭自己行走于街道却无人注意、不被认出。这在特定状况下对亨利一派价值非比寻常。

他祈祷现在自己也能实现伪装，这样便不至于显得无处遁形。

"并没有，奥布，语言无法形容我有多希望只是闹崩，那样至少亲爱的玛莎还活着。"

"哦，弗雷迪。"肖太太站在门口道，她忙忙地赶来，将茶盘搁在桌上，然后蹲跪在艾博兰身前，握住他的手。"我们非常非常难过，不是吗，奥布斯？"

奥布斯痛苦地站起来："唉，天哪，你俩结婚才没几个月啊。"

艾博兰清了清嗓子："她是被肺炎带走的。"

"太可惜了，弗雷迪，我和奥布斯一直觉得你们很般配。"

"是的，太太，是的。"

他们陪坐了一会儿，不知道还能做些什么，肖太太给大家斟茶，三人在静默中又坐了片刻，肖夫妇与弗雷德里克·艾博兰一同悼念。

"现在你怎么打算呢，弗雷迪？"奥布斯说。

艾博兰将杯碟放在桌上。大概只有茶渣占卜才能替他预见未来。

"让时间来告诉我吧，奥布斯，"他说，"只有时间知道。"

69

数周过去。双胞胎在伦敦留下了自己的印记。雅各布不顾伊薇抗议，组织起他的帮派"黑鸦帮"，成为城中的一支有生力量。在此期间，他们解救了大量童工，雅各布刺杀了帮会头目雷克斯福德·凯洛克，双胞胎建立了移动的火车据点，并稳固了弗雷德里克·艾博兰的信任，后者许诺对他们的活动睁一只眼闭一只眼。

当雅各布集中精力建立帮会口碑时，伊薇则投身于伊甸碎片的调查中。

"呦,伊薇·弗莱又要看家了,多精彩的一夜啊。"他窥探到她埋首于信件、地图,对各种文档进行归类。他大概忽略了她还在往手腕上安拳套。

"其实我正要出门,"她说道,语气中颇有几分自豪,"我知道去哪找伊甸碎片了。"

和平常一样,雅各布充耳不闻,只是翻了翻白眼。"这次这个又能干什么?治病?挡子弹?精神控制?"

"这些东西很危险,雅各布。尤其是落在圣殿手里。"

"你的话听上去活脱脱像父亲。"

"像才好呢。"

这会儿,她将弟弟的注意力拉向桌上一张露西·索恩的画像。伊薇发现自己最近凝视它的次数越来越频繁,总是回想起造船厂见到的那个咄咄逼人的女人。"露西·索恩今晚在等一船货。她是斯塔瑞克在教中的权威。我敢肯定,她接收的正是戴维·布鲁斯特爵士提到的那枚伊甸碎片。"

雅各布嗅到了任务的味道。"听上去怪有意思的。我能和你一起去吗?"

"你保证不偏离正轨?"

"我发誓。"

不久后两人出现在码头。他们伏在一间仓库顶上,俯视船坞区,观察箱子被卸货。

她就在那儿,伊薇兴奋地想。露西·索恩,圣殿女人习惯性地一袭黑衣。伊薇揣测,她该不会在哀悼布鲁斯特那块伊甸碎片的灭失吧。

露西·索恩的话音缥缈传来,她正命令某个手下去干活。"你和你全家人的命加在一块,都抵不过这盒子里的东西,"她恶狠狠地说着,伸出干瘦的手指指向其中一箱,"明白了吗?"

他明白了,在那里布置了双倍人手,随后转身向露西·索恩:"那么,索恩小姐,有些给斯塔瑞克先生的文书需要您过目,可否移步这里……"

她不大情愿地跟着走了。伊薇与雅各布从制高点预估形势。

"不管她要的是什么,那东西就在箱子里。"伊薇说。她环视整个码头,注意到圣殿在屋顶安插了枪手。露西·索恩分明很珍视这东西,它也因此一下子变得对他们同等重要。索恩手下将它和其他货物一起装上平板马车。一名卫兵站在那儿挽着缰绳,另两名在一旁阴暗地窃窃私语,聊他们那个让人胆寒的上司,同时猜测箱子里到底是什么宝贝。

雅各布摘下礼帽、拉起兜帽,这是他行动前的小仪式,而后他冲伊薇眨眨眼,动身去对付屋顶的卫兵。

她目送他远去,自己也轻手轻脚地快步挪到屋顶边缘,跳下去,在一根滴滴答答的水落管底下找到一只大水桶,蹲身躲在后面。她一面关注守马车卫兵的一举一动,一面留意雅各布在头顶上方的进展。他在那里,正逼近一个全无觉察的哨兵,手起刀落间,那人悄然倒下。一记完美刺杀,伊薇从牙缝里挤出一句无声的喝彩。

还没高兴完,另一名枪手发现了同伴倒地,把长枪举至肩头准备射击。

她弟弟奔过屋顶、朝枪手直冲过去,赶在对方瞄准击发前策动反杀。伊薇自己从水桶后一溜小跑出来,从后方欺近两个背对她的殿后卫兵。她旋身踢中第一个人的脖子。

吃一堑长一智,伊薇这次解开了外衣扣。倒霉的哨兵向前摔去,砸在马车上口鼻俱碎,一秒后缓缓滑落倒地,在板条箱上拖出一道血迹。

伊薇已经转向左侧,抡圆了金属拳套包裹的手,狠击第二人的侧脑。这人晕眩着失去平衡,眼看活不到下一秒,因为伊薇紧接着胳膊后拉发力,触发袖剑刺入他太阳穴。至此,第三名哨兵弃车而逃,屋顶枪手也已毙命。可一切都太迟,警报已经触发。她趁机起身跑到马车边上,用袖剑撬开钉住的木箱盖,雅各布也从对面仓库顶上跳下,穿过空地向马车疾跑而来。

"我看咱们最好快走。"他说。这话不假,码头一片混乱,仓库门猛地打开,头戴圆顶高帽的援兵鱼贯涌出,不是提枪就是带刀,粗呢犬服的凶狗狂吠着。自打伊薇和雅各布在城中的行动引起圣殿注意,他们就雇来了能收买到的最贪婪、最冷酷嗜血的群氓走卒,即眼前这些蜂拥而至的人。露西·索恩嗓音尖利地发号施令。

从会议室也涌出打手,露西·索恩喝令他们前进。她刚密谈完,提着裙子、怒不可遏地快步冲出会议室,发现她的宝贝货物居然被截了。她气得眼圈发红,声音都变了调:"抓住他们!抓住他们!"

仓促间,伊薇瞥了一眼她的脸,那张脸上的狂怒却长久萦绕于脑海。一场追击大战就此上演。

雅各布甩起缰绳,马车离开港口,朝后方内陆的荒地飞驰去。伊薇站在车板上,双手紧紧抓着车身。随着马匹不断加速,呼啸的风将兜帽吹得猎猎鼓动。她刚想喊雅各布稍微慢一点,可才出码头,又一辆马车满载着圣殿卫兵追了过来。

露西·索恩在那辆车上,整个人活像只乌鸦,翻飞的衬裙好似一对翅膀。尽管她没有完全失了冷静,可得知自己让宝贵的板条箱跑了,也少不得心慌意乱。她边比画边大喊大叫，说话内容大多飘散在风中，核心意思则非常明确：把双胞胎抓来。

冲出港口的马车这会儿全速左转，驶上了拉特克利福大道。道旁建筑高耸，店面和方方正正的公寓沿街排成两行，窗户仿佛冷漠地俯视着下方的车水马龙。拉特克利福大道因暴力事件频发而臭名远扬，眼下又新添了一桩。

两架马车相继驶过砾石路，喀声震得山响，伊薇生怕车轮就这么飞走。在这个当口，她费尽精力分辨着板条箱里见到的东西——一沓文献、一本镂刻了刺客纹饰的本子——还得努力控制自己别掉下车。枪响了，她听见一颗子弹尖啸着从脸颊旁飞过，立刻条件反射地去看雅各布是否安然无恙。

还好，他没中弹。他的兜帽在风里忽忽飘动，双臂大幅挥舞、操控着缰绳，间或转过头高声咒追兵，催马快跑。

前方行人四散奔逃，商贩们飞身护住自家的手推车，不让货品被撞飞，路上其他车夫纷纷稳住受惊的马，生气地晃着拳头，而两车仍在隆隆声中前进。

又是一枪。伊薇一颤，却见子弹只是把附近的砖墙磕出个凹坑，而双胞胎的车已经开了过去。一时间，车轮撞击地面的轰响、行人惊慌失措的尖叫、受惊马匹的嘶鸣，在她耳中都被露西·索恩越发焦躁的催促声盖过。她甩头回望，两个女人又一次锁住视线。露西·索恩对年轻刺客的恨意简直快沸腾了。不管匣子里有什么，露西本人很看重，整个圣殿很看重——所以伊薇看重。

前提是她能保得住它们。

这个前提的变数颇多。雅各布已是全速前进，可追击者同他们的差距正在缩小，几乎要并驾齐驱。伊薇看见他们挂在车上，往外掏枪——这才记起，多亏亨利·格林，现在她自己也有了一把。

她一只手稳稳地压住板条箱，从外套里抽出那柄柯尔特，朝最近的正在瞄准的敌人来了一发。

伊薇的枪法不如刀法娴熟，但准头也不错，若不是对方的马车轧过路面一个小坑，震了一下，那颗子弹应该在他前额开出一个血洞的；如今他肩部中弹，手捂伤处惨嚎，握着的枪也掉了，堪堪稳住自己才没从车上跌出去，掉在石子路上。

这时，圣殿马车危险地偏离了重心，车夫使出浑身解数阻止它倾覆。就连露西·索恩也不咆哮了，而是没命地抓住车身，她的帽子已经飞走不见，风胡乱翻弄着她的发丝。

另一辆追车企图撞击他们。更多子弹倾泻而来。接着伊薇看到圣殿手下准备从一架马车跳到另一架。露西·索恩只是想想让两名刺客卷走文档逃之夭夭就受不了，下达的命令一道比一道慑人。

"看啊，"雅各布指着某个方向，错不了，远方铿锵行驶在布莱克沃尔铁路线上的，就是被刺客改造为据点的列车。

见到它，雅各布心生一计。他们可以向右急转，开上罗斯玛丽街，只要时间把握准确，两人便能抵达最佳接应位置，从马车跳到火车上。这意味着木匣只得放弃了，而双胞胎之间的心灵感应，让决定执行这一方案的默契尽在不言中。

他们抵达拉特克利福大道和罗斯玛丽街交叉口，雅各布把马缰猛地向右拽，整个人站立起来，一边驾马一边准备起跳。

他们和车厢齐头并进，伊薇别无选择，只有纵身一跃。她喊了一嗓子发泄不爽，抓住那本刺客纹章封皮的本子——她只拿得了这个——往外套里一塞。伴随她弟弟从马车上高高跃起，蹿进列车打开的装货门，她也同步赶到了。

两人重重落在车厢地面：雅各布兴高采烈，振奋得红光满面，伊薇却相反。她一晚上拿得出手的成果只有一本折了角的笔记。对她而言，这远远不够。

70

伊薇与雅各布继续在伦敦留下自己的印迹。在两人的经营下，刺客兄弟会达到了一个世纪以来的实力巅峰。他们还向白教堂区的病人发放药物——和亨利一样，他们也赢得了人心与信任。

自然，圣殿并不乐见其成。骑士团大团长克劳福德·斯塔瑞克正坐在办公室的桃木书桌后，听取刺客行动的最新汇报。

"雅各布·弗莱借手下那帮暴徒的力量，图谋危害整座伦敦城。"副手詹姆斯·布鲁德内尔说道。

"又或者，他没什么宏大的野心。"菲利普·图彭尼插嘴。斯塔瑞克往茶里加了块方糖，"只要能玩我们的命就够了。"

斯塔瑞克端起杯子，深深吸进茶叶的芬芳，八字胡微微颤动。

"先生们，"他说，"这杯茶是从印度走海路给我送来的，它在港口上岸，运进工厂，在那儿分装好，用马车投递到我门口，被佣人放入储藏室，我需要时再端上楼给我。这一切，都是由为我干活的男男女女所实现的，多亏了我，克劳福德·斯塔瑞克，他们才有了工作、有了自己的时间、有了目前的生活。这些人将在我的工厂劳作下去，然后是他们的子孙后代。来找我谈那什么雅各布·弗莱？这坨微不足道的污点，自称是个刺客的男人？你们简直辱没了这座城市，正是其中市民的日夜辛劳，我们才得以品尝到我手中这杯茶、这杯奇迹。"

露西·索恩走进房间，在上司身边占据了一个位子。马车追逐时的可怖样貌已不见踪影，她重新戴好帽子，恢复了平日的淡定。

"我的研究已临近尾声，"她说，"那讨人嫌的蠢货，我们心爱的伦敦不用再忍他太久。"

"我听说还有个姐姐，她呢？那个弗莱小姐？"斯塔瑞克问。

露西·索恩撇了撇嘴："很快，我会亲手挖出弗莱小姐的心肝。"

71

伊薇和亨利对对手的密谋加害毫无觉察，照常在古玩店和列车据点进行着研究。"虽说没找到伊甸碎片，"他试图安抚她，"但这些材料是无价的。"

她心存感激地望着他，两人久久对视，直到伊薇尴尬地轻咳一声，别开了脸。他们一同扭头，翻阅起木匣中抢救来的笔记。亨利有了发现："快看，这里写着，伦敦刺客发现了圣器之一的裹尸布。"

一块裹尸布。

伊薇凑近亨利，越过他肩头看去。其实不必靠那么近也看得清。两人都心知肚明，却仍保持着接触，好似一股股微小的电流窜遍全身。

"伊甸裹尸布据说能治愈任何创伤，再严重都有效，"伊薇念道，"如果刺客发现过这一类东西，按说父亲一定是知道的啊。"

不，他只痴迷于大都会地下铁那枚，亨利心想。伊甸苹果是他心中唯一的圣果。"我们一定遗漏了什么。"他说。

仿佛受到启发，伊薇发现笔记本中的若干文件插页可以拼成一张地图。细细研究后，她一把夺过本子，打算出门。

"你不一起来么？"她问亨利。

他一脸尴尬。"出外勤并非我的专长。"

"我们可是发现了一条先行者遗物的线索——你不想追查下去吗？"

当然想。他也想和伊薇呆一块儿。"被你这么一说，我很难拒绝。"

两人按着地图指示前进，既为这条新线索雀跃不已，也因为彼此陪伴而心头小鹿乱撞。图纸将他俩带到城中较为富庶的区域，街道不怎么拥挤局促，建筑则更气象森严。亨利忽然灵光一闪。他们是不是正朝女王广场方向进发？

"知道吗，我在想地图带我们走的会不会是去肯威府邸的路。"他说。

"肯威？那个海盗？"

"海盗兼刺客大团长，是他。"

"真没想到那屋子你都没搜过。肯威到底是刺客啊。"

"爱德华的儿子海瑟姆加入了圣殿，现在宅子归他们所有。"

"就是说，圣殿占着一栋我们人的旧宅，里面还有刺客宝藏——他们却一点没发现？"

亨利微微一笑。"想必是我们藏东西的本事比他们强。"

两人抵达了广场，就连亨利都知道它历尽变迁。此地曾名为安妮女王广场，四围屋厦排列成行，肯威家便是其中一座。尽管雕塑还立在原处，街角的啤酒馆"女王食窖"也开门迎客了不知多少个年头，可旧住户却逐渐被医院、慈善机构、书屋和印刷厂取代。

如今建筑中用于私人住宅的少了很多，但肯威府邸仍是其中之一。爱德华·肯威从海上归来后就居住在这里。他的儿子海瑟姆被圣殿吸纳为成员，这当中又是一个长长的、惨烈的故事，及至父子反目，操戈相向。

爱德华之女、即海瑟姆的异母姐姐珍妮弗·斯科特在此生活多年，她同等地痛骂刺客与圣殿，却继续享受与双方纠葛带来的好处，包括这间大厦内的居留权。当时这里已被更名为女王广场。

珍妮弗定居于此后，偶尔也壮着胆在刺客和圣殿之间斡旋，建议双方在某些问题上协商和解。直到她终老故去，伦敦的圣殿——或许刺客也一样——才算松了口气。

伊薇和亨利踏上广场，经过了天主教贫困老人救助会和圣文森特·德·保罗慈善会，伊薇猛地刹住脚，拖着亨利往广场铁围栏后走去，勉强藏住身形。

"快看，"她悄声在他耳边说，吹气如兰。

错不了，肯威府邸大门外停着一辆马车，里面钻出来的大人物，正是如假包换的露西·索恩。

"我一会儿去书房，"两人听到她对一名男性同僚说，"不希望有人打搅，除非是关于那本遗失笔记的消息。"

少顷，两名圣殿消失在建筑内。伊薇和亨利忧心忡忡地对视一眼。闯入这里将是一大挑战；全程避开露西·索恩则是另一大。

但他们已经没有回头路可走了。

72

两人头顶上方有扇打开的窗户，对于刺客小菜一碟。他们迅捷地攀缘上墙，翻窗落入一间音乐室。房内配有一台大钢琴。爱德华·肯威的肖像高悬墙上，画中年幼的海瑟姆站在一旁。

其他几幅绘画则交代了宅子主人的远航经历。

亨利嘴唇凑近伊薇的兜帽,她勾起手指,将帽檐向后拨。

"我们要找什么呢?"他低语。

她四下打量。"我也说不太准。"他们动身翻查,发现房间里有若干位置隐蔽的音符。

"什么逃得过圣殿的眼睛?"亨利几乎在自言自语。

"只有我们能看到的东西。"

"爱德华·肯威原本是个海盗,海盗会把宝贝藏哪儿呢?"

"换做是我的宝贝,我会藏图书室。"伊薇说。亨利轻笑出声。

"图书室就是我的宝贝。"他说。两人又对望一眼,深感志趣相投。

"这钢琴真漂亮。"

"你会弹吗?"

"不,但愿会。我喜欢它的声响。你呢?"

"一点点。不得已要装淑女的时候,还能蒙混过关。"

"我很愿意听你弹,如果有幸得到机会的话。"他说着,发现她脸上泛起了红晕。

他走到钢琴前。"有几个键比正常高出来一点。"他边说边细细揣摩,试图弄明白背后的原理。部分琴键比其他键翘得高些,但只多出一丁点,不仔细看不出来。

他试了试——咚——伊薇吓了一跳,她回头查看,刚要责备他闹出动静,钢琴忽然开始自行弹奏。琴音持续流淌,两人忘记了紧张;与此同时,一块地板移开露出台阶,通往看不见的地下室。

那么,这就是肯威家的宝库了。

"这机关也不算太低调,你说呢?"亨利道。

伊薇翻了翻白眼。"看样子,肯威怪喜欢出风头的。"

两人下行进入肯威的地库。当他们探明这里存放着先辈毕生积累的宝贵藏品时,不由得屏住了呼吸。

"真不可思议。这艘应该就是寒鸦号了吧,"亨利说道,目光落在一艘双桅船模型上:爱德华·肯威的传奇海盗船,"想想看,这里无人知晓有一个世纪了。"

伊薇来到地库中央的一张高桌前,视线滑向一份文件和一张刻有浮雕的圆盘。她快速浏览起文稿。"伦敦刺客史……螺栓孔……地下室……一把隐藏的钥匙,"这下她兴奋起来,"找的就是它。"

亨利凑过来,双方再度为忽然的肌肤相亲而暗喜,可这一刻被露西·索恩的话音打破,从上方房间传来一句"是你们说听到音乐的"。两人只闻其声,她似在冲卫兵大发雷霆,接着道:"慢着,这里本来没有入口。"

伊薇与亨利对视一眼。糟糕。亨利摸到关门的杠杆,地洞缓缓合上,引得上方一片惊诧。

"帮我堵着这里。"露西·索恩喊,她判断这扇先前洞开的门扉是自己能否继续进展的关键。

地门封上了,伊薇和亨利留在底下考虑现在怎么办。

找出路。一定有另一条。两人合作,指尖摸索过一块块墙砖。亨利发现了机关,他胜利地轻呼:一小片墙体开启,又露出一段石阶螺旋向下,深处照不到半点灯光。他们顺着大宅底下这条通道出逃,庆幸再次躲过了露西·索恩的魔爪,可心中也不无失落。

"整整一座装满了刺客历史的地库啊,又被迫放弃了。"伊薇哀叹。

"再找到一间更棒的秘密档案室不就行了,或者我们回头把这间抢回来。"亨利说。

她笑话他:"我们?记得你说过不喜欢出外勤。"

"我……我是指你跟你弟弟。我可以,可以留在火车据点上协助策划。"

"雅各布又跑去打砸抢了,"她说,"哪天你打定主意要开拓眼界的话,正好有一席空缺。"

"我会考虑的。"他说。

"考虑一下,"她温和又揶揄地一笑,"我们先回地面上去。"

<h1 style="text-align:center">73</h1>

"也就是说,你们在肯威家查到的线索指向了这里……"

雅各布不太当回事地挥了挥手,示意下方拔地而起的庞大柱体。他们登上山坡观览这片景致,却仍被其宏伟造型所威压。伦敦大火纪念碑,以1666年9月2日伦敦那场火灾命名。碑塔的塔基就建在最先失火的普丁巷内、火源燃起的位置。作为这一历史性事件的纪念,令人肃然起敬的外观可谓再恰当不过。

有那么片刻,双胞胎只是目不转睛地眺望它:从木棚围绕的雕花底座,到带凹槽的圆柱形塔身,再到塔顶——上头的铸铁栏杆全部封死,成牢笼状,以防有人寻短见。作为全世界最高的塔楼,周围建筑全被比得矮下去。遇上晴和的日子,从顶端可看尽全城风光。走到近前,它的气势更让人大气都不敢喘一口。

伊薇希望亨利在这儿,转念又自责背弃了家人。再怎么说,雅各布和她是一脉血缘、双胞姐弟,有着近乎超自然的联系。遇上火灾的话,她会先抢救什么?头一样当然是袖剑;第二样就是弟弟。如果碰巧走运,雅各布没去惹毛她,她甚至可以考虑先救弟弟。

然而今天运气不佳，雅各布惹得她很不爽。他找足一切机会对她冷嘲热讽，而她与亨利·格林日渐互生的好感似乎成了最大的靶子。

亨利不在场，自然没法开口申辩。他留在店里温习资料，被雅各布占了他缺席的便宜。

"哦是的，格林先生，"雅各布学舌道，"这点子太妙了。啊求你了，格林先生，来看一眼这本书吧。站得离我再近一点点嘛，格林先生。"

她气得直冒烟。"我可没有……"让自己冷静下来，她接着道，"是啊，不像你无聊成这样，我至少在忙正事，在维护刺客组织的利益。"

"你确定？父亲以前老说哪句话来着……"

"'不要让个人感情妨碍任务执行'？"伊薇翻了个白眼。

"一点没错，"弟弟回嘴，"走了，不说了。我出去找找还有没有事情需要瞎忙活的，找到联系你。"

为表达不屑，他脱掉兜帽，从外衣里掏出压扁的礼帽拍回原状，让它沿着手臂一路翻滚到头顶。

做完这一套，他就走了。

望着雅各布远去的背影，她既高兴他不再烦她，又深深地为两人关系紧张而难过。然后她一路来到纪念塔下。底座上有个小凹口，外形很眼熟。果然，她在肯威府邸获取的圆盘与之完美契合。石块应声而裂，出现一条罅隙，宽度正好够用手打开至容人通过。她进到内部，沿盘旋的阶梯拾级而上。这里不是给外人走的，不是观光客、自杀者或作家詹姆斯·鲍斯韦尔登塔的路——看作家的情况，显然爬到一半高就吓得魂不附体，好容易振作精神走完全程，接着就宣布顶上的风景令人深恶痛绝。不，这些石阶只对她这样拥有圆盘的人开放。

果不其然，当她登上两百英尺高的碑顶，马上注意到两件事。首先是高处的风光——她被大风吹得东倒西歪，惊叹于眼前城市的全貌，烟囱与教堂尖顶根根矗立，勾勒出一条工业文明与虔诚信仰共存的天际线。其次，她又发现一枚更大些的圆盘，中央陷进去一块。她拿在手里比较，心血来潮地决定把之前那枚嵌进这枚的缺口。

严丝合缝。承受着狂风的猛烈抽打，她看到它们拼合出的图片，脑中因诧异而一片空白。若她目前站立的地方是伦敦最为著名的地标，那这块图板则指向了仅次于它的著名建筑，克里斯托弗·雷恩爵士的又一作品：圣保罗大教堂。

她很快便向目标进发。半道上她考虑过绕路去接一下雅各布，最好是亨利。但心知两人行踪不定，现在可能在任何地方，她最终还是只身前往大教堂。以她的身手，攀上建筑顶部毫无难度。

在圣保罗雕像那里，她将先前拼好的两块圆盘一起嵌进石头上的凹槽。紧接着——是她内心的直觉，还是身体实际的感知？总之脚下深处开启了一扇门。她随即爬了下去，走入教堂内的一间密室。

房间很宽敞，居中被一张桌子占据。墙上有组织的徽标。啊，那么这里是刺客专属的秘库了。正对面有扇花窗，角落里挂着一串东西，伊薇第一眼当成是条漂亮的珠宝项链。走近仔细查看，她发现它由细链穿起，装点着精美而秀巧的圆球，颗颗如珍珠大小，又镌刻了古怪的、有棱有角的象形文字，链子底端连着一只挂坠。她提起它放在手心，它散发着无比珍贵的气息，仿佛由某位超脱人间、超越时代的银匠精心铸成。她浑身战栗，明白自己手中握的，十有八九是第一文明的造物。

看样子像把钥匙。刻字是句拉丁文，意为"越去治疗，病痛越糟"，她拿在掌心翻来覆去看。这和她读到过的任何物件都对不上号，至少当场解读不出什么。要是手头有文献就好了……

她将链坠挂到脖子上——恰在此时，门开了。露西·索恩从门后闪现。

"你好呀，弗莱小姐。这东西我要了。"圣殿说道。她一袭黑衣，面容渐渐变得冷酷，眼中透出掠食者一般直勾勾的凶光，穿过房间向伊薇走去。她是一个人来的，对于抢占主动权充满了自信。

伊薇搁在颈后的手一松，钥匙落在胸口。她扯起兜帽，双手垂放，轻松而泰然。"你们想用裹尸布来巩固自己的统治，"她说，"但假如你们驾驭不了呢？"

露西把嘴一撇："你们又要它干嘛？就为了不让圣殿得手？太像刺客一贯的风格了——占着长生不老的力量，却胆小得不敢用。"

露西在伊薇几尺开外停下脚，正好在近身攻击不到的地方。两个女人互相打量。伊薇没看到明显的武器，但是否藏在对方丧服一样层层叠叠的宽大衣袍里，谁都猜不出。"长生不老，"她回道，每根肌肉都绷紧了，"你认为裹尸布圣器能带来永生？"

"我怎么想，已经无须你来操心了，"露西说，眼神在动手前一瞬泄露了她的意图。她以令人目不暇接的速度从靴筒里抽出把短刀，冲上来，持刀笔直前刺，差一点偷袭伊薇成功。

关键词是差一点。年轻刺客向后一个跳步，同时发动袖剑，愉悦地看着对手脸色一下变了。

如果露西·索恩当她好欺负，那就是犯了致命的错误。一个拿靴里剑搏斗的圣殿可不是伊薇·弗莱的对手。她攻势凶悍或许不假，但优势仅在于出其不意，距离被拉开后，露西剩下的就只有求胜心和求生欲了。但哪一样都不足以压制伊薇。

两剑相碰，铁器交鸣声响彻石壁。露西龇着牙，又发起一轮进攻，而伊薇轻松化解，预判对手的出招，不紧不慢地应对，准备施加致命一击。

但露西·索恩尚未技穷。趁伊薇踏步上前，她单手猛地挥出，拳头里捏着的一颗球爆开了花。有那么一瞬，伊薇起了古怪而疯狂的念头，她还以为露西·索恩动用了伊甸碎片进行攻击，稍后才反应过来：烟雾弹。

视线受阻、一时间晕头转向，伊薇踉跄地退后，举起袖剑呈防御姿势，恢复平衡准备迎接对方的后招。果然又攻来了：露西·索恩的格斗技巧落了下风，但她具备百折不挠的精神，而且悍不畏死。天哪，伊薇心想，她还真勇猛。透过炸弹形成的烟雾，露西攥着匕首飞身冲来，疯狂挥舞着刀子，与其说是自信能砍中对手，不如说是如此希望。借助浓烟的掩护和一股狠劲，她几乎要成功了。

关键词是几乎。

烟尘滚滚，伊薇聪明地转向一边，身体一挺，肩膀同时后收，袖剑压低、把露西·索恩来袭的匕首打偏。下一刻，她猛地旋身，右肩回转，用极不淑女却相当有伊薇·弗莱风格的大力抡拳，重重砸上露西·索恩的下巴，圣殿一阵反胃地向后跌去，眼珠翻白，牙齿咯吱咯吱响。伊薇收回袖剑，往前跨出一步，扬起了手中的金属拳套。

动作干净利落，为她奠定胜局。但或许伊薇遗传了太多父亲的特点，与弟弟本质上不无相似；或许她太过自负。总之挥拳力道太大，她并未将露西·索恩打倒在地，而是把她四仰八叉殴飞出去。脱手的小刀在地上溜了很远。对方手臂狂乱地挥舞，后背生生砸在厚玻璃窗上。

伊薇预见到接下来会发生什么，明白是自己疏忽大意了。但已经太迟。她冲上去拉人，匆忙间立足不稳，伸出的手没有抓到露西·索恩，霎时，两个女人四只手在空中胡乱扒拉，力图避免无可挽回的结局。

最终无法避免。露西·索恩穿过破碎的玻璃，眼看着跌了下去，少不得一死。此时一只绝望的手抓到伊薇颈部的项链。陡然间它成了唯一遏止她坠落的东西，而伊薇也被困在原地，细链勒进她脖子的肉里，她痛苦地大喊出声。

"跟我一块儿下来么？"露西·索恩冷笑，伊薇不免再次由衷地钦佩她。自己并不缺牺牲的勇气。

只是……

"我另有打算。"伊薇说，将袖剑弹出，斩断链子，送走了露西·索恩。

圣殿尖叫着落下，手里仍握着钥匙，伊薇则朝后倒向屋内。她顿住身体，又咳又喘，拖着脚步过去检查破碎的窗户，以及下方的石头地面。

露西·索恩不见了。

"该死。"伊薇说。

74

伊薇坐在那儿冥思苦想。是的，听闻雅各布的进展她很欣慰。他铲除了银行家图彭尼，借此阻断了圣殿的资金流，这是其一。其他小规模的突击也卓有成效。

她自己的工作却没那么顺利。

一方面，她有机会花更多的时间与亨利·格林相处，雅各布再怎么奚落，也削弱不了这种快乐。她和亨利每时每刻都变得愈加亲近。

可另一方面，两人的调查结果却乏善可陈。他们越是埋头书堆、潜心研读伊薇从木匣中带出的文献，掌握的信息反而越少。

她思忖着露西的话。裹尸布如何使人永生。已经知道裹尸布圣器"应该能治疗任何创伤"，这是文献原话，可永生是怎么回事？

现在露西·索恩还拿走了伊薇的钥匙。

"如果连开哪把锁都不知道，你说得到钥匙又有什么用？"这天，在令人费解的文本和烛光的陪伴下，她和亨利又空耗了毫无建树的一个下午。

"我敢说索恩小姐也有着同样的困扰。"亨利干巴巴地说，甚至顾不得从手记中抬起头。

挺有道理的，伊薇承认。她叹了口气，心情沉重，目光回到她自己的书上。接着——视线同书页接触的一刹那——找到了。在她眼前的这是……

"亨利。"她飞快说道，伸手碰了一下他的胳膊，又同样迅速地收回手，借此缓和突然肢体接触带来的尴尬。她清了清嗓子："看这。就这里。"

顺着她手指点的位置，亨利看见了一张钥匙的图片。原来是它。他精神焕发，伸手从一堆书中抽出另一本，脑海中建立起了联系。

"这玩意恰好和女王的一套藏品匹配，"亨利说着翻动书页，发现了自己要找的东西，他望着她，后者眼中也充满兴奋，"它保存在伦敦塔里。"

75

数小时过去，城市慢慢蜷缩进黑夜与浓雾的帷幕底下，伊薇·弗莱缩起身子,躲在墙体内折的隐蔽处,俯瞰伦敦塔内庭区域。她左侧是兰登塔楼熏黑的窗棂,1744年一场大火将其内部付之一炬,至今还未修缮完毕。因而这里无人居留,没有多少灯光,也是整块塔区守军最薄弱的角落,对伊薇是个绝佳的勘察地点。

蹲在这儿,她的视野足以覆盖中心建筑"白塔"所在的位置——主塔楼,它统驭了周围一圈稍矮的堡垒。约曼侍卫熟悉的身影散布其间,他们日夜巡视,是保护塔区的卫队力量。其中有一个人被亨利拉拢来做了盟友。她的下一步任务就是找出这个人。

她蹲伏观望,时不时放松一下肌肉。四小时的等待给了她充裕的时间研究看守的巡逻规律。蓦然间她意识到,这些人形成了泾渭分明的两个团体。事情有些不对头,她想,并且猜到了问题出在哪儿。

接着,露西·索恩的到来将她的注意力牢牢吸住。

伊薇更紧地贴附在阴影里,而她的头号死敌走下马车,穿过庭院,来到巨大主塔底层的阶梯前。圣殿女人目光扫视四周,扫过环绕内庭的高墙,扫过伊薇藏身的这片区域。她不自禁地屏住呼吸。最后露西·索恩走上台阶,进入主塔。

伊薇决定再多待片刻才行动。下方正在实施每日例行的锁门仪式,但她眼睛望着别的地方:一段距离外,两名卫兵拖着一个警员往远处走去。警员大声直白地抗议,但对方对他的叫骂充耳不闻。

并非所有人都无动于衷。下方还有一名约曼侍卫。见警员被反剪双手,押向西头的滑铁卢军营,他关注的双眼流露出焦躁不安。

看那眼神。她的线人就是他了。

她迅速动身,从方才潜伏的选址爬了下去,来到他驻守位置的边缘。他还是一脸彷徨。阴影中,她低低吹响了口哨招呼他,借此表明身份,自证是亨利的朋友。他的表情被感激与信任所取代。"谢天谢地,你来了。"他说,随后开始传达情报。

据他交代,圣殿的爪牙俨然已伸向塔卫卫队。很多队员已经是圣殿冒充的了。尽管仍有一大批效忠女王,但流言和猜忌占到了主流,力量的天平已然倾斜。

"索恩那个女人进了圣约翰礼拜堂,"他翘起拇指示意主塔的方位,教堂拱顶被遮挡,从这看不到,"我会帮你混进去。"

她点点头。请务必不择手段。

"为了能成事,你得扮作我的俘虏。"

说完,他抓起她的胳膊,夹着她大摇大摆走过内庭空地,前往滑铁卢军营,并推着她通过了大门,进入前厅。

她立刻看出圣殿渗透的严重性。被押过军营时,她遭到了无情的取笑。

"行啊,难得看到个动弹不得的刺客。"卫兵叫嚣。

挖苦声不断。

"掌管伦敦的是圣殿骑士团。可别忘了,刺客。"

盟友领她走上营地牢房区的过道,把外围的人隔在门后。

此处驻守着两名哨兵,他们站在远端的另一扇门前,和刚才那些人一样耻笑她。但这一次,伊薇·弗莱让两人悔不当初。她佯装挣脱自己的看守,疾奔过去,抬手防御的同时弹出袖剑,刺入惊慌失措的卫兵的躯干。剩下那人毫无胜算。伊薇保持较低的重心,袖剑手握拳挥出,利刃刷地捅进他的大腿。趁对方吃痛弯腰之际,她翻手向上,刺进对方锁骨之间的柔软空隙。他吐着血沫,滑倒在地断了气。

盟友全程观看,对她竖起拇指。他低声承诺会组织自己的人发动反抗,便悄悄溜走了。不用多久她就会听到门外战起的声音。

方才,锁住的门背后也发生了短促的打斗,随之传出吃痛的呼喊。警员闹出动静有一会儿了,他听见这头同样不太平,高声道:"外头有人吗?"隔着厚重的门扉,问话闷闷的。

她走过去手扶木门,嘴唇贴近答:"有,自己人。"

"哦那就好,那么这位朋友,你能帮我出来吗?"

父亲的亲自训练下,伊薇是个撬锁能手。她动作很快,开门见到了那个警员。后者脸膛通红、是容易激动的性格,这会儿露出感激之情。

"谢谢你,"他对她说,"这是证据确凿的叛国、亵渎教堂。索恩小姐还说什么饶我一命,应该对他们感恩戴德。真不要脸。"

"她在找一件东西,得到它等于拥有了巨大的权势,"伊薇告诉对方,"不能让她偷走这东西。"

警员脸色沉了下来:"该不会是王冠宝石吧?"

伊薇摇摇头:"比它还重要得多。"

在亨利那位盟友的保障下,军营敌情解除。血淋淋的尸体便是激战的证明。他们收复了西区。警员在户外号令手下。"好了,先生们,"他说,"眼下,我们面临着意料之外的敌人——我们当中出了叛徒。"他随即简述行动计划、约定好信号,准备反攻圣殿的走狗。

手下各自解散,按照伊薇发出的信号展开行动。从内庭和外庭的两条环形地带,加上主塔外的空地,警员的人马迅速向圣殿卫兵发起反扑。有几处打响了小型遭遇战,但伊薇看得出来,轻松快速地取胜不成问题。她甚至不需要用上袖剑,已经顺利来到白塔门口。

在那儿,她轻盈地快步登上楼梯,叩了叩门,祈祷里面的人还没意识到内外庭已发生起义。

等待中她绷紧身体,不管哪个倒霉蛋来应门,她都做好了解决对方的准备。然而没有反应。

她一鼓作气,试着去拧门上巨大的把手,开了。于是她悄悄蹭了进去。

该死。

她当即感到一柄尖刺抵住脖子,意识到自己中了圈套。与此同时,一把削铁如泥的威尔金森剑剑锋直指她的前臂、金属拳套的上方,以防她做任何小动作。温热的一滴鲜血顺着脖子流进领口,但这点痛和被轻易俘获的懊恼比起来,根本算不了什么。

"看样子我们逮到一名刺客,"对方三人之一冷笑道,"只不过这次是真的。这回你可别想从卫兵手里溜走;也别想去救什么警员俘虏,好让他召集部下。跟我们去见露西·索恩小姐。看看她打算怎么处置你。"

她打算杀了我,伊薇想。即便这样,常言道祸福相依,她的转机也出现了。露西正好在礼拜堂,还正在找裹尸布。没问题,伊薇心想,就带我去见露西·索恩好了。你们只是让我离圣器更近一步。

逃脱计划立即被她束之高阁。伊薇反而松弛下来,任尖刺和利剑继续抵着自己。她极度不希望再引起敌人对拳套的警惕心。

带路的方向正中她下怀,他们将她押至礼拜堂。

敲敲门,一行人走了进去,来到露西·索恩面前。众人的闯入吓了她一跳。她神色异常烦乱,显然尚未找到裹尸布。圣殿女人两颊赤红地转向伊薇,后者被她的人挟持着,站在黑魆魆的教堂过道里。

"欢迎,弗莱小姐,"她啐啐说,"不介意告诉我裹尸布圣器藏在哪儿吧?"

伊薇一言不发,她没什么可说的。

"如你所愿,"露西道,"不靠你我也能找到。然后,我就用它勒死你。"她昂首阔步穿过殿堂，伸手去摸护墙板，耳朵贴上去听是否存在中空的迹象，或是否建有秘密隔间。

此时伊薇已经做好了开打的准备。她环伺一圈敌情，礼拜堂内共有四名对手，其中露西·索恩和自己对战过一次，还输了。她寄希望于冒牌约曼侍卫的不设防；他们以为把伊薇押送给露西·索恩，自己就完事了。

伊薇手臂微微后挪，摆脱威尔金森剑紧逼的威胁，遽然单膝下跪，弹出袖剑，直捣离得最近的那个男人的下体。

这招很阴毒，却制造了大量声响和鲜血，而她一直以来接受的教育，是大量声响和鲜血同奇袭一样，能有效提高作战的胜率。

卫兵惨叫倒地，他的同僚嚷嚷起来。尖刺已经从她脖子移开，她单手撑地为轴，旋身面对第二名卫兵出拳。乍一看她只是打中对方腹部，不过拳套叠加了袖剑的力量，沉重的一击将他打翻出去，倒跌过房间。他捂着腹部的创口，无须多久便会流血而亡。

对付第三个人，她就没那么走运了。对手并未使用剑仗的尖刺端，而是将杖头抡起来，打中她脑袋侧面。她跟跄了几步，没有马上感到疼痛。她明白这意味着什么——过了一会儿简直疼得不行——只得狠命朝对方削砍。

她割破了他的衣服，划开一道口子，但远不足以致命。他比表面看上去要来得更敏捷，快速躲向一边，剑仗再次瞄准她的头部，试图如法炮制。

然而这一次，他失了准头，而她没有。袖剑分毫不差、精确地捅入他的心脏。他在跌落的过程中就已经毙命。之前倒地的两人一边哀嚎，一边抽搐扭动，呼躁地做着垂死挣扎。而伊薇箭一样射向露西·索恩，袖剑同时出鞘。她一脚踢飞圣殿刚抽出的靴里剑，品尝对手眼中的惊惧，知道胜利已经属于自己，在那一瞬的放纵中，她阴暗地沉醉于刀锋入体的触感。

终于这一次，露西·索恩倒下了，即将迎来死亡。伊薇看着她，几乎讶异自己心中毫无怜悯。"原本是治疗的工具，你却索取来助长自己的势力。"她干脆道。

"不是我自己，是我们的势力。你太鼠目寸光了。你们囤积力量却从不运用，而我们会靠它去改善人类的生存状态。祝你永远找不到裹尸布，你根本不了解它究竟能做到什么。"

伊薇好奇地俯下身去："那告诉我。"

似乎在最后一刻，露西·索恩决定还是缄口："不。"她微笑气绝。

伊薇伸入外套取出手帕，仔细地沾上露西·索恩的鲜血，折好了放回去。接着她摘下对方身上的项链，冷静地审视圣约翰礼拜堂。死去的看守倒在血泊中，露西·索恩躺在那，神情几乎安详。伊薇无声地向他们致敬，然后掉头离开，穿过灯光昏暗的主塔走廊，回到大门口。

她站在阶梯顶端，瞭望庭院；战斗胜利了，警员和亨利·格林的约曼盟友正号令手下整队。

裹尸布不在这里，她想，幸而伦敦塔回到了女王手中，说明伊薇·弗莱至少好好做成了一件事。

返回大本营途中，她脑中又浮现出露西的遗言。最开始，伊薇确实以为它只是治疗工具。和圣殿的野心一对照，她大约是很天真。可后来她得知了它能赋予永生——如今又听到这番话，露西·索恩有没有可能知道一些伊薇不清楚的事情？咀嚼回味着那些字句，她想起很久前自己读到过的一些东西。之后，伊薇一得空便展开纸笔，写了一封信给乔治·韦斯豪斯。

76

克劳福德·斯塔瑞克已经不记得上次喝到心爱的茶是什么时候了。往常井井有条的生活，近来分明沾染上一丝混乱。他所承受的压力开始显山露水。

露西·索恩搜寻圣器的行动始终裹足不前，主要源于伊薇·弗莱的阻挠，非但如此，双胞胎中的另一个弗莱——想到他的名字，斯塔瑞克就头痛——雅各布也带来了大量麻烦。圣殿使者倒在他刀下，骑士团历时数年的部署纷纷化为泡影。办公室的敲门声开始让斯塔瑞克担惊受怕，因为下属每一次进门就又是一条坏消息：骑士团又一名成员死了，又一个计划被搅黄了。

这会儿，他从手掌中抬起头，端详着一脸忐忑的书记官。后者坐在他凌乱书桌的另一头，耐心等待他的口述。斯塔瑞克深深呼吸，又半像是叹气："照着写，然后我要你先封存起来，等我下一步指令。"

他闭上眼，定了定神，叙说道："索恩小姐。你带来的器具将确保伦敦长治久安。这座城市感谢你，骑士团感谢你，我也感谢你。但裹尸布圣器只有一人能穿戴。基于此，我正式解除我们的合作。我承诺终身向您提供资助，但以我之力只能做到这一步。愿洞察之父指引你。"

好了。办妥了。斯塔瑞克聆听书记官沙沙的誊写声，后者恭谨地将这段话录于纸上。是的，他想，裹尸布圣器只有一人能穿戴，想着想着便放松下来，几乎生出些睡意，认识到自己的命运就是成为那个人。

一声叩响将他从沉思中惊起，他立刻牙关咬紧，现实的闯入预示着新的坏消息,一定是弗莱弟弟的团伙又捅出了乱子。

至少坏消息这点成真了。"说吧,怎么了?"他厉声道。

一名助手神色慌张地走进来,单手摆弄着领口,将它松了松。"先生,索恩小姐她……"他声音打颤。

"她什么?"

"很抱歉,先生。她死了。"

斯塔瑞克的共事者都学会了一件事——被逼着学会的——这个人,你永远别想妄测他接下来的举动。两名部下屏息凝神,只见他双手捂脸,肩膀剧烈地起伏,消化着这条信息。

倏地,他的目光自指缝间射出。"钥匙在哪里?"他说。

助手清了清嗓子:"尸身上没有发现钥匙,先生。"

斯塔瑞克合拢手指,思忖着这则更令人不快的发展。随后他的注意力转向桌上一个碗,将它拿起来把玩。他脸色渐渐泛红,他的人心知不妙,该不会又要发飙了吧。果然,房间里回荡起恼怒的嘶吼,通常油光锃亮、一丝不苟的头发凌乱不堪。他高高举起碗,眼看着要往桌上砸去,结果……

吼声停止了。带着夸张的小心,斯塔瑞克把碗放回桌上。"裹尸布圣器是我的,"他道,与其说是对属下,毋宁说是对自己讲,"哪怕燃起地狱之火,我也要得到它。"

77

"请再告诉我一下,我们这是要去哪儿,"伊薇道。穿过铁门,她和亨利途经树叶荫蔽的广场,向对面的一排长椅走去。

事实上,她很享受这场散步。杀伐如今成了她生活的常态,与亨利的共处时光则是天赐的解药。父亲一直警告她不要让心硬起来。"杀人机器也是机器，而我们刺客并非机器"，他说，并要她保证永远不失掉同情心。永远别丢了人性。

当时她还不解，这怎么可能呢。毕竟，从小到大她都被教导要尊重生命。她怎么会对夺取生命无动于衷呢？但不用说，无可避免的情况还是发生了，她发现应对屠戮的办法就是封闭自己、不去感受，不许自己去碰大脑中掌管反思的区域。这个过程越来越简单了，她有所察觉，有时候担心在生存机制的作用下，自己已经完全丧失了本性。

亨利的存在能将她从那种状态中拉回来。对他的情愫帮助伊薇确立自我，而他不愿拿起武器的样子，也提醒了她还有另一种处世之道。他把两人邂逅前自己的经历告诉了她。她于是了解到，他曾处在和她目前相仿的境地，最后成功地走了出来，尽管千疮百孔，却保持了灵魂的完整。还有别的活法，他就是活生生的例子。

即便这样，随着收复伦敦的任务进入关键阶段，无论她对亨利抱有什么感情，都还得再等等。恢复兄弟会的势力是她的头等要事。

他们离目标已经很近了。非常近。解放伦敦塔后，双胞胎一次次出击，直捣圣殿组织的要害。打击正中痛脚：钱。雅各布拔除了图彭尼，终结了造假团体，帮助城市恢复了秩序。他也让布鲁德内尔无法再作恶；后者生前为骑士团跑腿，有碍他们的立法一律卡着不让通过。

每次成功行动均见证了刺客声望的高涨，在伦敦东区乃至更大范围内，亨利的帮派成指数性扩张。圣殿或许能靠一寸寸爬到精英阶层接管伦敦，但刺客通过拉拢底层百姓，自下而上重掌了这座城市。穿流于大街小巷的孩童将刺客当作斗士，什么忙都积极地帮；长辈一代怕惹事、更审慎，但心照不宣地默许。亨利回店里时，常常发现示好的礼物摆在门口。

这些当然都是好事，但在伊薇心中（尽管并非雅各布心中），和裹尸布相比它只能退居次席。他们拿到了钥匙，却仍面临问题，不知道圣器实物被保管何处。只知道一个地点可以排除——伦敦塔。可是它会在哪儿呢？

于是她又问亨利："我们要去的是什么地方？"

"在露西·索恩的研究资料中，我发现了一封信，寄信人是王夫，"他告诉她，"写于1847年。"

陛下的先夫阿尔伯特亲王。维多利亚女王至今为他服丧。

"1847年。"她道。

"亲王发起白金汉宫修缮那年。"他解释。

"你是推测，他给裹尸布造了一间秘窟？"伊薇兴奋地追问。

亨利点点头，漾起一抹笑，沐浴在伊薇的认可中："而鉴于王宫没有哪间房被标明为'秘窟'……"

此时两人已走到长凳边，那儿坐着一位外表尊贵非凡的印度绅士，营养良好的圆润脸庞让他略带男孩气。不过，这不影响他的英俊感，那是种仪态和气度。他通身是价值不菲的绫罗锦缎。

见两人接近，他叠放下手中的报纸，站起来会见他们。"大君殿下。"亨利稍一鞠躬。如果伊薇没看走眼，礼行得略为潦草和勉强。"请允许我介绍伊薇·弗莱小姐。弗莱小姐，达力普·辛格大君。"

伊薇和辛格相互致意，接着大君的神色变得凝重。他转向亨利："我的朋友，你问的设计图被人拿走了。"

"拿走了？谁拿的？"

"克劳福德·斯塔瑞克的人。或者他雇的人。"

辛格见伊薇和亨利面色沉郁,道:"是的,我就猜到你们听过这个名字。我知道图纸现在在哪,但那里守卫严密。"

伊薇傲然挺胸:"这倒不是问题。"

辛格上下打量她:"我看未必。"

不多时,伊薇和亨利竞赛着爬上屋顶(胜者:伊薇),蹲在高处俯瞰一座据悉由圣殿占领的堡垒。

那里有他们要的文档,被克劳福德·斯塔瑞克拿到了。敌对双方显然得出了同样的结论。

只不过,他手上没有钥匙。他们有,现在他们还想把图纸也夺过来。

首要问题是卫兵。亨利清点着窗口放哨的人头,堡垒虽小,却可谓重兵把守。他见窗前、门边都站了人,监视着整个周边。

"我们得定一套计划。"伊薇言简意赅。

"我可以扰乱他们,把卫兵引开,你再设法进去。"亨利表示,她看着他。"真的?"她既意外又担忧,不确定他是否有把握,然后——他脸红了?还是她想多了?"为了你,伊薇,"他说,"没问题。"

"好吧,"她说,"找不到的话,我会等进去之后抓个知情人,审问图纸下落。"

"然后我们会合。"他对她说,便要转身离开。

"你自己小心。"望着他远去的背影,她柔声道。

他提供了亟须的干扰,不多不少刚好。近侧卫兵察觉响动后散开队形,她趁机攀墙翻进两楼的窗户。没弄错的话,此处是行政中枢,图纸应该放在这里。

不是她搞错了这间办公室的用途,就是图纸又被转移了。她飞快环视一眼进来的地方，什么都没有。那好吧，她想，实施后备方案。找个人来审一审。

她凑到办公室门口，细听走廊传来的声音。满意于自己听到的，她守在原地。等一名落单卫兵经过，她一把掀开门，猛击对方咽喉，右臂勾住他的脖子拖进房间，随后关上门。

他瘫软在地，刚才那下弄得他干呕不止，目睹袭击者真容，守卫几乎不敢相信自己的眼睛。

伊薇立即跨立在其身前，他惊恐地望着她，语无伦次道："我发誓小姐，不知道他们把那人带去哪了。"

她单手攥着他的领子，拳套包裹的另一只手向后扬起，以制造更多皮肉之苦为要挟，却及时收住。那人？

"把谁？"她狠狠地说。

"一个跟你打扮差不多的男人，卫兵把他拖走了。"对方道。

该死。"亨利，"她回过神，"你们偷来的图纸放在哪？"

他激烈地摇头："我什么都不知道。"

她信了他，金属拳套一记果断的直拳将他弄晕，起身走人。现在她必须做出选择。

继续搜寻图纸？还是去救亨利？

只不过，其实没什么好选的。

78

伊薇追了出去，直到在马路上撞见亨利的线人孩童，她才停下喘口气。

"他们带走他了，小姐，"她被告知，"他们带走了亨利先生。我们阻止不了。他被拖上一辆红色的马车,不过他们还没跑远,一个车轮看起来就快掉了。您可以去看车轮印,跑起来摇摇晃晃的。"

她谢过他,也感谢自己的福星,让刺客们有平民支持作为后盾。叫圣殿试试不借助耳目在伦敦街头追踪一架马车。叫他们试试。

于是她跟着车辙印,快步穿梭在熙熙攘攘的街道,化为人群中一道迅速移动的身影,最后来到考文特花园附近,她发现马车被抛在那里。

她冲上广场,希望发现亨利和绑架者的身影,但他们杳无踪迹。一旁有位商贩用倾慕的眼神偷瞄她,她便三步并两步地上前——是时候恶劣地利用自己的性别了。"您见过谁走出那辆马车吗?"她用自己能堆出的最甜美的笑容望着他。

他傻笑回答:"见过,他们还拖了个人出来,都烂醉如泥了那人。他们扛着他去了教堂后的墓地,大概他想找个安静点的地方把酒劲睡过去?"

他一旁是卖油画的摊位。"对对,"另一名商贩向伊薇脱帽致意,"我看见车轮掉了,后来他们就架着人下了车。他们说他撞到了脑袋。不清楚为什么要带教堂,但确实是去的那里。"

在两人的指示下,她注意到位于广场西头的演员教堂那熟悉的门廊立柱。尽管另外三个方向都是楼房高耸,但它仍赫赫威压着整座广场。平日里,这般景象令人震撼,值得驻足欣赏。可现在伊薇看着它却联想到陵墓。她看到了死亡。

谢过两位倾慕者,她横穿广场来到教堂后部的墓园,游走于阴森的坟茔,不时瞥一眼教堂后部同样宏伟的柱廊。起初她步伐很快,在听到不远处传来人声后,行动越发小心起来。

她已行至墓地后方,灌木无人打理,葳蕤丛生。眼前似乎是圣殿的一处营地,至少她想不出别的解释。这一切之中是亨利,他被绑在椅子上,身前站着卫兵。她兀自心惊,以为他们杀了他。他的脑袋无力地垂在胸前。不过仔细想想,两人的语气却完全不像是他已经死了。

"你把他带这儿做什么?"其中一人道。

"这人是个刺客,"同党说,"你也不想审还没审他就逃了,对不对?"

前个卫兵心神不宁,有点一惊一乍:"原来的地方才更安全,我告诉过你别来这里。"

"现在说这个也没用,来,把他弄醒。"

第二个卫兵企图摇醒亨利,此时伊薇采取了行动,袖剑一弹冲出阴影。她速战速决,无意延长打斗,为了敌人的尊严,也出于自己的傲气。她只是完成任务,迅猛而无情。

和初入战场的那个青涩刺客有天壤之别。

望着他们倒在她脚下,她这才赶过去给亨利松绑。

"他们伤到你没有?"她问。

他摇摇头。"我没事。听着,他们派了一个人回去转移建筑图纸。你拿到了吗?"

这次轮到她摇头。

"我被抓害得你计划泡汤了,"撤离时他说道,"对不起。"

两人郁郁寡欢地回到基地。

79

克劳福德·斯塔瑞克正在筹备一场宴会,相当重要的宴会。他将借此实现一个伟大的计划。

一名侍从围着他忙忙碌碌,整饬晚礼服、马甲,从肩头掸落浮尘,拾掇领带。

斯塔瑞克对镜自赏,一面发表意见,一面自我倾听:"秩序中滋生出无序,海潮涌来,淹没了酒肆,浇熄了街灯。我们的城市即将死去。图彭尼失败了,露西失败了,布鲁德内尔、埃利奥特森、阿塔韦,全部陷入永眠。现在轮到我站出来了。刺客将蛮荒之震怒带进我们的家园,把人类变作妖魔鬼怪,獠牙毕露地向我们奔袭而来。必须抵御这些洪水猛兽,保存我们的文明。"

仆人完成了工作。克劳福德·斯塔瑞克转身准备出发。"为了阻止中世纪的黑暗复又降临,"他说,"我要再次启程。伦敦必须经历重生。"

80

伊薇和雅各布两人又吵了起来。亨利望着他们,情绪纠结。一方面他打心底不愿看见双胞胎针锋相对,可另一方面,他觉得他已经爱上了伊薇·弗莱,希望她全部属于自己。

是的,这很自私。但感情做不得假,没有抵赖的必要。他希望伊薇·弗莱属于自己,如果她与弟弟不合,那正好,独占的日子会更快到来。

此刻他俩仍争得不可开交。

"斯塔瑞克已经在行动了,"伊薇道,"伊甸碎片就在白金汉宫里的某个地方。"

"那就让他拿走好啦。"雅各布回嘴。

弟弟依然高傲而自大，亨利注意到。很多方面他完全有傲慢的资本，他做了那么多事情，每件都大获成功。最近的胜利包括刺杀麦克斯韦尔·罗斯。亨利还记得当初伊森给到他的资料，粗粗一翻，写满了圣殿的名字。多亏雅各布，绝大部分甚至几乎全体，都已无力兴风作浪。的确是了不起的成果。

但就连伊薇这样一门心思寻找裹尸布的，也无法对他造成的巨大破坏视若无睹。

"我看到你留在全城的杰作了，"她想点醒弟弟，"'欲速则不达'，这就是你的报应。"

他怒斥："少拿父亲的话压我。"

"是柏拉图说的，"她不留情面地纠正，"真抱歉呢，这世上还有你毁坏不了的东西。父亲是对的。他从不认可你处理事情的方式。"

"伊薇，父亲已经死了……"

亨利觉得该介入了。"够了！我刚从探子那收到消息。今晚的宫廷舞会上，斯塔瑞克计划偷取伊甸碎片，然后除掉宗教和王权领袖。"

事态立刻发生了转折。

伊薇和雅各布对视一眼，心里明白得很：亏得斯塔瑞克孤注一掷，企图一举赢回双胞胎造成的损失，才在无意中将姐姐对裹尸布的执念，同弟弟靠传统方式夺取统治的需求联合了起来。

眼神的交汇传达了两人的领悟，他们蛮不情愿地达成一致。但好歹分歧被暂时搁置。

"看在过去的分上，再联手一次？"雅各布挑了挑一边眉毛。倏地，她回忆起他们曾经是如何亲厚，不禁哀悼这种亲密的逝去。谁能想到，践行父亲的遗志最终却导致二者关系破裂？

"然后，我们各管各的。"她硬起心肠道。

"愉快遵命,"他说,然后补充,"所以我们计划怎么做?"

计划的其中一步,是利用与本杰明和玛丽·安·迪斯雷利夫妇的关系,从格莱斯顿夫妇身上偷取舞会请柬。

伊薇着手筹备与辛格再碰一次面,而雅各布被安排了偷请柬的任务——他再适合不过。从醉醺醺的凯瑟琳·格莱斯顿身上窃取请柬后,雅各布还连带偷了格莱斯顿家的马车。邀请函明确要求"刀剑必须留在门外",关于这一点,他们认定交给弗雷德里克·艾博兰处理最合适,警长保证会将所需的武器捎进宫廷。为了能成事,雅各布还得给他偷一套制服。此时,伊薇见到了达力普·辛格,后者告诉她图纸作为女王的私人文件,被转移至宫中的白色会客厅。

如今她明确了文档的位置。感谢雅各布,他们有了一辆马车。捎武器进宫的办法搞定了。请柬也拿到了。

游戏已经开场。

81

出发前,伊薇研究了手头的一版王宫平面图:正门在东面,他们计划从那进入;西面是侧楼,那里的露台将作为舞会池;而内部共五层,有超过七百间房间。

只不过,她真正感兴趣的只有一个地方:白色会客厅。一旦行动自由,她会立刻赶往那里。前去白色会客厅、窃得图纸、定位秘窟、找出裹尸布,一气呵成。

她与雅各布坐在格莱斯顿夫妇的马车内,牢牢握着顺来的请柬。座驾融入川流不息的车队,从林荫大道向宫殿东头驶去。伊薇不知自己是否想多了,空气中似乎隐隐浮动着兴奋之情。

毕竟自从王夫阿尔伯特故去，女王便甚少出现在公众视野。她也因而成为一些讽刺文章的嘲弄对象。然而，据传陛下将会现身今晚这场她亲自举办的舞会。

来到大门口，伊薇立刻发现女王的露面多半不会是今晚的唯一话题。马车开过正主格莱斯顿夫妇身边，他俩正同头戴熊皮高帽、身佩刺刀长枪的宫廷卫兵争吵。气势全开的格莱斯顿夫妇不容小觑，但女王卫队自然也一样，双方似乎僵持不下。经过他们时，马车里的伊薇稍稍往下缩了一点，幸好格莱斯顿家忙着对卫兵软硬兼施，没察觉到她。

马车驶离失主的视野，硌硌轧过鹅卵石路，穿过入口立柱，停在了宫殿前的广场上。队伍最前端，衣冠严整的侍者要么黑着脸大声对车夫发号施令，要么打开车门，将达官显贵接下车，引向接待大厅。客人将从那登上主台阶，前往舞厅或露台舞池。晚会气氛已然高涨。

双胞胎此时坐在马车里，等着轮到自己被引入上流环境。伊薇和雅各布互瞥一眼，借助对视袒露各自内心的紧张。祝你好运。自己保重。一切关怀尽在目光中。

"我一会儿就去找伊甸碎片。"她说。

他撇撇嘴："如你所愿。我去见弗雷迪。"

马车门开了。他们向外看去，侍从面无表情地鞠了一躬。接着二人望向延伸的阶梯，它通往洞开的宫殿正门，侍者列队成行，一拨衣冠楚楚的宾客信步而上，正陆续入内。

至少他俩扮得挺像回事的。雅各布正装出席，伊薇一袭蕾丝滚边的缎面舞裙，底下穿着紧身胸衣和金属撑骨裙摆，一双缎面舞鞋。她觉得整个人都被缚住，像是要送上圣诞餐桌的火鸡。不过她同人群融为了一体,那是必须的;唯独大部分女宾佩戴了钻饰项链,而伊薇胸前挂着密室的钥匙。为拿到钥匙她经历了太多波折,不会再让它离开自己的视线。

他们正走下马车,忽然听到一段距离外愤愤不平的喊声。"那是我的马车!"叫声源自未来首相格莱斯顿,还好没人答理他。

两人分头行动。雅各布开溜去找艾博兰拿武器,设法制止斯塔瑞克屠杀上流阶级的阴谋;另一边,伊薇要探清白色会客厅的位置。她和其余宾客一样,沿主台阶拾级而上,故意混在人堆里,被锦衣华服、时政言论和耳语八卦所包围,始终低调地顺流而动。如果有人主动同她攀谈,她便点头微笑,完美地扮演了初入社交界女子的角色。

离开攒动的人头,她转向左侧一条走廊。身后传来一声善意的招呼:"亲爱的,舞厅在这个方向。"她装作没听见,悄然溜走,缎面舞鞋无声地踩在奢华的阿克斯明斯特地毯上,一路朝王宫深处摸去。

她步伐轻灵得像个幽魂,所有感官高度戒备,侦测着卫兵动向,不等他们看见她,她已能听得一清二楚。果然,她听到了逐渐靠近的脚步声和嗡嗡低语,于是闪身躲进一间办公室。

室内装潢简朴,只有拉上的窗帘空隙隐隐透过微光。她守在门边,将门拉开一条缝等卫兵经过。

走过来了。她从门缝窥视,仔细打量:他们身穿女王卫队的制服,却有一丝不同。纪律像是不那么严明,仪态不那么得体。

假冒的。

这才合理。斯塔瑞克渗透了卫兵,把自己人安插在宫廷内外。不然他们指望靠什么执行一场实质上的大屠杀?她咽了口口水,希望这会儿雅各布能从艾博兰处掌握到同样的消息。

出了办公室,她重新踏上阿克斯明斯特地毯,匆匆穿过走廊,找到了前往白色会客厅的通路。蹭进屋,她翻箱倒柜地搜罗自己要的图纸,留着耳朵倾听外面的动静。

找到了。她将图纸在桌上铺开,为自己的发现兴奋地咬起了嘴唇。和出发前研究的那一版不同,这份设计图包罗万象。一间房也没有遗漏,每条廊道都标识了出来。这是王夫的私人图纸。

还不止⋯⋯

她屏住呼吸。

密窟就在那里。

她真希望亨利在身边一同见证,甜蜜地畅想他可能的反应。事实上她在想,自己真正畅想的是一个期许,是等这一切都结束、能与亨利·格林长久相伴的念头。

但那都是往后的考虑了。现在她但愿雅各布消除了斯塔瑞克手下的威胁,好让她集中精力潜入密窟。动身前,她在会客室尽头的一面落地镜里捕捉到了自己的身影,调整仪容、抚平裙摆,随后将图纸藏进乳沟,离开房间进入外面的走廊。行进中她停下过一次,以躲避沿途放哨的卫兵,接着迅速融入人潮,再次遁形无迹。好了,现在向着密窟⋯⋯

一个声音将她截在了半道:"你在这儿啊。"

该死。是玛丽·安·迪斯雷利,既具备伙伴和盟友的身份,也不是能轻易撒谎打发的那种人。

"有位贵宾,你绝对要见见!"迪斯雷利高声道,不由分说地抓着伊薇的胳膊,领着她穿行于宾客间,绕了舞厅一大圈,最终来到露天平台。伊薇·弗莱立刻认出站在那里的女人是谁。此人实在好认,事实上,年轻刺客有一瞬间不能相信自己的眼睛。

"陛下,"玛丽·安·迪斯雷利说着,悄悄捏了伊薇一把,提醒她行礼,"请允许我向您介绍伊薇·弗莱小姐。"

女王陛下身穿如今已成为其标志的黑色丧服,神情与之相配,审视伊薇的眼神中混合了冷漠与不喜,接着却出人意表道:"格莱斯顿先生的麻烦就是你弄出来的?"

伊薇脸色一白。游戏结束了,他们被发现了。"尊、尊贵的陛下,很抱歉我……"她结结巴巴。

只是——女王竟在笑。显然格莱斯顿的"麻烦"让她乐不可支。"今晚蛋糕非常美味,"她告诉伊薇,"好好享受舞会。"

说完她转身就走,侍者小步紧随于一旁。伊薇头晕目眩、张口结舌地站在原地,太迟才意识到自己成了众人关注的焦点。她不再隐匿人群,而是暴露了出来。

她挪动步子,想快点走开,但恶果已经生成。人堆中伸出一只手抓住了她的胳膊,这次不是玛丽·安·迪斯雷利友好而抚慰的力度,她人已经飘远,继续交际去了。不,这次是强硬的囚禁之手,来自克劳福德·斯塔瑞克。

"赏个脸共舞一曲怎样……弗莱小姐?"他说。

这完全不符合社交礼仪,周围传来倒抽冷气的声音,但克劳福德·斯塔瑞克似乎毫不在意,领着伊薇径直走到露台中央——乐队刚开始演奏一曲玛祖卡。

"斯塔瑞克先生,"伊薇随他进入舞池,希望自己听起来大势在握,而非内心发虚,"你玩得很开心,可是游戏结束了。"

斯塔瑞克却并没有在听。他双眼半闭地欣赏音乐,似乎出了神。借此机会,伊薇研读起他的面容,满意地发现疲惫和焦虑都写在了那双眼睛周围的皱纹里和下方的黑眼圈中。刺客的行动着实让圣殿大团长心力交瘁。换成一般的头领，可能已经在考虑投降，但克劳福德·斯塔瑞克没有。

她搞不清他的精神状态。她想这个男人是不是为了胜利费尽心机，以致不愿意承认失败。

"一二三，"他开口了，她发现他用手势比画着什么，目光随之投向舞池上方四围的屋顶。

是了，就是这些人。披着女王卫队的皮、货真价实的圣殿狙击手，大概有六七个。视线扫过之处，他们个个端平了长枪，枪口指着下方舞池，等待号令。

屠杀即将开始。

"时间是个神奇的东西，弗莱小姐，"斯塔瑞克说着，"它能治愈一切创伤。我们会跳错舞步，而等玛祖卡完结，又迫不及待要开始新的曲子。问题在于人都很健忘。他们一次又一次绊倒在同一个步点上。"

伊薇的目光离开了屋顶射手，她做好了下一秒弹雨袭来的准备。他还在等什么？

他自己揭晓了答案："这一曲已接近尾声。世人将很快忘记露台上的这一代，忘记你们几乎把伦敦夷为废墟。当乐声终止，弗莱小姐，你的时间就将结束，而我的时代将再次开始。"

原来这就是他们等待的信号。

乐队依然演奏着。

82

当玛祖卡奏完……

伊薇再次凝望屋顶,见到雅各布熟悉的身影,她的心狂跳起来。他已换上刺客行头,移动到一名枪手身边,割开了对方的喉咙。

她了解弟弟,如果他有什么是靠得住的,那就是把跟前的目标逐一解决干净。

他不负所托。舞曲终结时,天台枪手已被清剿,斯塔瑞克忽地从幻梦中惊醒。他先是震怒,随即发狂地环顾屋顶,发现上面空无一人。只见舞伴笑吟吟地说:"我预感到有人会插一脚……"

他咬咬牙:"很遗憾,我得失陪了。"

他猝然伸出手,趁她不备,一把将钥匙从她脖子上扯下,接着转身匆匆离去。伊薇留在原地,手抚脖颈目瞪口呆。她周围响起义愤的叫嚷:"你们瞧见了吗?你们瞧见他做了什么吗?"

她旋即朝斯塔瑞克追去,但他已消失在人群中。身后闲话四起。她闷着头向露天舞池边缘赶去,感激地发现雅各布以这场突如其来的骚乱为掩护,出现在她面前。

她从胸口抽出图纸,塞进雅各布手里。"拿着,"她语速飞快,不带喘地道,"秘窟的位置,快去。"

他盯着图纸,眉毛拧在了一块:"就这样?不先计划一下?"

"没时间定计划了。我一会儿赶上你,等我把这身——"她指指讨嫌的长裙,一边自雅各布手中接过金属拳套。这是他从随身挎包里掏出来的,她的刺客袍也在里面。她赶紧找合适的地方去换装。

雅各布一路狂奔。设计图显示秘窟坐落于酒窖边,很可能是同时建成的。之后前者被从纸上抹去,无声息地"消失"。入口设计成暗门,粗看只是又一块装饰精美的护板。雅各布抵达时,但见门扉虚掩,无疑克劳福德·斯塔瑞克是用从伊薇身上偷得的钥匙打开它的。

舞会被他远远甩在了身后。宾客们目击了斯塔瑞克的强取豪夺，或许正紧捂着身上的珠宝不放呢。而这个区域的王宫人迹全无，一片静寂。

但静寂被稍许打破。走在通往秘窟的狭长过道内，雅各布听到头顶传来沉闷的爆响。斯塔瑞克轰开了秘窟。

他浑身绷紧，咔咔捏响了指节；前臂轻屈之下，袖剑发出更细微的喀一声，弹了出来。

他愈加审慎地靠近炸开的门洞，迈步跨入，发觉自己所处的房间属于中世纪时期建筑。那么说，它比酒窖还历史悠久，甚至可追溯到1760年王宫改建那会儿。其实在雅各布看来，更像是先有的它，如今的王宫则建在它之上。

他不禁想笑又忍住。要是让伊薇亲自发现这里，她该多高兴啊。

圣殿的大团长伫立在秘窟正中央，欲动手开启一个刚找到的匣子。雅各布这辈子都没见过类似的容器：深灰色、充满未来感的长方形槽体，边沿带有把手，表面遍布棱角分明的古怪缺口和铭文。有一瞬他只能呆望着，全身动弹不得，仿佛和斯塔瑞克双双被施了定身术。只消看一眼他就彻底信服，这个匣子确实有些地方不同凡响，超越了认知。也许伊薇在圣器上花那么多功夫是对的。

克劳福德·斯塔瑞克仍身穿正装，但在外面披挂了一块闪闪发亮的布，恍若隐隐散发着能量与威慑，这种能量与盛放它的容器同种同源。伴随雅各布的注视，金色的布匹流光溢彩，其上仿佛有图案不断生成、淡去。匣子里放置了一组看似装饰的物件，均发出嗡嗡的响声，要么它们自身也具备力量，要么就是利用匣子的能源。雅各布深深沉迷，陷入虔诚的信仰，感到圣器在召唤——直到他费尽全力摇摇头，从精神钳制中摆脱出来。脸上重新嵌着笑,他走过去跟圣殿大团长打招呼。

"都一把年纪了,还信魔法呢?"他说。

斯塔瑞克抬头看他的眼神令人费解,也许伊薇·弗莱能认得出来,这种表情和他方才跳舞时如出一辙。只不过此刻他着魔更深,几乎达到了极乐的安详。

"好啦,"他笑道,"就让我这个老人放纵一下吧。"

"有我在,你什么都别想。"雅各布不解其意,又上前了一步。

斯塔瑞克并没有采取防卫,只是纵容地笑了笑,像一名真正智者般地笑。"年轻人总以为能在这世上留下自己的印记,殊不知,这世界造出来只是为了压榨他们。"

雅各布摇摇头,挺起腰板,以帮派领导人的架势回应:"我不妄想自己能留下印记,老头子,道理我懂。"

斯塔瑞克脸黑了下来。他收了神,意识回到现时此地,开始从新获取的圣器中吸入上古文明的力量。

紧接着雅各布出手了。

83

亨利决定了。他将脱离刺客,自己是组织的累赘,他也将离开伊薇,自己于她只是个负担。倾其半生,他妄图回避这一认知,即他是个不适格的刺客。然而在考文特花园的演员教堂一带被俘,让亨利明白清算的时刻到了。

记忆如潮水泛滥。他将店铺打烊,熄灭前门的灯,钻进帘子背后的工作室。钟表滴答走着,他想知道伊薇这会儿在干什么。毫无疑问，她和雅各布在女王的舞会上。等两人返回，就将是行动的尽头。要么赢，要么输，战斗将一举定胜负：或者刺客恢复优势，伦敦圣殿的统治宣告终结；或者他们又得撤退，重整人马再作打算。

亨利自己呢？他坐在房中的书桌边，面前散落着资料和铭文、地图与图纸，都是他跟伊薇曾孜孜研习过的。他双手捂着脸，追忆自己的孩提时代，以及他用幽灵身份生活的那些年。半辈子的欺骗、残梦和失败。

多年前他考虑过离开兄弟会。人不可以背弃自己的信仰，当时他告诉自己。

是的，他如今下定决心。你可以。

他抽出一张白纸，在面前铺开，伸手取了笔和墨水。

"亲爱的伊薇。"他写道。

大门外突然传来动静，将他打断。又响了一下。是敲门声。

亨利起身，拿上袖剑佩戴好，掀起隔帘朝外走去。光脚在地板上悄无声息。他穿过凌乱的店铺来到门背后，垂放下袖口、遮住袖剑，细细打量门玻璃上映出的身影，那轮廓被他一眼认了出来。

"进来吧。"他说着打开门，左右扫了一眼门外忙碌的白教堂区街道。

乔治·韦斯豪斯走了进来，从外面温暖的夜色踏入店内黑暗压抑的环境。"你佩了武器。"他说，算是打招呼。到底是受过训练的眼睛。

"我们把圣殿逼到了绝路，"亨利回答，"你觉得绝境中的鼠辈会怎么做？"

"奋起攻击小店老板？"乔治说。

亨利想挤出一丝微笑，但微笑于他向来不易，果然，这次脸部肌肉还是选择了抗命。他转而闩上门，回身带着乔治穿过摇摇欲坠的货架，走向工作室。他把刚开了头的信扫到一边，让乔治坐下；上一个坐在这张椅子上的是伊薇·弗莱。

乔治将随身带的一个皮质小包放在桌上，坐了下来。"跟我聊聊伦敦城的最新形势可好？"他说。

亨利告诉他，借助自己的消息网，雅各布怎样在东区组织起了帮会，并成功实施一系列针对圣殿的行动，严重削弱了他们的地位；他说了自己和伊薇如何发现最新一块伊甸碎片可能的下落；说了伊薇和雅各布此刻正在女王的舞会上，伊薇要去找存放裹尸布圣器的秘窟……

听到圣器，乔治扬起了眉毛。

没错，亨利心想，又是天杀的圣器，又要以先行者遗物的名义收走更多人命。

"你是自愿和伊薇·弗莱结伴行动的，没错吧？"

"起初，我俩寻找伊甸碎片的目的还不尽相同，"亨利承认，"她想亲眼见见它，目睹第一文明的力量。我见过了。我是希望那力量永远别落入圣殿之手。"

"'起初'是指……？"

"我不明白你想问什么。"

"你说'起初'你们目的还不同，为什么你觉得现在情况变化了？"

"我对双胞胎充满信心。即便伊薇未能取回裹尸布圣器，我也坚信雅各布能消灭克劳福德·斯塔瑞克。不管哪种结果，伊甸碎片都暂时安全了。"

"仅此而已了？"乔治指着桌面一隅，亨利那页"亲爱的伊薇"信纸静静躺在那，"没别的？"

亨利看着他。"没了，"他说，"没别的了。"

乔治洞悉一切地点点头："嗯，那就好。非常好。你是明白的，伊森告诉过你，你母亲也告诉过你，刺客们需要分析的头脑，程度不亚于我们需要战士。"

亨利避开了乔治的视线："一名真正的刺客应该两者皆有。"

"不不，"乔治摇了摇头，"你说的那不是人，是机器。我们的组织——任何组织——都需要良心，亨利。良心是我们赖以生存的重要机制。某些时候，我们也许要过很久才反应过来，但它的重要性始终在那里，并不因此动摇。不管你做什么决定，我都希望你记得这一点。"

亨利点头。

"好了，我把话说清楚了，来谈下一桩事情……"

乔治打开小包，取出一本皮面册子，滑过桌面给亨利。"伊薇联系了我，问到这本书。她依稀记得在父亲的图书室见过。里面没准还提了一笔你们所找的那枚圣器。"

亨利冲他皱起了眉，乔治耸耸肩："好吧，没错，我一开始就知道裹尸布这玩意。我只是需要可靠消息。嗯，更多来源的可靠消息。"

亨利好奇地把书拖到面前，翻开封面，霎时一丝熟悉的亢奋涌上心头。书中大约记载了一系列代代相传的证词——征战细节、刺杀历数，赢取复又遗落的珍宝——一直上溯至英国兄弟会成立之初的年头。

他猜，伊薇会不会是读到过裹尸布的内容？当时的她是否觉得文字不知所云，如今想起却醍醐灌顶？

乔治微笑着望向亨利的面孔。"告诉你,可费了我一顿好找,"他说,"希望能派上点用场。"他起身告辞。"别犹豫,你该马上读一读。所以我不叨扰你了。你干得很出色,亨利,你的父母会为此骄傲的。伊森也会为你骄傲。"

亨利在乔治走后锁上门,便回来研读文本。相传裹尸布圣器能带来永生,这一点他们都知道了,伊薇由此假设圣器具有治愈功能。

然而和露西交锋后,她坚信它还蕴藏了更大的力量。好奇心触动了记忆的火花,让她想起这本书。

亨利快速翻阅着,揣测他会看到什么,直到某段特别的记录进入他的视野,那一条讲述了——是的——一块裹尸布。作者的措辞隐晦到极致,但好歹算是给了准话,佩戴者确实能获得永恒的生命。

然而,那段话还提到了点别的:与优点相对应的、圣器之不足。裹尸布的缺陷——或者说,对某些人而言恰恰是长处——即佩戴者一旦和人接触,圣器便会抽干对方身上的能量。

报告最后总结,除上述之外人们对裹尸布一无所知,即便此处的记载,也可能仅仅是流言或妄语。就算这样,这篇文字也足以引起亨利的警惕,他想到了伊薇——已深入秘窟却不知裹尸布真正力量的伊薇。

84

伊薇终于穿回了常服。她把恼人的裙子往旁边一丢,调节完拳套袢扣,又松活了几下大衣内的肩膀。这间小前厅被她选中用来快速换装,她又在一扇窗前捕捉到自己的倒影,只不过这次她对自己的形象满意太多了。

去他妈装出来的优雅。这才是她真正的自己。父亲的好姑娘。

现在该去秘窟了，和雅各布一样，她将喧嚣的宴会抛在身后，冲向事先了解到的圣器所在地。也和他一样，她抵达时发现大门开着。她冲下斜坡进入地道，接近洞开的门口时，刹住了脚步。

里面传来扭打的声响。不会错的，雅各布正在受苦。袖剑瞬时弹出，她冲进了门，正好看到斯塔瑞克身披裹尸布，一只手牢牢挟制着雅各布。

她原地愣怔了一秒。这怎么可能。以斯塔瑞克的年纪和体格，居然制服了雅各布？可事实就摆在眼前。以裹尸布圣器为媒介，斯塔瑞克如血蛭般吸食着雅各布的生命力。"让你不听话。"他刚好说到这句。而她视线游移，最终定格在一只纹饰繁复的匣子中。原先里面那些珠宝似的物件，仿佛拥有了自己的意志，一枚枚缓缓升起，在密窟污浊的空气中，放射出邪性的光芒。上升、旋转，这批守护飞行器似乎筑起一道防护层，包围了圣殿大团长和他那毫无还手之力的俘虏。

这些东西到底有多强大，她正欲一探究竟，入内几步便听到背后传来响动。她旋身看见一名卫兵上气不接下气地冲进来，向斯塔瑞克报告道："先生，出——"

永远没有下半句了。突然闯入门口的行为似乎触发了守护飞行器，其中一枚激射出一道闪电，正中卫兵的脸，一股力量推着他倒飞出去——未及落地就死透了。

死者焦黑的面孔垂向一边，她意识到问题出在动作，任何激烈动作都将触发它们。她静止不动，余光监视着这些盘旋头顶的致命飞虫，同时关注房间中央的事态。斯塔瑞克俘获了她弟弟，正在汲取他体内的能量。

情势危急，雅各布尽管还在坚持，但眼看着要撑不住了。

"伦敦很快就能从你们制造的混乱中解脱了！"斯塔瑞克咆哮道。他双目圆睁，露出狂热的神色，唇边沾着唾沫星子。"这座城市原本是个安全的港湾，是一切人性之光。你们却宁可破坏社会的基本结构！你们有什么替代方案么？疯人院？"

自由，伊薇心想，却没有出声。她将精神力倾注到弟弟那儿，对他的痛苦感同身受，仿佛它直接施加了在自己身上。"雅各布，撑住。"她喑哑地喊道，声音中充满无助和苦恼。弟弟的眼珠鼓了出来，脖子上青筋暴起，她生怕它们什么时候就爆裂了。

"伊薇，"他费力地开口，"别过来。"

"你根本不懂怎么用圣器，"伊薇冲斯塔瑞克喊话，"裹尸布不是留给你这种人的。"

然而斯塔瑞克充耳不闻。他越发用力地扼住雅各布的脖子，伴随这一举动，力量汹涌地灌入他的身体。他嚣叫着完成死亡一握。

此时，守护飞行器像是预感到事情即将终结，慢慢撤下，规律明灭的光线也一点点消退。伊薇趁机挑衅地大吼一声，向前冲去。袖剑挥起斩落，斯塔瑞克享受着圣器的辅助，看似轻轻松松躲过这一击。可她至少干扰到了他的平衡，下一秒，只见雅各布就着石板地一滚，喘着粗气、手捂脖子又呛又咳，终于从克劳福德·斯塔瑞克魔爪下逃过一劫。

忽然被卷进裹尸布、长方匣和飞行器三件遗物的光场，伊薇蓦地晕头转向，下一刻便被斯塔瑞克抓起，用对待雅各布同样的方法钳住了她。

"又来个弗莱喂饱我。"他得胜般喊着，狂热的目光死死盯住伊薇。两人跳舞时她就怀疑过他的精神状态，现在更是确认无疑。纵使克劳福德·斯塔瑞克还有残存的理智,那也已经深深埋藏。他现在神游天外。"我钦佩你的胆魄,"他说,唾沫喷了她一脸,"但你已经无能为力。我是不死的,正如耶稣本人。瞧瞧这裹尸布的力量。"

"耶稣披着更合适,"她艰难地开口。斯塔瑞克即便听到了也不置可否,而是继续自己的长篇大论。

"我会重新来过。这座全新的伦敦将更辉煌!第一个倒下的就是你们,然后是女王。"

在她四周,飞行器开始一圈紧一圈地环绕飞转,仿佛在主动迎合斯塔瑞克愈加强烈的情绪。又或者——这种可能性更大——它们以某种精密的方式连接着他身上的裹尸布,借助圣器涌动的光脉冲,从他高昂的激情中获得能量。

不管是哪种可能,雅各布站了起来,却被它们拦住去路,不得再靠近一步。如今换作他鼓励姐姐不要服输,抵抗斯塔瑞克死亡的黑手。飞行器一道道射出电光,逼他退后。

"再多计划、再大的权势也打不倒我了,"斯塔瑞克已在疯言疯语,"历史站到了我这边。伦敦当得起这样一位领袖,他将始终警醒,永远不会让自己的城市陷入混沌。"

"造成混沌的恰恰是你,"他一边喊一边靠过去,希望在躲开守护者的同时攻到斯塔瑞克。

还是太慢了。一道能量光柱轰在他身上,将他砸向一旁的墙面。

斯塔瑞克利用这个当口,用几乎超出想象的巨大力量猛扑上来,扼住了他的脖子。

此刻,圣殿大团长同时掌控着伊薇与雅各布。裹尸布散发出的能量似乎在布料上流淌,顺着他的胳膊、透过他弯曲的手指,加大了攥握双胞胎的力量,以至于将两人像战利品般高高举起。再使劲挤压。

他们无助地悬在半空,肩膀垂落、下巴杵着、牙关紧咬,痛苦太过剧烈,都无法喊出声。

伊薇感到生命的精髓从体内被抽走。她喘不上气,眼前迷迷糊糊,大脑微弱地发出抵抗信号,肌肉却拒绝回应。斯塔瑞克如爪的手捏着她的喉咙,感觉上却像一柄长矛扎穿了她的脖子。

"滚、出、我、的、城、市!"他咆哮道。这番话,她意识到,将是她听到的最后声音。对方手上的力度在持续加大,而她的神智逐渐模糊。种种念头滑过她行将湮灭的脑海。后悔。她再也没机会向亨利传达自己的心意,再不能陪他探访阿姆利则。还有,她再也无法同雅各布和解,告诉弟弟她爱他。再没有机会,能让她为事情变成今天这个样子,说声对不起。

85

起先她认定自己产生了幻觉。门口的人一定是死亡为她投射出的虚像,是她一厢情愿造出的模糊残影吧?那就在幻觉的陪伴下离开好了,她决意已定。自己将随着这个人影,而不是斯塔瑞克大汗淋漓、疯疯癫癫的那张脸,来到下一世。

她将带着亨利的影像走。

她看到他的手起伏挥动。银光闪烁间,有什么东西打着转飞过秘窟上空,向他们追过来。

斯塔瑞克随即发出痛呼,抓握松开了一些,足够她看清一把刀柄从他胸口戳出,一朵血花在衣服上绽开、不断蔓延。

熟悉的话音传出。是亨利,他真的来了,门口真的是他。刺客外袍光彩夺目,他弹出袖剑,朝斯塔瑞克走来。后者仍未放弃,却已快无力延续对双胞胎的钳制。

守护者飞行器，她心里着急，但什么声音都发不出，亨利，小心飞行器。

其中一枚仿佛愤怒地震颤起来，忽然射出一道电光，正中亨利肩头，把他重重击倒在地，躺在那昏迷不醒。与此同时，双胞胎恢复了人身自由，七手八脚地落地，大口呼吸着。但很快他们便发动袖剑，摆出了防御姿势。

两人无须担心。斯塔瑞克一副精疲力竭的样子，守护者即便仍在响应他，也不会持续太久。

"你在虚弱下去，"雅各布欣快地说，顺便躲过飞行器一道袭击，"目前的状态你快维持不了了。"

他没说错，斯塔瑞克的前襟浸满了鲜血，圣殿大团长已如死人般苍白。各枚探测器的光芒进一步暗淡，飞行路线也不再稳定。

"裹尸布圣器不会保护你的。"伊薇喊。

斯塔瑞克咧开嘴，露出染血的牙齿。"你错了，"他说，"这个城市的人民，我的人民，会为它提供能量。"不论裹尸布圣器曾经赋予他何种力量，如今它都在渐渐退潮。

"这座城市的重要性，你一辈子都望尘莫及。"伊薇敬告他。

她和雅各布双双动手，斯塔瑞克虽然避开了，但裹尸布也从他身上飘然滑落，放开了宿主。

同一时刻，守护者飞行器貌似失去了能量，像是明白战斗已经结束，它们飞回了精美的第一文明容器：如同剧院的看客，坐了下来，从包厢惬意地欣赏演出。

斯塔瑞克跪倒下来。双肩无力地低垂，头也耷拉着，目光看向自己鲜红的衬衣。

有雅各布盯着斯塔瑞克,伊薇奔向亨利,一个滑步跪坐在他身边的地上。她捧着他的脑袋搁在自己膝头,去触摸脉搏是否尚在。很强劲,他还活着,眼皮已经扑动着睁开。

"亨利。"她唤道,让他知道自己就在旁边。这宝贵的一刻,她搂着他的脑袋,听凭心声做主,吻了他一下。之后还会有很多,她给自己希望。

不过首先……

伊薇直起身,调转头走过房间。雅各布俯视着斯塔瑞克。

双胞胎表情凝重地对视一眼。杀死一个受了致命伤的人并不光荣,可让他慢慢流血至死,更谈不上有什么荣耀。

快速而人道地了结他才是正确的做法。

父亲的做法。刺客的做法。

两人上前一步。

"一块吧。"伊薇对雅各布道。姐弟俩一齐捅穿了敌人。

"没了我,伦敦终将腐朽。"克劳福德·斯塔瑞克喘息着迎来生命的终点。

"你太看得起自己了。"雅各布对他说。

"我原本能把它建成天堂。"

伊薇摇摇头:"这座城市属于它的人民。你不过是一个人。"

"可我在秩序的顶端。"斯塔瑞克撑着最后一口气说。

"顶端的人,这就是不锁好门的下场,"雅各布说,"我们是刺客。"

我们是,伊薇心想,视线投向血洗的秘窟。至少短时间内,死亡到此为止。很快,伊薇和雅各布会用各自的手帕沾上斯塔瑞克的鲜血,与亨利一起离开这里。而了解到裹尸布真正的力量,他们将把它留下,再次封存起来，交由王室保管。明早当伦敦醒来，这座城市将焕然一新，三名刺客会合力继续给它带来希望。她心知肚明，在未来，新一轮战争或许无法避免，不过此刻……

"我们是刺客。"

尾　声

亨利发现自己有些颤抖，不过这在意料之中，毕竟不是每一天都会经历……

他强迫自己镇定下来，走进房间。伊薇坐着研究他送的花束，一脸茫然。他不知道自己是不是犯了巨大的判断错误，而如果错了，他又该怎么从打击中恢复。

因为他对她的感情毋庸置疑，千真万确。相遇的第一眼，他就有点爱上她了。之后共度的时光见证了感情越来越深，到最后简直浓郁得像甘美的痛苦、珍贵的负担——每一天都需要见到她，哪怕只是陪在她身边、呼吸相同的空气。她有兴趣的东西他同样感到津津有味，她觉得好笑的东西也能把他逗乐。和她忙忙碌碌一天，他就觉得是自儿时以来最欢乐的日子。她将他幽灵年代的记忆擦拭干净，洗刷去他手上沾的鲜血。她使他完整，如同获得新生。对她的爱让他自己都感到惊奇，彷如一只珍稀的蝴蝶，色彩绚烂而热烈。

只不过，正像蝴蝶，它也可能轻易逃走飞远。

当然，亨利觉得她怀着相同的心意，不过是啊，正如哈姆雷特所说，难就难在这儿；他没法百分百确定。一同找寻圣器的日子里，两颗心越走越近，在他看来，友谊和相互吸引的种子迅速开花，变成他如今的爱意、这光辉的重生。可她呢？作为对他救命的报答，她赐了一吻，这事过去大概一个月了。他会不会想太多，那只相当于一个仓促的道谢？

划时代的王宫事件结束后不久，某天他发现她在书房。她一条腿垫在身下，躯干前倾坐着，胳膊支在桌面。这是他熟悉的姿势。他敢肯定，她见自己走进来时脸红了一下。

（还是同样的道理，她也说不定没有。）

他把自己那本空空如也的植物标本册摆在她面前的桌上，关注她的目光的走向：从自己原先在读的书，挪向了册子封面。

"植物标本册？"她说，"你是在给谁收集花么？"

"就是给自己，"他回答，"有人告诉我这算英式消遣。你知道每种花都有自己的花语吗？"

"大概听说过一些。"她说。

"你听说过太正常了。很不巧，我没什么时间去填满这本本子。"

"你要愿意让我帮忙，我肯定能找来一些标本。"

"那真是感激不尽。谢谢你，弗莱小姐。"

时间一周周过去，他俩捣鼓出了可观的花卉集锦，一边解读花中隐藏的信息，一边试图确认两人关系的定义。

"木犀草：你的品德更胜魅力。"这天她说，两人埋头于如今满满当当的植物标本册。

"我不太确定，这算夸人还是损人啊。"

"'雾中挚爱'，好动听的名字。"

"别名还叫'丛中恶魔'呢。"两人相视一笑。

"水仙：自恋，"她笑着指出，"我要买一束送给雅各布。"

"太促狭了，弗莱小姐。"亨利哈哈大笑，但心情愉快——愉快姐弟终于化解干戈——也愉快她能多带几分洞察力看待雅各布。

"虽然这些都很有意思，不过我得回去办事了。需要我的话……"

"我会送束花。"他说。

"一束鸢尾。"

"代表了'口信'。妥帖。"

于是他真送了。他配了一束令人心旷神怡的精巧花束，鸢尾、雪花莲、洋莓和红郁金香，每一朵都精心挑选，替他表达难以启齿的情话。镜子里的他嘲笑自己六神无主、举棋不定。她当然对你有意思了，秘窟里她都吻了你。镜子外的男人可没这个底气。

"一条口信……"他见她指尖拨弄着雪花莲与洋莓，喃喃自语，"表达希望和……完美？"

她随后转向红郁金香，越发地迷惑，无法解读这背后的含义。

门口的亨利深吸一口气，清了清嗓子说："……还有，爱的表白。"

她回过身看见他，便从椅子上起来，走到他身边。

他前言不搭后语地开口："我……弗莱小姐，你一定懂，我对你抱着至高的敬重……和关切。不知你是否愿意，这将是我莫大的荣幸……愿不愿意，把手交给我……一同步入婚姻。"

伊薇·弗莱牵起亨利的手，抬起头，望向她深爱的这张面孔，眼中泛起盈盈水雾。

是了，他知道，她心意是一样的。

Assassin's Creed: Underworld

Original Enghish language edition first published by Penguin Books Ltd, London

© 2016 Ubisoft Entertainment. All rights reserved.

Assassin's Creed, Ubisoft, Ubi.com and the Ubisoft logo are trademarks of Ubisoft Entertainment in the U.S. and/or other countries.

All artworks are the property of Ubisoft.

封底凡无企鹅防伪标识者均属未经授权之非法版本。

图书在版编目（CIP）数据

刺客信条：底层世界／（英）波登著；飞天寒鸦译．—北京：新星出版社，2016.5（2017.12重印）

书名原文：Assassin's Creed：UnderWorld

ISBN 978-7-5133-2083-2

Ⅰ.①刺… Ⅱ.①波… ②飞… Ⅲ.①长篇小说-英国-现代 Ⅳ.①I561.45

中国版本图书馆CIP数据核字（2016）第071508号

刺客信条：底层世界

（英）奥利弗·波登 著 飞天寒鸦 译

策划编辑：陈 曦 贾 骥
责任编辑：陶凌寅
责任印制：李珊珊
装帧设计：@broussaille私制

出版发行：新星出版社
出 版 人：马汝军
社　　址：北京市西城区车公庄大街丙3号楼　　100044
网　　址：www.newstarpress.com
电　　话：010-88310888
传　　真：010-65270449
法律顾问：北京市大成律师事务所

读者服务：010-88310811　　service@newstarpress.com
邮购地址：北京市西城区车公庄大街丙3号楼　　100044

印　　刷：三河市文通印刷包装有限公司
开　　本：910mm×1230mm　　1/32
印　　张：10.375
字　　数：160千字
版　　次：2016年5月第一版　2017年12月第八次印刷
书　　号：ISBN 978-7-5133-2083-2
定　　价：38.00元

版权专有，侵权必究；如有质量问题，请与印刷厂联系调换。